# 老乱

久坂部羊

朝日文庫

本書は二〇一六年十一月、小社より刊行されたものです。

# 老乱

# 1

『認知症列車事故「遺族に責任」

認知症の男性（当時91歳）が、同居の妻（当時85歳）がうたた寝をした隙に自宅を出て徘徊。

ＪＲ東海道線の共和駅で線路に入り、列車にはねられて死亡した。

ＪＲ東海は男性の遺族５人に対し、列車の遅れなどの損害約７２０万円の支払いを求め提訴。

昨年８月、名古屋地裁は、妻と、横浜市に住む長男の２人に全額の支払いを命じ、２人は控訴した』[1]

朝刊を読んでいた五十川雅美は、記事を見てのどから飛び出すような声をあげた。

「何、これ。嘘でしょう」

トーストを頬張りながらテレビを見ていた夫の知之が、興味なさそうに聞く。

「どうした」

「どうしたもこうしたもないわよ。認知症の人が徘徊して、電車にはねられて亡くなったの。それだけでもかわいそうなのに、JRが遺族に賠償金を請求して、それが裁判で認められたっていうのよ。七百二十万円よ。ひどいじゃない。死なせたほうじゃなくて、亡くなったほうが払うのよ。おじいさんは奥さんがうたた寝している間に出ていったらしいわ。奥さんにしたら悔やんでも悔やみきれない事故なのに、その上、賠償金まで取られるなんて、あんまりじゃない」

スポーツニュースが気になる知之は、テレビに目をもどして「ふーん」と生返事をした。

雅美は記事を読み進み、さらに声のボルテージを上げる。

「裁判官は、『妻には夫を見守る義務があり、それを怠った過失がある』と認定したんだって。めちゃくちゃよね。奥さんはきっと介護疲れでうたた寝しちゃったのよ。ほかの認知症の家族の意見も出てるけど、『一瞬たりとも目を離せないなら、部屋に閉じ込めるか、鎖でつなぐしかない』って書いてある。そうなるわよね。でも、こうも書いてある。『認知症の人を受け入れる社会にするのか、行為の責任を追及する罰則社会にするのか。自分の将来や身近でも起こりうる問題として考える必要がある』だって」

「へえ……。おーっ、香川、絶妙の縦パス」

「ちょっと、あなた聞いてるの」

雅美の尖った声が、海外のサッカー速報にかぶさった。

「うちも他人事（ひとごと）じゃないでしょ。お義父（とう）さんのこと」

知之の父幸造（こうぞう）は現在七十八歳で、大阪市内の家で独り暮らしをしている。知之の母頼子（よりこ）

は四年前に肺がんで亡くなり、そのとき同居も考えたが、本人がひとりのほうが気楽でいいと言うので、そのまま別所帯で暮らしているのだ。幸い、幸造は身のまわりのことは自分ででき、食事は宅配弁当と自炊でほぼ問題ない。ただ、ときに年齢以上の老化現象が出るので、雅美は不安を募らせているのだった。

たとえば、雅美が月に二、三回の割でようすを見にいくと、薄暗い部屋でぼーっとしていたりする。声をかけるとふつうに応対するので、大丈夫かなとも思うが、ボタンを掛けちがっていたり、ズボンの前が開いていたりもする。

幸造はこれといって持病もないが、数年前から徐々に脚が弱ってきた。だから去年、喜寿の祝いに夫婦で電動自転車を贈った。車も運転するが自転車が好きな幸造は、これで散歩の範囲が広がったと喜んだ。

ところがそれがもとで、先日、ちょっとしたトラブルが起こったのだ。

……………

夕方、雅美がスーパーで買い物をして帰ってくると、家の中で電話が鳴っていた。慌てて受話器を取ると、安堵したような声がもれた。

「五十川幸造さんのご家族の方ですか。こちら吹田警察署の者ですが」

警察と聞いて、首筋に怖気が走った。

「JRの岸辺駅で幸造さんを保護していますので、迎えにきていただけますか」

「どうしたんですか。舅が怪我をしたんですか」

「そうじゃありません。ただ、ちょっと興奮されていますので」

相手が困惑をにじませた。

雅美は食材を台所に放り出したまま、急いでガレージから車を出した。彼女の家は淀川区西三国で、岸辺駅までは二十分ほどある。旭区中宮に住む幸造の家からも同じくらい離れている。義父はいったい何の用があって、そんな遠くまで行ったのか。見当もつかないまま駅に着くと、雅美は車を路肩に停めて階段を駆け上がった。

二階の駅事務所に行くと、警察官と駅員らが背中を向けて立っていた。その隙間から幸造が両手を膝に突っ張り、恐い顔で前をにらんでいるのが見える。

「すみません。五十川の家族の者です」

奥へ進むと、振り向いた警察官が手を挙げた。

「先ほど電話を受けていただいた方ですね。どうぞこちらへ」

「ご迷惑をおかけしまして、申し訳ございません」

深々と頭を下げる雅美に、幸造がいきなり怒鳴った。

「こんな連中に謝らんでもいい」

いつもと声がちがう。穏やかな低音のはずが、荒っぽいキンキン声になっている。唇が細かく震え、目は文字通り三角だ。

「お義父さん、どうしたんですか」

「この連中が、俺をここへ連れ込んで、警察を呼んで犯人扱いしよるんだ。けけ、けしからん」

興奮でうまく言葉が出ないようだ。駅長らしい男性が苦笑しながら説明した。

「岸辺駅は引き込み線が多いので、踏切がないんですよ。線路を越えるときは跨線橋か地下道を通ってもらうんですが、わからんかったんでしょうな。フェンスを乗り越えて、線路内に入ってきはったんです。駅員が見つけて連れもどそうとしたら、どうしても渡るとおっしゃって、もみ合いになったのでこちらへ来ていただきました」

幸造は自転車で散歩に出て、吹田駅あたりで線路を渡り、岸辺まで来て帰れなくなったのだろう。あとでわかったことだが、途中で電動自転車のバッテリーが切れて、ペダルが重くなったので、かなりの時間、自転車を押して歩いたらしい。それで疲労困憊して、自転車を放棄し、踏切のない線路を渡るという暴挙に出たのだ。

「地下道の入口はちょっとわかりにくいんです。それでおじいちゃん、迷ったんやね」

「だれがおじいちゃんだ。失礼なことを言うな」

駅長を怒鳴りつける。周囲の男たちがため息をつくと、中年の警察官が言った。

「お家の人が来てくれてやれやれですよ。ご本人も安心しはったんやないですか。さっきはだいぶ興奮してはりましたから」

するとまた幸造が反発する。

「だれも興奮などしとらん。あることないこと言うな」

「手を出してきはったから、暴力はやめてくださいと言うたら、暴力なら負けん、柔道で投げ飛ばしてやると言うたやないですか」

「手を出したんですか。すみません。なんとか穏便に」

雅美が謝ると、幸造は顔を紅潮させて大声を出した。

「嘘だ。そんなことをした覚えはないぞ。俺を悪者にして、陥れようとしてるんだ。俺は暴力など振るったこともないし、柔道を使ったこともない」

立ち上がりかけるのをなだめて、警察官が話を合わせた。

「わかりました。そんなことはしてないです。今日はこのままお引き取りいただいてけっこうですから」

そう言ってから、雅美に「しっかり連れて帰ってくださいね。少しそばにいてあげたほうがいいかもしれませんよ」と耳打ちした。

幸造を抱きかかえるようにして駅事務所を出ると、外はすっかり暗くなっていた。いつも矍鑠（かくしゃく）としている義父が、頼りなげに震えている。車のところまで歩き、腰を支えるようにして助手席に乗せた。

「雅美さん。自転車はどうする。線路脇のフェンスに立てかけてあるんだ」

「あとで幸太郎（こうたろう）に取りにこさせます」

とっさに息子の名前を言ったが、自分がすっかり忘れていた自転車のことを、幸造が覚えていたのは意外だった。興奮はしていても頭はしっかりしているのか。

……………

「あのとき、駅長さんや警察官にくってかかったお義父さんは、明らかに異常だったわよ」

雅美が言うと、知之はようやくテレビから目を離した。

「異常って、どんなふうにさ」

「目が血走ってるのよ。何を見てるかわからない感じで、顔色もどす黒かったわ」

「それは長時間、自転車を押したりフェンスをよじ登ったりして疲れたからだろう。本人もえらいことになったって、ウロが来てたんだよ」

「だといいんだけど……」

語尾を曖昧にすると、知之は壁の時計をちらと見てから、「どういう意味だよ」と聞き返した。彼の出勤はフレックスタイムだが、そろそろ出かけなければならない。

「もしかして、お義父さん、はじまりかけてるんじゃないかしら」

「何が」

認知症を指していることは、知之にもわかっているはずだ。父親をそんなふうに言われたくないだろうが、もしはじまりかけているのなら、早目に手を打たなければならない。視線を合わせると、知之は自分をごまかすように笑った。

「大丈夫だって。親父は独り暮らしができてるんだぜ。認知症がはじまってたら、もっとトンチンカンなことをやってるって」

「だけど、踏切のない線路に入り込むなんてまともじゃないわよ。岸辺駅は引き込み線が二十本近くあって、幅が百メートルほどもあるのよ。フェンスだって簡単に越えられる高さじゃないし」

「今回がはじめてだろう。たまたまだよ。何度もやるようなら問題だけど」

その言葉に雅美がキレた。

「それじゃ遅いのよ。二度目で電車に轢(ひ)かれることだってあるでしょう。お義父さんに万一のことがあったらどうするの」

知之は若干たじろいだようだったが、改めて雅美を見た。

「君は親父のことを心配してくれてるの」

「もちろん……そうよ」

声が上ずった。頭の片隅にはさっきの新聞記事が引っかかっている。知之は敏感に本音を見抜いてきた。

「君が心配してるのは、賠償金のほうじゃないのか」

「ちがうわよ。お義父さんが事故に巻き込まれたら、取り返しがつかないから……」

強弁しながら、潔癖症の雅美は嘘がつけない。それにお金のことは大事な問題だ。

「事故の心配が第一で、賠償金はそのあとよ。でも、もしもお義父さんが電車にはねられたら、岸辺駅での前歴があるんだから、わたしたちはまちがいなく責任を問われるわ。何百万円もの賠償金なんて払えるの。幸太郎だって、麻美(あさみ)だって、これから教育費がいるのよ」

幸太郎は四月から高校二年、娘の麻美は中学三年で、通っているのはどちらも私立校だ。

「二人とも、予備校とか塾の費用だけじゃないのよ。スマホ代やら服代、部活の遠征費用や子ども同士のつきあいやらで、いろいろお金がかかるの。勉強の時間は削れないから、バイトもさせられないし、全部こっちが負担してるのよ。家のローンだって、キッチンのリフォームだって、その先には子どもの結婚準備もあるし、お義父さんの介護費用だってこれからいくらかかるかしれないし、わたしたちの老後の蓄えだって……」

「もういい。わかったよ」

「わかったって、どうするの」

「少し考えるよ。いきなり親父に認知症だから病院に行こうと言っても無理だろう。朝っぱらからカネの話なんかするな」

知之は席を立ち、不機嫌そうに玄関に向かった。

頑固でプライドの高い義父が、素直に病院に行くとは思えない。戦略が必要だと、夫を見送りながら雅美は思った。

一

いつから、目が覚めているのかわからない。

午前五時十五分。五十川幸造は布団から這い出し、両腕で支えるように身体を起こした。

小用をすませ、洗面所で顔を洗う。普段着に着替えて雨戸を開ける。

台所で土鍋に湯を沸かし、冷凍庫からラップに小分けしてある鯛のあらを取り出して入れる。鯛のあらはスーパーで一パック二百七十円で売っている。それをトースターで炙り、出刃包丁でぶつ切りにして冷凍保存してある。

鍋が煮立ったら、白菜、にんじん、椎茸を入れて弱火にする。居間へ行き、我流の体操とストレッチをやる。無理のない範囲で身体を曲げ、ゆっくり伸ばす。その間、約十分。台所にもどると、鯛の出汁のいい香りが漂っている。骨を取り出して、電子レンジで温めたご飯を放り込み、塩で味を調えると鯛雑炊のできあがりだ。

この料理は妻の頼子に教えてもらった。頼子は肺がんが見つかったあと、幸造にいくつか料理を伝授した。ひとりになっても困らないようにと思ったのだろうが、あまり熱心に取り組まなかった。当たり前だ。だれが妻が亡くなったあとの準備など喜んでするか。

今は昼と夜は宅配の弁当ですますが、朝食だけは自分で作るようにしている。

土鍋を居間に運び、仏壇の前に置いた頼子のスナップ写真に、「いただきます」と声をかけて食べる。テレビはNHKしかつけない。それもきちんと見るわけではない。独り暮らしになってから、急に家の中が静まり返った気がする。

この家は築四十四年で、あちこちに汚れや傷がついている。結婚した当初は千里ニュータウンの団地に入ったが、一戸建ての家がほしくて、知之が生まれたのを機に無理をして買ったのだ。

幸造が育ったのは東京の品川区だが、大学は信州で、就職先は大阪だった。母方の伯父が大阪ガスに勤めていて、その引きで系列の会社に就職したのだ。結婚は見合いで、三十歳のときに二歳年下の頼子と所帯を持った。翌年、娘の登喜子（ときこ）が生まれ、その三年後に知之が生まれた。

大阪に来てずいぶんたつが、いまだに関西弁になじめない。若いころ、妙な関西弁を使って会社で笑われたのがトラウマになっているのだ。それ以来、家でも標準語で通しているので、登喜子も知之も標準語っぽいしゃべり方をする。

会社はガス管の保安サービスが専門で、配管工事や保全業務、ガスもれの緊急対応などをする。幸造は六十歳で定年を迎えたあと、週三日の非常勤顧問として五年働いた。子どもたちは幸造が現役の間に結婚し、頼子と二人きりの生活になった。ツアーで温泉旅行や流氷見物に出かけ、一度はフランスとイタリアをまわる豪華な海外旅行もした。

幸造は浮気もせず、酒は少しは飲むが賭け事はせず、ずっと頼子を大事にしてきた。リタイアしたあとは、いっしょに散歩したりお茶を飲んだりするだけで心が安らいだ。

——こんな日が、いつまで続くかしらね。

あるとき、頼子がつぶやくようにため息をついた。それから間もなく、肺がんが見つかった。煙草を吸わないのになぜと首を傾げるので、幸造はそれまで五十年以上続けていた喫煙をやめた。副流煙の影響を恐れたのだ。妻が肺がんになってからやめても遅いが、とても吸う気になれなかった。頼子は成人病センターで手術を受けたが、半年後に再発し、抗がん剤も効かず、最後は大阪市中央区の私立病院で息を引き取った。

それから四年、曲がりなりにも独り暮らしを続けていられるのは、同年代の男にしては家事をよく手伝ったからだろう。頼子が亡くなったあと、知之がいっしょに住もうと言ってくれたが、しばらくは大丈夫だと断った。気持はうれしいが、やはり同居は気を遣う。嫁の雅美は気さくだが、同じ屋根の下にいるのは窮屈だ。二人の孫も、十代も半ばを過ぎるとどう接していいのかわからない。

朝食の後片付けをすますと、ふたたび居間にもどり、テーブルの前に座った。大学ノートを広げ、前日の日記をつける。翌朝に書くのは、前の日の出来事を思い出す訓練になるからだ。

『三月十五日（火）晴れ

五時十分起床。よく眠れた。有り難い。体操。鯛のあらで雑炊。塩は控えめにする。血圧が上がると怖いから。

午前中、日記、新聞、漢字書き取り。きへんを十個。

十一時、自転車のバッテリーを確かめる。満タン。知之と雅美さんからの心の籠もったプレゼントだから、大事に使わなければバチが当たる。

昼食は宅配弁当のご飯に、買い置きの塩昆布。一時間昼寝。

午後二時半、自転車のバッテリーを確かめて散歩に出る。城北（しろきた）公園から淀川縁を走る。

夕食は宅配弁当のおかずと缶ビール一本。ハンバーグ、ポテトサラダ、さやえんどうのごま和え。

NHKが歌謡ショーをやっていた。園まりと伊東ゆかりが懐かしい曲を歌う。若い頃を思い出す。忙しかったが、楽しかった。

午後九時半就寝。

ボケたら困る。いつまで元気でいられるのか。子どもの世話にはなりたくない。健康には十分気をつけているから、大丈夫だろう。医者に行くのはいやだ』

書き終わると、次は漢字の書き取りをはじめた。部首を決めて新聞のチラシの裏に十個書く。今日はくさかんむりだ。

『花、草、茎、芽、苗、華、……蕗、萌、菊、芦』

十個書けた。大丈夫だ。『華』のあとがちょっと手間取った。『落』もあるが、この字はくさかんむりか、さんずいか。そう言えば、『蓬』もくさかんむりかしんにょうかわからない。

漢和辞典を出して調べる。『落』も『蓬』もくさかんむりだ。こういうことがきちんとできるうちは、頭は大丈夫だと思う。

# 2

『認知症　初期対応が肝心

特に大切なのは、初期の対応で、症状が軽いうちに医療と介護の連携でしっかりした治療・ケアができれば、その後の病気の進行は遅らせることができる。認知症を放置すれば、周囲の人たちを含めて国民の受けるダメージは大きく、国力の低下も招きかねない』(2)

昼食をすませた雅美は、バーゲンで買ったモスグリーンのカーディガンを着て、近くの小学校に向かった。保育士の資格を持つ彼女は、週に三日、学童保育のパートをしている。学校の授業が終わったあと、保護者が不在のためすぐに帰宅しない児童を集めて、遊びや宿題をさせるのである。

早めに着くと、パート仲間の二人が先に来ていた。郵便局員の奥さんと、夫が単身赴任している奥さんだ。雅美のあとに、パート仲間のいちばんの古手で家庭内別居をしている奥さんもやってきた。年齢はみんな似たり寄ったりなので、気心が知れている。

「昨日の新聞見た？　認知症のおじいさんが電車にはねられて死んだら、ＪＲが遺族に賠償金を請求したっていう記事」

家庭内別居の奥さんが来るなり言い、夫が単身赴任の妻がそれに応じた。

「見た見た。ちょっとかわいそうやね。けど、ＪＲも損害をこうむってるんやし、仕方ない面もあるんちゃう、知らんけど」

「知らんけど」は彼女の口癖だ。

「認知症の徘徊は止められへんのかな。うちは実家の父がちょっと怪しいのよ。心配やわ」

郵便局員夫人も続いたので、雅美も「実はこの前ね」と、幸造の岸辺駅での一件を披露した。三人がいっせいに反応する。

「それってヤバイんちゃうん」

「賠償金の問題、他人事やないやん」

「早よ病院に行って診てもろたほうがええよ」

だれも認知症とは言わないが、明らかにそうだと決めつけている。雅美も似たようなものだが、他人に言われると気分はよくない。

「まだ独り暮らしができてるし、今までは道に迷ったこともないのよ」

「今までよくても、これがはじまりということもあるやん」

「そうよ。早よ治療したら症状も進まへんていうし」

先の二人が口をそろえると、優しいところのある郵便局員夫人は、「とにかく検査に連れていったら。それで正常やったら安心やん」とやや含みを持たせた。

「けど、認知症の検査てどうやってするの。テストみたいなこと？　あたし緊張しいやから、恐そうな医者に検査されたら異常て出るかもしれへん」

不安がる単身赴任の妻を、郵便局員夫人がなだめる。

「検査はテストだけやなくて、脳のCTとかMRIでも診るみたいよ。血液検査でアルツハイマー病がわかる方法もあるらしい」

「それはまだ実用化されてないわよ。阪大と大阪市大がやってる研究らしいけど」

新聞通の雅美が注釈すると、パート仲間が口々に言った。

「認知症は放っといたらどんどん進むらしいよ」

「みんな病院に行くのをいやがるんやて。無理に連れていったら、逆に症状が進むこともあるそうやわ、知らんけど」

「いちばん悪いのは、症状が出てるのに見て見ぬふりをすることやって」

知之だと、雅美は思う。仕事が忙しいのかもしれないが、幸造の老化現象からいつも目を逸らそうとする。

「けど、嫁の立場からは言いにくいよね。ダンナも不機嫌になるし」

郵便局員夫人が言うと、家庭内別居の奥さんがすかさず続いた。

「うちのとなりがそれよ。独り暮らししてる姑さんが、靴を廊下に並べたり、レタスを冷凍庫に入れたりするから、病院へ行ったほうがええて言うたのに、ご主人と義理のお姉さんが、年を取ったらそんなもんや言うて放ってたんやて。それで病院に行くのに一年半かかって、診断がついたときにはもう手遅れよ。薬も効かへんて言われたらしいわ」

「せっかく気づいてたのに、もったいないなぁ」

やはり自分がしっかりしないとダメなんだと雅美は思う。

「でも、認知症の薬って効くのかしら」

雅美が言うと、「それは五十川さんがいちばん詳しいでしょ」と、三人から目を向けら
れた。知之が製薬会社の神武(じんむ)ファーマシーに勤めているからだ。

「うちのはダメよ。営業だもん。それに主人の会社は認知症の薬なんか作ってないと思
う」

はぐらかしたが、あとで聞いてみる価値はありそうだ。

単身赴任の妻が、壁の時計を見上げながら言った。

「認知症予防の体操ってあるでしょ。効くのかな」

「片手で膝を叩いて、反対は膝をこすって、合図で入れ替えたりするやつね」

家庭内別居の奥さんのあとで雅美も言う。

「踏み台を上り下りしながらしりとりをしたり、ジョギングしながら引き算をしたりする
のもいいらしいわよ」

「あと、週に三日以上の有酸素運動とか」

「赤ワインのポリフェノールに、ビタミンCとベータカロチン」

みんな自分の認知症予防が気になるのか、次々と情報が出る。

「マグロの目玉も効くって言うよね」

「三つのオメガ3脂肪酸でしょ。ネットで見たわ。それのんだらうっかりミスも治るんや

て」

「なんでやねん」

家庭内別居の奥さんが単身赴任の妻にツッコミ、雑談はお開きになった。

その日、午後十時過ぎに知之が帰ってくると、雅美は待ちかねたように切り出した。

「やっぱりお義父さん、早く病院で診てもらったほうがいいみたいよ」

返事はため息のみ。

「疲れてるところに悪いけど、大事なことだから」

一応、気を遣うと、知之も観念したように雅美に向き直った。

「で、どうしたらいいの」

「認知症だったら、早く治療するのがいちばんなのよ。ほら、ここに『症状を軽くすることができる』って書いてあるでしょ」

雅美は、早期治療の重要性を書いた新聞記事を見せる。知之はざっと目を走らせ、仏頂面で突き返す。

「できる、じゃなくて、できるケースもある、だろ」

「でも、できるかもしれないじゃない」

「どうして君は自分に都合のいい解釈ばかりするの。その思考パターンがわからんよ」

投げやりな言い方にキレかけたが、感情的になれば話が終わってしまう。二秒ほど目を閉じて気持を整え、話題を変えた。

「認知症は薬で治らないの？」

「治らない。認知症を治す薬は世界中、どこをさがしたってない」

「アリ……何とかいう薬、新聞によく出てるじゃない」

「あれは認知症を治す薬じゃない。進行を遅くする薬だよ。医者はオールマイティの薬って言ってるけどね」

「どういうこと」

「家族がこの薬は効いてませんて言うと、医者は、いや、効いてますよ、のんでなければもっと悪くなってますからと言うんだ。そう言われたら家族も納得せざるを得ないだろう」

笑う気にもならない。どう話せばわかってくれるのか。うつむいて考えていると、少しは反省したのか、知之のほうから歩み寄ってきた。

「親父のこと、僕も考えてるよ。今度の日曜日にようすを見にいこう。それでおかしかったら、医者に診てもらうように言うから」

「わかった。ありがとう」

ようやく夫の説得までたどり着いた。まだまだゴールは遠い。

# 二

焦げたにおいがこもっている。台所の窓はもちろん、玄関の扉も居間の掃き出し窓も全開にしているのに、なかなか消えない。

年寄りの独り暮らしだから、平穏な日ばかりでないのは織り込み済みだ。しかし、今朝の失敗はショックだった。

朝、いつものように土鍋に鯛のあらを入れ、煮立ってから野菜を入れて、弱火にしたつもりがしていなかった。そのまま居間で体操とストレッチをして、拍子の悪いことに便意を催したのでトイレに入った。所要時間は約二十分。出てきたら家中に焦げたにおいが立ち込めていた。慌てて台所に行くと、土鍋が盛大に煙を噴き上げていた。

万一、炎が上がったら布巾に燃え移ったかもしれない。そうなれば、古い木造の家はあっという間に火事になる。

火の不始末。

恐ろしい。長年、ガス管の保安業務に就いていた幸造には、火の不始末の怖さは身にしみている。それにしても、いつも抜かりのない火の調節をどうして忘れたのか。情けない。しかし、土鍋を焦がしただけですんだのは、不幸中の幸いである。

へこたれてはいけないと、幸造は自分を奮い立たせる。雑炊の代わりに卵かけご飯を作って食べた。食欲は失せているが、健康のことを考えると朝食を抜くわけにはいかない。

机の前に座り、日記帳代わりの大学ノートを開く。昨日のことを思い出すと、大きなため息がもれた。今朝、火の調節を忘れたのは、昨日の出来事のせいにちがいない。

『三月十七日（木）曇りのち雨

五時十五分起床。ぐっすり寝られた。有り難い。

体操、ストレッチ。午前中、日記、漢字の書き取り。

午後二時、地下鉄でデパートに出かける。たくさんの人出。九階で高知県の物産展をやっていた。坂本龍馬のマネキンがあった（似てない）。

疲れたのでタクシーで帰ることにする。乗り場に行くと、七、八人の客が待っていた。雨のせいか、タクシーはなかなか来ない。早く来ないかと待っていると、あと一人という時に、横から割り込んだ女がタクシーに乗り込んだ。カッとなって、「おい、順番を守らんか」と怒鳴った。女はこちらに見向きもしない。タクシーが動きかけたので、とっさに車の前に飛び出し、両手を広げて立ちはだかった。タクシーが急ブレーキを踏み、けたたましい音が響いた。係員が飛んできて、私を羽交い締めにした。

「無茶をしたら困ります」と言うので、「何が無茶だ。その女が順番を守らんから止めたんだ」と言い返した。すると係員は、「あの人は先に並んでいて、忘れ物を取りにいったんです」と言った。そんなことは理由にならない。忘れ物をしたのは自分の責任だから、もう一度、列の後ろに並ぶべきだ。そう言ってやると、タクシーがいきなりクラクションを鳴らし、飛び上がるほどびっくりした。心臓発作が起きたらどうするのか。「とにかく下がってください」と係員に引っ張られ、順番を飛ばした女を乗せたタクシーはそのまま走り去った。

早くタクシーに乗りたいのは皆同じなのに、順番を飛ばすのは許せない。思い出すだけで腹が立つ。今日、弱火にし忘れたのも、屹度(きっと)あの女のせいだ』

大学ノートを閉じ、しばらく瞑目する。平常心。それが大切だ。

気持が落ち着いたところで、漢字の書き取りをはじめた。今日はくにがまえを十個。これは手強いかもしれない。

『国、田、回、囲、囚、団、図、園、圓……』

あと一つが出ない。『口』はどうか。ちがう。そう言えば、『田』もくにがまえではないような気がする。あと二つ。困った。そうか、『困』がある。あと一つ。出ない。何かあるはずだ。考えろ。思い出せ。

そうだ、『因』がくにがまえだ。ようし、十個書けた。まだまだ俺の頭は錆びついていない。幸造は胸いっぱいに息を吸い込む。

## 3

『認知症／「発症予備軍」400万人

認知症になるリスクが高いMCI（軽度認知障害）の高齢者は400万人——。

……MCIの多くは、認知症の前段階と考えられている。この時点から支援や治療を行えば、状態が改善したり、認知症の発症を遅らせたりできるのではないかと、世界的に注目されている』　(3)

日曜日の昼前、知之は父親に電話をかけ、久しぶりに夫婦で遊びにいくと告げた。幸造ははずんだ声を出した。

「そうか。楽しみにしてるよ」

「何時ごろに行けばいい」

「二時過ぎまで昼寝をするからな。二時半でどうだ」

「了解。じゃあ、あとで」

父親の嬉しそうな声を聞き、知之はもっと頻繁に顔を見せるべきだと反省した。同じ大阪市内にいるのに、この前に実家を訪ねたのはもう半年ほど前だ。

のんびりテレビを見ていると、午後一時過ぎに幸造から電話がかかってきた。今日は昼寝をしないから、早く来てもいいと言う。息子夫婦が来るので興奮して、寝つけないのだろう。微笑(ほほえ)ましい気がして、わかったと応え、雅美に言うと、こちらは不機嫌な声が返ってきた。

「急に言われても用意できないわよ。いろいろ準備があるんだから」

無理強いするとさらに機嫌が悪くなるので、「わかった。じゃあ、最初の予定通りで」と譲歩した。父親には「やっぱり二時半ごろに行く」と電話をかけなおす。

時間になって、雅美の運転で家を出た。途中でケーキを買い、ほぼ時間通りに実家に着くと、幸造の車が道に停めてあり、ガレージのフェンスが開いていた。

「どうしたんだろ」

「あなたが来るからガレージを空けてくれてるのよ。わたしのときにはそんなサービスないけど」

雅美が皮肉混じりに言う。

「別にそこまでしてくれなくてもいいんだけどな」

「息子のために何かしたくてたまらないのよ」

言いながら、手際よくバックで車を入れる。その音を聞きつけて、幸造が玄関から出てきた。

「やあ、いらっしゃい」

「こんにちはー」

雅美が別人のように愛想のいい声を出す。これが舅操縦法かと知之は感心する。

「待ってたんだ。さあ、中へ入って」

玄関はきれいに掃除してあり、上がりかまちにはスリッパが二足用意してあった。買ってきたケーキを差し出すと、幸造は照れくさそうに、「なんだ、こっちも用意してるのに」と、受け取るのを躊躇した。

居間に入ると、掃き出し窓から午後の光が射し込んでいた。庭は雑草も生えているが、それほど見苦しくもない。幸造は笑顔で椅子を勧め、自分もテーブルをはさんで座った。

「知之、久しぶりだな。元気にやってるか。実家に帰るのは一年ぶりか、二年ぶりか？」

「そんな前じゃないよ。半年ぶりくらいだよ」

「そうか。で、仕事は順調か。毎日、忙しいんだろ」

「まあね。父さんも元気だった？」

「大丈夫だ。雅美さんがいろいろ親切にしてくれるからな」

「いいえ。ほんとはもっとしょっちゅう来られればいいんですけど」

とっさに調子のいい言葉が出るのが、雅美のすごいところだ。

幸造は落ち着きなく立ち上がり、台所に行って冷蔵庫を開けた。居間から見ていると、中から皿ごとケーキを取り出し、盆で運んでくる。

「森小路に新しいケーキ屋を見つけてな。そこで買ってきたんだ。せっかくだから、まずこっちを食べよう」

生クリームにフルーツをあしらった大ぶりなケーキが出される。雅美がちらと知之を見て、幸造に愛想よく言う。

「わあ、おいしそう。知之さんが電話してから買いにいってくださったんですか。ありがとうございます」

「私もはじめてだから、味はわからんがね」

「じゃあ、飲み物を用意しますね。コーヒーと紅茶、どっちがいいですか」

「僕は紅茶」と知之が先に言い、雅美ににらまれる。

「私も久しぶりに紅茶をもらうよ。ポットと紅茶の場所、わかるかな」

幸造が腰を浮かしかけるのを制して、雅美はそそくさと台所に行った。

湯が沸くまでの間、知之はさりげなくあたりを見まわす。

「どうかしたか」

「いや、独り暮らしのわりにきれいにしてるなと思って。離れてると、父さんの身体のことが気になるんだよ。ご飯とかはちゃんと食べてる？」

「宅配弁当があるからな。意外にうまいんだ」

「でも、毎日が日曜日で退屈じゃないの。曜日がわからなくなったりしない？」

「新聞があるからな。夜はテレビの番組もあるし」

「今日が何日だかわかる？」

「わかるさ。三月の二十日だろ」

意外にすんなり答えたので、逆に知之が照れ笑いをした。

「すごいじゃん。まだまだ頭はしっかりしてるね」

「いや、最近はもの忘れも多いし、頭の回転もトロくなったよ。ボケ防止に漢字の書き取りとか、いろいろ努力はしてるんだがな」

「頑張ってるんだ。偉いね。僕も見習わなきゃな」

試すようなことを言った埋め合わせに、少し大げさにほめた。

「お待たせ」

雅美が紅茶を運んでくる。

「お義父さんのところ、お客さんとかいらっしゃるんですか」

「いや。どうしてだい」

「……いえ、おひとりのときに来客があったら、困るんじゃないかなと思って」

「こんな年寄りを訪ねてくる客なんかおらんよ」

幸造が大口を開けてケーキを頬張る。知之たちも食べはじめる。

「お義父さん、鯛のあらで出汁を取る雑炊、今も作ってらっしゃるんですか」

「ああ。母さんに教えてもらった十八番(おはこ)だ。雅美さんも作ってみたらいい。簡単だから。まずね、スーパーで鯛のあらを買ってきて……」

幸造は諳(そら)んじるようにていねいにレシピを説明する。雅美が困惑の表情を浮かべても、おかまいなしだ。

「土鍋、新しいのに替えたんですか」

「えっ」

幸造は絶句し、取り繕うように笑った。

「前のは古かったからな。ひびが入ったんだよ。だから新しいのをね」

雅美が意味ありげに知之を見る。幸造は思いついたように話題を変えた。

「それより幸太郎と麻美ちゃんはどうだ。麻美ちゃんはたしか今度、中三だったな。高校受験でたいへんだろう」

「中高一貫ですから、受験はないんですよ」

「そうか。じゃあ楽だな。幸太郎はクラブはバレーボールだったな。頑張ってるか」

「バスケットボールです。一応、レギュラーみたいですけど」

「そうか。それはよかった。あははは」

空しい笑いが響く。理由はわからないが、幸造はなぜか動揺しているようだ。知之はふと父親が哀れになった。以前はこうではなかった。いつも落ち着いて、道理をわきまえ、感情的になることも少なかった。それがいつの間にこんなに頼りなくなってしまったのか。

知之は皿にフォークを置き、居住まいを正した。

「父さんが元気でいてくれるおかげで、僕たちも助かってるよ。その年で独り暮らしは大したもんだと思う。ずっと元気でいてくれよな」

「なんだよ、急に改まって」

「いや、ほんとうに感謝してるんだ。結婚のときもいろいろ世話になったし。なあ」

同意を求めると、雅美は知之の意図がわからないようだったが、とりあえず「そうですよ」と即答した。

知之たちが結婚したのは十八年前、彼が二十六歳、雅美が二十四歳のときだった。出会ったのは友だちの結婚式で、披露宴のあとの二次会で意気投合してつき合うようになった。母親の頼子は、二人の結婚には必ずしも賛成ではなかった。雅美の両親が離婚していることに引っかかっていたからだ。

——親が離婚していたら、娘も離婚しやすいんじゃないかい。

そんなふうに案じ、知之に再考を促した。しかし、幸造は賛成にまわってくれ、結婚してからは頼子も雅美の人柄を気に入り、一応は仲のよい嫁姑でいてくれた。だが、それも折々、幸造が陰で母を取りなしてくれたおかげだと知之は感じていた。

ケーキを食べ終わったあとは、子どもの話をしたり、幸造の昔話を聞いたりしていたが、一時間半ほどで話題も尽きた。知之たちが腰を上げると、幸造はガレージの外まで見送ってくれた。

「今日はありがとう。元気な顔を見せてくれて嬉しかったよ。また待ってる」

声に力はないが、心から喜んでくれているようだった。

雅美の運転で出発し、角を曲がる直前に振り返ると、案の定、幸造はまだ車を見送っていた。窓から手を振ると、バネ仕掛けのように両手を挙げる。なんともしまらない万歳だ。

幹線道路に出ると、雅美が待ちかねたように聞いた。

「あなた、どう思った」

「まあ、あんなもんじゃないか。急いで病院に行くほどでもないと思うけどな」

雅美は硬い表情でため息をつく。重大な秘密を明かすように声を低める。

「お義父さん、火事を起こしかけたみたいよ」

「まさか。……どうしてわかったんだ」

「台所の天井に煤がついてたの。コンロの真上。土鍋を空焚きしたのよ。ふつうに使ってれば、ひびなんか滅多に入らないもの」

「どっかにぶつけたのかもしれないじゃないか」

「じゃあ、どうして前のは古かったなんて言い訳したの。あれは去年、わたしが一人用のを買ったんだから新しいのよ。天井の煤も前に来たときはなかったし。それに鯛のあらで雑炊を作る話、わたしが行くたびに説明するから、もう何十回と聞いているわ。それを毎回はじめてみたいに言うのよ。今日もそうだったでしょう」

同じ話を繰り返すくらいはいいが、火事の危険は見過ごせない。

「お義父さんに来客のこと聞いたの、なぜだかわかる」

「いや」

「紅茶ポットに古い葉っぱがこびりついてたの。お義父さんはめったに紅茶は飲まないから、きっとだれかにいれたんだと思う。それをそのまま忘れてるんだわ。ほかにもおかしなことがあったでしょう。ケーキをお皿ごと冷蔵庫に入れるのも変だし、焦げたにおいを取るためだと思うけど、台所に脱臭剤が四個も置いてあったのよ」

やはりはじまっているのか。知之は不安になったが、弁解するように言った。

「でも、日付を聞いたらまちがわずに答えたぞ。麻美が今度中三なのも覚えてたし」

「幸太郎のクラブはまちがえたわ」

「それくらいよくあることだろう。認知症とまではいかないんじゃないか」

知之はなんとか認知症から目を背けたかった。しかし、雅美は許してくれない。

「家が燃えてからじゃ遅いのよ。お義父さんは脚が弱いから、逃げ遅れるかもしれないでしょ。紅茶の葉っぱを忘れるくらいならいいけど、お肉や魚を腐らせて食べたら、命の危険もあるのよ。それでもいいの」

「……それは困る」

「新聞にも書いてあったでしょ、MCI。認知症は前段階のうちに適切な治療をすれば、発症を遅らせることができるって」

その記事は知之も読んでいた。正確には『発症を遅らせたりできるのではないか』だったが、今それを指摘するのはあまりにもタイミングが悪い。

雅美はじっと前を見つめたまま言う。

「なんとか、お義父さんを病院に連れていかないとだめね。でも、その前にもっと急を要することがあるわ。あなた、気がつかなかった？　お義父さんの車、右側通行の向きに停めてあったの」

# 三

土鍋の底で鯛の骨が躍(おど)っている。そろそろ沸騰するころだ。幸造はみじん切りにした野菜を放り込み、コンロのコックを慎重にまわした。

「弱火よーし、弱火よーし、弱火よーし」

三度、指をさして確認する。土鍋を焦がしてから毎日の習慣だ。

冷蔵庫には知之たちが持ってきたケーキが二つ残っている。一つは昨夜、夕食のあとに食べたが、ビールを飲みながらだったので不味(まず)かった。

居間で体操をはじめるが、コンロが気になって途中で台所に確認にいく。

「弱火よーし」と無意識に声が出る。

ストレッチの途中でも、もう一度見にいき、なんとか無事に野菜を煮終える。ご飯を投入して、火を止めて居間に運ぶ。うまくできたと思って一口食べると、塩を入れ忘れていた。落ち込む。なぜ忘れたのか。

昨日、知之たちが来て、疲れたせいかもしれない。孫は来てよし帰ってよしというが、息子も同じだ。顔を見たら嬉しいが、いる間中気を遣う。来なければどうして来ないのかと思ってしまう。娘の登喜子は仙台だから、はじめからあきらめている分、心が乱れない。

憂うつな気持で朝食のあとを片づけ、居間にもどって煙草を吸った。

頼子が肺がんになったあと、煙草はやめていたが、去年、テレビで思いがけないことを知った。肺がんにはいろいろなタイプがあり、小細胞がんと扁平上皮がんは喫煙者に多いが、肺がんの半分を占める腺がんは、煙草とは関係がないらしい。煙草を吸わない女性の肺がんはたいていこれだという。頼子もきっと腺がんだったのだろう。

自分の喫煙が原因ではなかったとわかると、またぞろニコチンが恋しくなった。ただし本数は減っていて、一箱で三、四日はもつ。

煙草を根元近くまで吸い、灰皿に押しつける。背筋を伸ばして、大学ノートを取り出し、昨日の日記を書く。

『三月二十日（日）晴れ

朝、五時二十分起床。よく眠れた。有り難い。体操、運動、鯛雑炊。上手に炊ける。

午前中、漢字の書き取り。十一時前、知之から電話。昼から遊びに来るという。森小路の「カトレア」にケーキを買いにいく。一つ四百二十円もするのでびっくりするが、たまのことなので奮発する。玄関のまわりを掃除し、居間を片づける。

早めに昼寝をしておこうと思うが、目が冴えて眠れない。知之に電話して、早く来ても良いと言ったが、約束の時間通りにと言われる。知之は良いらしいが、雅美さんが化粧に手間取るそうだ。別にめかし込まなくても、早く来てくれるほうが嬉しいのに。

待っている間に、車をガレージから出す。知之の車が駐車違反を取られたらもう来てくれなくなるかもしれないから、ガレージに入れさせるためだ。

二時半、知之夫婦が来る。知之が帰ってくるのは一年か二年ぶりだ。

ところが、途中から妙なことを言い出した。日付を聞いたり、こちらを試すようなことを聞く。ただ遊びに来たのとはようすがちがう。元気でいてくれて助かるとか言っていたが、あれは介護がはじまったら困るという意味だ。ずっと元気でいてくれと言うのも、世話をしたくないからだ。

雅美さんに土鍋のことを言われた時は慌てた。焦げた鍋は捨てたし、においも脱臭剤で消したからわからないはずだ。なのにあの女は刑事のような目であちこち見ていた。こちらの落ち度を見つけたら、これだから年寄りは駄目だと言うつもりか。

いや、わかった。知之たちは私がボケていないかどうか調べに来たんだ。だから、日付を聞いたりしたんだ。馬鹿にしよって。親切で来てくれたと思ったら、そういう魂胆だったのか。

しかし、何か変なことを言わなかっただろうか。何を話したか、思い出せない。知之と雅美さんはときどき妙な目配せをしていたが、気づかないうちにおかしなことを言ったのか。自分ではまともだと思っていても、辻褄（つじつま）の合わないことをしゃべったのかもしれない。よけいなことを言うと、ボケていると思われる。これからはできるだけ口をきかないようにしよう』

## 4

『**コンビニに車　店員1人死亡／東大阪　運転の79歳逮捕**

「セブンイレブン東大阪柏田本町店」の店内に乗用車が突っ込んだ。店外にいたアルバイト従業員……さん（33）がはねられて死亡。……府警は自動車運転死傷処罰法違反（過失運転致傷）の疑いで乗用車を運転していた自営業……容疑者（79）を現行犯逮捕した。／……容疑者は「車を止めようとしてアクセルとブレーキを踏み間違えた」と供述しているという』(4)

夕刊を開いた雅美は、記事に目を奪われた。七十九歳の男性が、ブレーキとアクセルを踏みまちがえて、コンビニに突っ込み、アルバイトの店員が亡くなったというのだ。七十九歳といえば、幸造より一歳上なだけだ。急がなければならない。万一、幸造が同じことをしでかしたら、自分たちの家庭が破滅する。

そう思っているところに、「ただいま」と、幸太郎が珍しく早く帰ってきた。

「今日はちょっと相談があるねん」

鞄をテーブルに置いて、雅美の前に座る。

「あのさ、俺、原付の免許、取ろうと思うんやけど」

「取ろうと思うって、あんたの年で取れるの」

「取れるよ。十六歳以上やもん。友だちはみんな持ってるし、すぐ乗るんやなくて、免許を取っとくだけやから」

車の免許はいずれ取らせるつもりだが、高二で原付の免許は想定外だ。友だちが持ってるならいいかとも思ったが、すぐにオーケーは出さない。

「幸太郎。自転車は免許がいらないのに、原付や車には免許が必要なのはどうしてだかわかってる？」

「運転がむずかしいからやろ。エンジンとかついてるし」

「それだけじゃないの。自転車はたいしてスピードが出ないけど、原付はかなり出るでしょ。事故を起こしたら、相手が死ぬ危険もあるからよ。その意味、わかる？」

「気をつけろってことやろ」

「ちがう。補償をしなきゃいけないってことよ。治療費だけじゃなくて、相手が仕事を休んでる間の収入分も払わないといけないの。首の骨が折れたりして、寝たきりになったら、あんたが一生、その人の生活費を面倒みなければいけなくなるかもしれないのよ。万一、相手が亡くなったら、逸失利益といって、その人が一生の間に稼ぐ分の金額を払わされる可能性もあるの」

「そんなに」

「お金の問題だけじゃない。あんたがもし原付で人を死なせたり、寝たきりにさせてしまったら、一生、心の重荷を背負っていくことになるでしょう。他人の人生をめちゃめちゃにするんだから」

幸太郎が神妙な顔になっている。少しはイメージできるのだろう。でも、まだ手を緩められない。

「あんたが学生の間にそんな事故を起こしたら、自分で賠償金は払えないでしょう。すると、パパに出してもらうことになる。わたしだって免許を取ることをオーケーした手前、責任を感じるわ。原付や車に乗るっていうのは、そういうことなの。わかった？」

「……うん」

「だから、パパにも相談して」

「ああ。そうする」

幸太郎はリビングに入ってきたときとは裏腹に、重い足取りで自分の部屋に行った。

雅美が先々に気を走らせるのは、思いがけない不幸を避けるためだ。中学二年生のとき、両親が離婚した。ショックだった。離婚の原因は父の不倫で、彼女は父に深い嫌悪感を抱いた。それから母は再婚もせず、女手一つで弟と自分を育ててくれたが、しょっちゅう愚痴をこぼしていた。

——あたしは不幸だ。運が悪い。

それならどうしてそんなふうになる前に手を打たなかったのか。不幸が訪れてから嘆いても遅い。雅美は母のようにはなりたくなかった。だからあれこれ考え、調べて対策を練る。致し方ない不運もあるけれど、自力で防げる不運もあるはずだ。それが家庭を守ることにもつながると思って、彼女はいつも考え、努力してきた。

夕飯の支度までの間、雅美はパソコンで高齢者の車の事故を検索してみた。ニュースのサイトだけでも、何十件もヒットする。順に見ていくと、恐ろしくなった。

『認知症高齢者の交通事故は年間10万件以上。5分に一度』

『宮崎県えびの市で76歳の男性が運転する軽トラックが路側帯に突っ込み、下校中の児童3人を次々とはねた。男性には認知症の症状があった。裁判官は「わずかな出費を節約するために車を運転した態度は非難を免れない」として、1年2カ月の実刑判決を下した』

『北海道旭川市で3人が死亡する事故が発生。事故を起こしたのは75歳の女性ドライバーで、直進車に気づかず、前の車に続いて右折しようとして衝突。歩道にいた高校生を巻き込む惨事となった』

『77歳の元観光バス運転手、大阪から鹿児島へ向かう途中で、前の車をヤクザだと思い込み、Uターンして高速道路を逆走。7年前にアルツハイマー病の診断を受けていたが、「運転は大丈夫」と思っていた』

先日、幸造の家を訪ねたときに見た光景が思い浮かぶ。右側通行の向きに停めてあった車。幅寄せは十分ではなく、バンパーやボディにぶつけた痕があった。以前の幸造は、幅寄せも上手だったし、車をぶつけることもなかった。大きな事故を起こす前に、一日も早く運転をやめさせなければならない。

雅美はネットの情報を次から次へとプリントアウトした。

午後九時過ぎ、知之は重い足取りで帰宅した。七十九歳の男性がブレーキとアクセルをまちがえて、コンビニに突っ込んだという記事を、電車の中でスマホのニュースサイトで見たからだ。雅美はきっとこの話を持ち出すにちがいない。

玄関を開けると、出迎えた雅美は、案の定、新聞を手にしていた。

「東大阪のコンビニの事故だろ」

先制攻撃のつもりで言うと、雅美はわかっているならけっこうというふうに知之を奥へ通した。部屋着に着替えてダイニングに行く。食事の用意はできているが、面倒な話をすませてからでないと食べる気がしない。

「親父の運転のことは僕も考えてるよ」

「どう考えてるの」

「だから、そろそろやめたらどうって言うよ」

「そんな甘っちょろいことじゃだめ。これ見てよ」

パソコンからプリントアウトしたらしい情報が並べられる。毒々しいカラー印刷で、文字だけでなく、正面衝突した車の写真や、事故を再現したらしいイラストも出ている。

「七十五歳を過ぎたら、認知症でなくても運転能力は落ちるのよ。注意力も判断力も鈍って、若いときには考えられないような事故を起こすの。認知症だと運転中に行き先を忘れたり、赤信号を無視したり、ブレーキとアクセルをまちがえたりするんだって。お義父さんも危ないわ」

「一般論だろ。うちの親父も同じだとはかぎらないじゃないか。どうして君はそう悲観的なほうへばかり考えるのかなぁ」

「それが危機管理でしょう。あなたみたいに楽観的なのは、何もないときは気楽でいいけれど、何か起きたらうろたえて何もできないんじゃないの。それとも何かあったら、ひとりで全部対応してくれる?」

ここでうんと言うと、言質(げんち)を取られてすべてを押しつけられる。

「君の心配もわかるけど、親父も今はそんなに車に乗ってないんじゃないか」

「たまに乗るからよけいに危ないのよ。とっさの判断ができないし、交通ルールも忘れるでしょう。車間距離の取り方や、右折のタイミングもわからなくなって、事故の危険が高まるわ」

「でも、親父も車が必要なときもあるだろ」

「どうしてもいるときは、わたしが車を出すわよ。わたしが都合つかないときは、タクシーを使えばいいのよ。万一の賠償金を考えたら、タクシー代くらい安いものよ」

ひとこと言うと二倍くらい返ってくる。知之にこれ以上抵抗する余力はなかった。

「わかった。じゃあ、親父には運転をやめてもらう。でも、それ、君が言ってくれる?」

「どうしてよ。あなたの親でしょ」

「言い出したのは君だろう」

言ってからしまったと思ったが遅かった。踏んだ地雷は爆発するほかない。

「そんなら、わたしはもう何も言わない。その代わりお義父さんがこのまま運転を続けて事故を起こしたら、あなたが全部、責任を取ってちょうだいね。事故の処理から保険の請求から、警察の手続き、相手の通院の付き添い、迷惑をかけた人へのお詫び、裁判になったら弁護士を頼んで、何回も裁判所に足を運んで、賠償金の支払いも何もかもひとりでやってくれるのね」

「い、いや……、悪かった。親父には僕が言うよ。事故が起きてからじゃ遅いもんな。運転をやめさせるのは、親父のためでもあるもんな」

「そうよ。フン」

雅美は勝ち誇ったように荒い鼻息を吐いた。

食事をはじめると、幸太郎が部屋から出てきた。いつになくまじめな顔をしている。

「ちょっと相談あるんやけど」

「何だ」

「原付の免許取りたいんやけど、いいかな」

「ああ、免許くらい取れよ」

「えっ、いいの。ラッキー」

幸太郎はぱっと明るい表情になり、鼻歌交じりに風呂場へ消えた。目の前で雅美が般若（はんにゃ）のような顔をしていたが、知之にはなぜ妻が怒っているのかわからなかった。

# 四

――毎日が日曜日。

知之に言われた言葉が、四日たった今も引っかかっている。

現役時代には日曜日が待ち遠しかったが、今は暇を持てあましている。知之のように毎日、遅くまで働いている者からすれば、贅沢(ぜいたく)な悩みなのだろう。

幸造は昨日から、朝食を食パンに変えた。鯛雑炊は弱火の調整が気になって、ゆっくり体操とストレッチができないからだ。

スーパーで買ってきた食パンの袋を開くと、いいにおいがした。試しにそのまま食べるとうまかった。食パンには食パンの味がある。新鮮な発見だった。

朝食の片付けをすませて居間にもどり、大学ノートを開く。

『三月二十三日(水)曇り

五時十五分起床。わりと暖かい。朝食の食パンがおいしい。仏壇に供える。

午前中日記を書いて、漢字の書き取り。うかんむりを十個。なんとか書ける。

昼は宅配弁当のご飯と卵スープ。おいしい。一時間昼寝。そのあと、久しぶりに車に乗った。たまに動かさないとバッテリーが上がってしまう。面倒臭い。ガソリン代とか車検の経費を考えると、見合う値打ちがあるのかどうか疑問だ。

梅新東に出て新御堂筋を走る。江坂あたりでのろのろ運転になり、イライラする。万博公園まで足を延ばすが、今度はスピードが出すぎて、出口であわやカーブを曲がりきれなくなり、肝を冷やす。その前は右折で直進車とぶつかりそうになった。

駐車場もなかなか見つからない。表示がわからず、外周道路を三周してやっと西駐車場を見つける。誤って出口のほうに入ってしまい、出てきた車にクラクションを鳴らされた。年寄りが運転してるのだから少し待ってくれたら良いのに、最近の若者は思いやりがない。

車を降りると、気持の良い風が吹いていた。太陽の塔を目指す。昭和四十五年の大阪万博を思い出す。登喜子はまだ一歳で、頼子の実家に預けて二人で行った。外国人の客に混じって、半分デート気分だった。二人とも若かった。そう言えば、太陽の塔のてっぺんにある黄金の顔の目を占拠して、ハイジャックならぬアイジャックをした男がいた。あの男は今頃どうしているのか。

帰りも新御堂筋が渋滞。一時間半もかかってしまう。家の近くで四つ角から子どもが飛び出し、急ブレーキを踏んだ。危ない。学校で何を教えているのか。

ガレージに入れるとき、バンパーをぶつけてしまう。車というヤツはほんとうに胸糞悪い。お払い箱にしてやろうか。

八時過ぎ、知之から電話。今度の土曜日にまた来ると言う。この前の日曜日に来たばかりなのに、どういう風の吹きまわしか』

書き終えた幸造は、新聞のチラシに漢字の書き取りをはじめた。昨日はうかんむりで楽勝だったから、今日は少々手強いものを選んでみようと思う。つちへんを書いてみる。

『場、地、堪……』

三つで詰まってしまう。やっぱりむずかしい。

しばらく考えると、『塀、城、境、坂』と出た。あと三つだ。えーと、炭坑の『坑』がある。土とか地面に関係するものを思い浮かべる。お城の『堀』だ。あと一つ、うーん、堆積の『堆』か。

やれやれ、なんとか十個出た。もっと簡単な字があるはずだと、幸造は漢和辞典を開く。案の定、たくさんある。『坊』『坪』『垣』『埋』『域』『塚』『塔』。どうして思いつかないのか。滅多に使わない字を思い出すのに、ありふれた字が出てこない。不思議だ。

## 5

『**認知症　危ういハンドル／検査に限界　免許返納促す**

認知症と診断されると免許の取り消しや停止となる。／ただ、昨年に検査を受けた約１４５万2千人のうち、取り消しや停止は１１８人。０・００８％に過ぎない。グレーゾーンの人が漏れていると見られている』(5)

義父の家に向かう途中、雅美は運転席の知之に聞いた。

「今日はどう説得するつもり？　ちゃんと話の持っていきようを考えてるの」

「もちろんさ。ふつうに説得しても聞き入れないだろうから、作戦を考えてるよ」

「どんな」

「だから、高齢者は反応が鈍くなってるとか、アクセルとブレーキを踏みまちがえるとか、高速道路を逆走することもあるとか言って、危機感を高めておいて、そろそろ運転をやめたほうがいいんじゃないかって言うのさ」

「モロふつうの説得ね。だけど、わたしも名案はないし、とにかく当たって砕けろというところだわ。一応、これは持ってきてるけど」

七十九歳のドライバーがコンビニに突っ込んだ記事をクリアファイルから取り出す。

「免許の更新のとき、認知症だとわかると取り消しや停止になるらしいけど、グレーゾーンはほとんどすり抜けちゃうのよ。七十五歳以上の人は、認知機能を確かめるために、講習予備検査というのを受けるらしいけど、それって日付を言わせたり、時計の文字盤を描かせたりするだけよ。そんな簡単な検査で、危険なドライバーを見分けられるはずないわよね」

「だけど、むずかしすぎるのも問題じゃないか」

知之たちの前に高齢運転者マークをつけた車が割り込んできた。明らかに後続車を見ていない。

「危ないわねぇ」

雅美は非難がましいため息をつく。知之がスピードを上げて追い越す。追い抜きざまに運転者を見て、雅美が言った。

「今のおじいちゃん、ぜったい八十は超えてるわ。七十五歳以上になったら、もう運転なんかしなくていいのに」

「君は七十五になったら、運転をやめるのか」

雅美は答えに詰まる。四十二歳の彼女は運転に自信があるし、買い物が多いときにはデパートにも車で行く。当然、老いても運転をやめる気はない。

「七十五はちょっと早いかな。でも八十になったらやめるかも」

「ほんと？　メモしとこうかな」

「うるさいな。わたしのことは関係ないでしょ。お義父さんの運転をやめさせることが先決じゃない。そっちをしっかり考えてよ」

雅美の口調が危険水域に達したのを察したのか、知之は黙った。

幸造の家に着くと、また車が路上に出してあった。今日は左側通行の向きに停めてある。それを見ながら、知之はガレージに車を入れた。

幸造が出てくると、雅美はとびきり愛想のいい挨拶をする。

「こんにちはー。また遊びに来ました」

「いらっしゃい。さあ上がって」

幸造もにこやかに迎える。居間に通されると、桜餅と烏龍茶が出た。

「続けて来てくれて嬉しいよ。そろそろ冷たい飲み物がいいと思ってね」

「わたし桜餅、大好きなんです。葉っぱの香りがなんとも言えなくて」

幸造と雅美の和やかな会話が滑り出す。表面上は和気あいあいだ。知之も烏龍茶でのどを潤す。

「いつも車、ガレージから出してくれなくていいのに」

「このあたりも駐禁のミドリムシがうろついてるんだよ」

「最近、車とかよく乗ってるの?」

「ああ、この前は気晴らしに万博公園まで行ってきた。ときどき乗らないとバッテリーが上がるからな」

雅美が言葉をはさむ。

「お義父さん、疲れませんでしたか」

「疲れるどころか、気分爽快だったよ。はははは」

幸造の笑いはどことなく嘘っぽい。雅美が知之に説得開始の目配せを送った。

「父さん、この前、東大阪で高齢のドライバーがコンビニに突っ込んだの知ってる?」

「いや、知らない」

事故の概要を説明すると、幸造の顔が強ばった。知之は一気に言う。

「父さんもそろそろ運転は卒業したほうがいいんじゃないかと思って」

返事をしない。気まずい沈黙を避けるように、雅美が笑顔で言った。

「わたしたち、お義父さんのことが心配なんです。お義父さんが悪くなくても、乱暴な運転をする人も多いでしょう。若い人はせっかちだし。車がいるときはわたしがいつでも出しますから」

「ありがとう。でも、まだ大丈夫だよ。事故も違反もしてないから」

事故を起こしてからじゃ遅いんだと言いかけて、知之は自制する。

「次の免許の更新はいつ」

「再来年だ」

「じゃあ、去年、更新したんだね。講習予備検査っていうのを受けただろ。判定はどうだった」

「あんなもの、どうってことないよ」

「記憶力と判断力が低くなってるとか、言われたんじゃないの」

「どうだったかな」

「それを覚えてないのが、記憶力が落ちてるってことじゃない。運転を続けるなら、病院で検査を受けたほうがいいと思うけど」

「検査なんか受けなくても大丈夫だ。毎日、漢字の書き取りもしてるし、家のこともひとりでできてるだろ」

漢字の書き取りと運転は関係ないと思うが、頭ごなしに否定するのはよくないと、気持を抑える。すると、幸造もわずかに歩み寄りの姿勢を見せた。

「おまえたちが心配してくれるのは嬉しいよ。だけどな、まだ車がいることもあるんだ。荷物があるときとか、この前みたいに遠めの気晴らしとか」

「電動自転車があるじゃないか」

「雨の日もあるだろ。傘をさして自転車に乗ったらよけいに危ないんじゃないか。それに夏の炎天下は熱中症もあるし、真冬は風邪をひく危険もあるぞ」

思わぬ反撃に知之は言葉を返せない。これだけ言えるなら、父親は認知症ではないんじゃないか。そんな疑念がよぎる。選手交代とばかりに、雅美が割って入った。

「でも、お義父さん、ガソリン代とか車検とかの経費を考えたら、車はけっこう無駄なお金もかかるでしょう」

「十分それに見合う値打ちはあるよ」

「駐車場をさがすのだって、たいへんじゃないですか」

「表示が出てるだろ。万博公園でもすぐ見つけたよ。入口もまちがえなかったし。それに私は車が好きなんだ。だから、いつも丁寧に扱ってる」

「でも、ぶつけた痕がありますよね」

今度は幸造が言葉に詰まる。

「あれはな、駐車場で当てられたんだよ。知らん顔して行くひどいヤツがいるんだ」

そう取り繕ってから、態勢を立て直す。

「それにしても、雅美さんは私の車をまったくよく見ているねぇ」

「別に、そういうわけじゃありませんけど」

皮肉を込めた口調に、雅美も舌鋒を鈍らせる。やはり運転をやめさせるのは一筋縄ではいかないようだ。

「父さんは年のわりには元気だと思うよ。だけど、若いときに比べたら反射神経も鈍ってるだろ。右折のタイミングが取りにくいとか、車線変更がうまくできなかったりしない?」

「大丈夫だ」

「でも、急に子どもが飛び出したり、思いがけずスピードが出て、カーブが曲がりにくかったりしたら危ないだろう」

「そんなことはいっさいない」

声に怒気がにじんでいる。正面から説得するのは逆効果のようだ。知之はいったん間を置き、改めて言った。

「僕たちは、何も父さんから車を取り上げようとしてるんじゃないんだ。もしものことがあってからじゃ遅いから」

「わかってる。俺のためを思って言ってくれてるんだろ。だけど、できるだけ自分のことは自分でやりたいんだ。おまえたちに迷惑かけたくないから」

「迷惑だなんて思ってないよ。父親の世話をするのは当然だし、雅美も協力的だろう」

「そうですよ、お義父さん。車が必要なときは、いつでもわたしが乗せていきます。遠慮なんかぜんぜんいりませんから」

雅美も調子を合わせる。幸造は血のつながらない雅美には少し遠慮があるようだ。

「ありがとう。それなら、ちょっと考えてみるかな」

「じゃあ、運転は控えてくれる？」

「まあ、できるだけな」

「できるだけって、たまにしか乗らないと、勘が鈍ってよけいに危ない……」

知之が前のめりになりかけると、逆に雅美が引き留めた。

「あなた、お義父さんにもお考えがあるんだから、こっちの言い分ばかり押しつけるのはよくないわよ」

「雅美さん、ありがとう。あんたは優しいねぇ。私もできるだけ心配をかけないようにするよ」

「知之さんはちょっと心配性なんです。でも、お義父さんのことをいちばん大事に考えているんですから」

雅美が絵に描いたような笑顔で小首を傾げ、運転の話はそこで終わった。

「僕が心配性だなんて、よく言うな」

帰りの車で、知之がぼやいた。「もう一押しで親父に運転を断念させられたかもしれないのに」

「強引に説得しても、あとで気が変わったら意味ないじゃない。初日はこれくらいでいいのよ。でも、お義父さん、思ったより冷静に受け止めてくれたわね」

「そうだな」

「わたしたちに迷惑をかけたくないって言ってたけど、運転を続けて事故を起こされるのがいちばん迷惑なんだけどな。それがわからないのが年寄りなのよね」

雅美は苦笑しつつ重いため息をついた。

## 五

台所でガスコンロの前に立ち、円形に並んだ穴をじっと見つめる。

コンロの穴はこんなふうだったろうか。車のタイヤのように見える。雪の上でも滑らない安全なタイヤだ。

鯛雑炊をやめてから、コンロに火をつけることがなくなった。宅配の弁当は電子レンジで温めるし、湯も電気ポットで沸かす。

火の着いていないコンロを見ていると、形が奇妙に思えてくる。何気なくつまみに手をやり、押してみる。動かない。引いてみる。引っ張れない。横に動かそうとしても固定されたままだ。いったいどうなっているのか。ガチャガチャ触っているうちにつまみがまわり、炎が立った。しばらく見つめ、ふたたび操作つまみを無作為に動かす。つまみが反対向きにまわり、火は消える。

「コンロよーし」

無意識に指をさしている。いったい何のために？　わからない。

幸造は冷蔵庫を開け、牛乳とあんパンを取り出す。居間のテーブルに運び、あんパンを頬張る。味がしない。どうしたことか。昨夜の薬のせいか。機械的に咀嚼して呑み込む。

洗面所で口をゆすぐと、鏡にまぶたが垂れ、頬がやつれ、口の歪んだ老人が映っている。

これが俺？

灰色に濁った半眼が、不機嫌そうにこちらを見ている。茶色いシミ、深いほうれい線、頑固そうな唇。見たくもない。

気がつくと居間の机にもどり、右手で目元を覆っていた。

どれくらい時間が過ぎたのか。こんなことはしていられない。大学ノートを開き、昨日の日記を書きはじめる。

『三月二十六日（土）

五時十分起床。体操。午前中、スーパーに桜餅とウーロン茶を買いにいく。

午後、知之夫婦が来る。運転をやめろと言われ、不愉快になる。運転を続けるなら、病院で検査を受けろと言う。俺はそんなに頼りないのか。迷惑をかけないように頑張っているのに。悔しい。

年寄りが運転をするのは危険だと言うが、若者は危険でないのか。若者は交通事故を起こさないという保証でもあるのか。

俺は独り暮らしもできているし、それほどモウロクしているわけではない。買い物も洗濯も風呂も全部、自分でできる。それなのに駄目人間扱いされるのは屈辱だ。

もし車を取り上げられたら、次は何を禁止されるかわからない。そのうち自転車にも乗るなと言うだろう。散歩にも行くなと言いだすに決まっている。危険は承知の上だ。だから気をつけているのだ。それでも運転をするなと言うのか。

どうせ嫁の入れ知恵だろう。俺に運転をやめさせようとしているのはあの嫁にちがいない。俺を施設送りにして、この家をつぶして、新しい家を建てようと思っているのか。そうはさせるか。登喜子もいるのに、知之夫婦に勝手な真似はさせられない。

腹が立って夕食ものどを通らなかった。ビールも一口飲んで捨てた。

夜も眠れず、安定剤を一錠のむ。それでも眠れず、二時にもう一錠のむが、うつらうつらするばかりで熟睡できない。怒りが強すぎて、薬が効かない』

そこまで書いて、幸造はうなだれる。昨日の怒りに加え、睡眠不足と安定剤の副作用で、頭の芯がしびれたようになっている。

大学ノートを閉じ、新聞のチラシを裏返す。漢字の書き取り。今日は何をしようか。久しぶりに簡単なさんずいをやってみよう。

『川』、ちがう。

『池、湖、……流、……』、出て来ない。さんずいならいくらでもあるはずなのに、思いつかない。すべては昨日の一件が原因だ。親不孝者。

幸造はチラシを力任せに引き裂き、這うようにして和室の布団に潜り込む。

6

**『もう乗って欲しくない　だけど／生活に必要　危なくても言えない家族**

「恨まれるのはつらかった」。熊本市の郊外に住む女性（61）は、夫（65）に、運転をやめさせるまでの苦悩を、そう振り返る。／……女性が運転を代わろうとすると、夫は「なぜ運転できないんだ」と憤った。隠していた鍵を探し回り、「出せ」と怒鳴った。代わりに買った自転車は壊してしまった』(6)

週明けに学童保育に行くと、先に来ていた家庭内別居の奥さんが、雅美を見るなり聞いてきた。

「ねえ、お義父さんの説得、うまくいった？」

先週、幸造に運転をやめさせる話をしていたので、三人のパート仲間は結果を心待ちにしていたようだ。

「それが簡単にはいかないのよ。頑固で聞き分けのない人だから。主人が運転はそろそろ卒業したらって言ったら、急に不機嫌になって黙り込んじゃって」

「やっぱりねぇ。うちの実家の父もきっとそうやろな」

自分の父親が認知症かもしれないと思っている郵便局員夫人が顔を曇らせる。

「けど、お義父さん、車をぶつけたりこすったりしたことはないの？」

単身赴任の妻が聞いたので、雅美はナイスな質問とばかりに答えた。

「あるわよ。バンパーやボディにへこんだ痕があるのに、あれは駐車場で当てられたんだってごまかして、『それにしても、雅美さんは私の車をまったくよく見ているねぇ』なんて、わたしのことをにらむのよ」

雅美がそれっぽく口まねをしたので、三人は笑った。

家庭内別居の奥さんが言う。

「年寄りって妙に鋭いところがあるのよね。大事なことには気づかへんのに、都合の悪いことは敏感に察知したりして」

「そうなのよ。主人が電動自転車でいいだろうって言ったら、雨の日はどうするんだ、真夏は熱中症の心配があるし、冬は風邪をひくとか言って、主人のほうがやり込められてた」

「車がないと生活が成り立たない地域もあるけど、大阪市内に住んでたら必要ないわよね。

それより、万一の事故のほうがよっぽど怖いわ」

「あたしの知り合いも、近所のおじいさんがアクセルとブレーキを踏みまちがえてガレージに突っ込んできたんよ」

郵便局員夫人、単身赴任の妻が口々に言うと、雅美は「うちの義父はまだそこまでひどくないと思うけど」と小声で抗弁した。すると三人がいっせいに反論する。

「そう思ってる間が危ないんよ」

「みんな踏みまちがえるはずないと思ってて、まちがえるんやから」

「認知症でなくても踏みまちがえるんよ。高齢者はとっさの判断がでけへんから」

雅美は黙り込むしかない。言い過ぎたと思ったのか、郵便局員夫人が雰囲気を変えるように言った。

「わたし、ちょっと調べてみたんよ。高齢者に運転をやめさせる方法。ネットにいろいろ出てたわ。まずは相手のプライドを傷つけんようにして、自尊心をくすぐるんやて」

「どうやって」

「お義父さんの運転がうまいのはよく知ってます、でも、お義父さんくらいのお年になったら、自分で運転するより、後部座席にゆったり座っているほうがお似合いじゃないですか、会社の重役みたいで、とか言うんよ」

「なるほど。で、車がいるときは、わたしがお抱え運転手になりますって持っていくのね」

「ほかにも、最近の若いドライバーは運転が荒いから、事故になったら向こうが悪くても、お義父さんの運転歴を汚すことになるから、今のうちにやめるのが賢明な判断ですよと勧めるとか」

「賢明な判断というのがポイントね」

「前にテレビでやってたけど、息子が経費節減で会社の車を使えなくなったと言うて、父親に車を貸してくれと頼むというのがあったわ。車を買う余裕がないから、お父さんの車を貸してもらえれば助かるって頼ると、父親は機嫌よく受け入れるんやて」

家庭内別居の奥さんが言うと、単身赴任の妻もアイデアを出す。

「免許返納の特典を教えるのもいいかもよ。返納した証明書を提示したら、いろんな施設の割引とか、無料サービスなんかもあるらしいわ」

「いいわね。今度、義父に言ってみるわ」

「女性週刊誌に出てたけど、認知症と知りながら運転を止めへん家族は、事故が起きたら連帯で賠償責任が発生するんやて」

賠償という言葉に、苦い思いがよみがえる。家庭内別居の奥さんはどうしていやなことばかり言うのか。思いやるふりをして、実はいやがらせをしてるのじゃないかと、雅美は邪推してしまう。

「でもさ、わたしたちも他人事やないよ。いずれ年を取るんやから」

郵便局員夫人がまた話題を変えると、ほかの二人も即座に食いついた。

「認知症の予防にはカラオケとかダンスがええらしいよ。アメリカでそういう研究があったんやて、知らんけど」

「アルツハイマーの予防物質が見つかったいうニュースもあったよ。脳にある蛋白質らしいわ」

「何ていう蛋白質?」

「覚えてない。なんかむずかしい名前やった。五十川さん、知らへん?」

「それは知らないけど、京大がｉＰＳ細胞を使ってアルツハイマーの治療薬を開発中って記事は読んだわよ」

新聞やテレビ、週刊誌などの断片的な情報が飛び交う。

「早く医学が進んで、認知症が治るようになったらええのに。専門家にもっと頑張ってほしいわ」

「たぶんもうすぐやよ。あたしたちがその年になるころには、予防薬もできてるんちゃう」

「かもね。それやったら安心やね」

いつの間にか話は自分たちの将来のことにすり替わり、根拠のない楽観で終わった。

# 六

遺影のガラスにろうそくの炎が映っている。その向こうから小首を傾げる頼子は、笑っているようにも、不安そうにも見える。

幸造は仏壇に向き合い、力が抜けたように頭を垂れた。

——俺はそんなにダメになってしまったのか。七十八にしては、しっかりしていると思っていたが、やっぱり年には勝てないのか。

遺影の頼子は何も答えない。

——おまえは早く死んでよかったかもしれんな。

仏壇の引き出しを開けて、写真を取り出す。色あせたカラー写真、若いころの妻と自分、登喜子と知之がまだ小さかったときの家族写真。別の一枚は香川へ讃岐（さぬき）うどんを食べにいったときのものだ。子どもたちが独立したあと、夫婦で朝から車で出かけた。あのころはまだ二人とも元気だった。

遺影の頼子を見ると、笑顔が少し和らいでいる。

——あの旅行は楽しかったな。金刀比羅宮（ことひらぐう）の石段を登っても平気だったし、何とかいう店のうどんもうまかった。名物のイカの天ぷらが俺の前の客でなくなって、えっと思ったら揚げ立てのが出て、かえって得をしたよな。ふふふ。

過去の時間が月にかかる薄雲のように流れる。むかしのことならいくらでも思い出せる。

どれくらいそうしていただろう。追憶は弱まり、味気ない現実が迫(せ)り出してくる。

幸造は仏壇の前を離れ、テーブルに大学ノートを広げる。心を落ち着かせて、昨日の一日を朝から思い返す。

『三月二十八日（月）

五時三十分起床。夜中のトイレは二回。

体操とストレッチをして、食パンにイチゴジャムとバターを塗って食べた。ふつうに食べられるのは本当に有り難い。

午前中、登喜子に電話をかけた。知之が運転をやめさせようとするんだと言うと、同情してくれた。「お父さんがかわいそう。わたしが知之に意見する」と言ってくれる。「知之はなぜ俺をいじめるんだろう」と聞くと、「男は先のことばかり考えて、今の気持を大事にしないからよ」と教えてくれた。その通りだ。安全ばかり考えていては、身動きが取れない。登喜子は「元気な間は好きなことをすればいいわよ」と励ましてくれた。思わず嬉し涙がこぼれる。

登喜子のおかげで気分がよくなり、食欲が出る。昼は宅配弁当に買い置きの鯨(くじら)角煮。一時間昼寝。

夕食もおいしく食べる。午後八時、登喜子から電話がかかってくる。さっそく知之をとっちめてくれたのかと思いきや、知之の言い分にも一理あるようなことを言いだす。

「朝はお父さんがかわいそうだと言ってたじゃないか」と糺すと、高齢者の運転は危ないとか、運転技能がどうだとか、知之夫婦と同じことを言う。雅美さんに入れ知恵されたのかと思ったがちがうらしい。しかし午前中と言うことがあまりにちがう。

おまけに、いきなり「お父さん、今日は何日だかわかる」と聞いてきた。とっさのことで、わかっているのに答えられない。屈辱と悔しさで頭に血が上り、よけいに言葉が出なくなる。すると、電話口で怪しむように沈黙するので、「わかってるが、そんなことは答えない」と言ってやった。すると、「わかってるなら答えれば」と、人を見下したように言うので、「馬鹿者!」と怒鳴って、受話器を叩きつけた。

登喜子まで俺を馬鹿にして老いぼれ扱いする。ボケ老人に聞くようなことを聞いて、こっちがどれだけいやな気がするかまるでわからないのだ。腹が立って仕方がない。いったい俺が何をしたというのか。みんなでよってたかってモウロクジジイ扱いしおって。

部屋が暗い。寂しい。

俺はだれもいないこの家で、ひとりで寝て、起きて、飯を食って、何もすることがなく、だれとも話さず、テレビもロクに見ず、音楽も聞かず、ただ時間の過ぎるのに耐えているのだ。知之や登喜子たちに世話をかけないよう、できるだけ自分のことは自分でして、いろいろなことを我慢して、無駄遣いもせず、家も汚さず、部屋も片付け、台所とトイレも掃除して、ゴミ出しもして、洗濯物も自分で洗って干して取り入れているのだ。幸太郎や麻美ちゃんがどうしているのか、気になるが、勉強の邪魔をしたらいけないと思って、電話もかけないようにしている。たまには若い者たちとレストランにでも行きたいが、みんな忙しいだろうから誘いもしない。金ならいくらでも出してやる。それでも、それぞれの都合があるだろうから、遠慮しているのだ。

この年になると、死が近づいているのがわかる。このまま死んでもいいのか。あとで知之や登喜子たちが困らないか。家と土地はどうなる。大した遺産はないけれど、あとでもめるようなことはないか、それが一番の気がかりだ。家族は仲良く暮らして欲しい。あの子達が幸せになれるよう、できるだけ世話をかけないように、介護に巻き込まないよう、気を遣って、努力して、頑張って生きている。寂しいけれど、若い者はみんな忙しいから、年寄りは放っておかれても仕方がないとあきらめている。

それなのに、どうしてこんな仕打ちを受けなければならないのか。

電動自転車は便利だが、時々バッテリーが上がるから困る。この上、車を取り上げられたら、いざというときに動けない。車がなければ、孫が病気になっても駆けつけられない。知之が困ったときにも助けに行けない。ときどき運転しておかなければ、肝心のときに役に立てない。

登喜子の電話で気分が悪くなり、安定剤をのんで、午後九時四十分就寝』

書き終えて、幸造は泥沼から這い出したようなため息をつく。とにかく、今は老化と闘わなければならない。このまま老いぼれるわけにはいかない。新聞のチラシを取り、裏に漢字の書き取りをはじめる。今日はまだれに挑戦しよう。

『麻……、広、廣……』

むずかしい。出て来ない。やめだ。いとへんに変えよう。

『糸、絹、紙、結……、縒……、綱、網……、絨、……紐、絞』

よし、十個書けた。これだけ書ければ大丈夫だと、幸造は気分よく立ち上がる。

が、何のために立ち上がったのか思い出せず、空虚な照れ笑いをしながらふたたび座り込む。

## 7

『シニアは「老いの自覚」を／「有料老人ホーム・介護情報館」館長　中村寿美子さんに聞く
高齢者には、いつまでも若くはないという「老いの自覚」を持つ必要性を説く。「老い」を自覚することはさまざまな準備につながる。「高齢者はいつ何が起こるか分かりません。例えば私の場合でいうと認知症の疑いが出たらこの病院、介護が必要になったらこのホーム、という風に細かく自分の希望を子どもに伝えています」』(7)

「ちょっと、この記事を見てよ」

雅美が広げた新聞を突きつけるように差し出した。見出しに大きく『シニアは「老いの自覚」を』とある。

「お義父さんに足りないのはこれよ。わたしたちに世話をかけたくないと思ってるのはわかるけど、どっかピントがズレてるのよ。もう年なんだから、何もしてくれないのがいちばんありがたいんだけど、いろいろしたがるでしょ。車をガレージから出すのもそうだし、この前だって、夜に電話してきて、今、テレビで製薬会社の内幕ドキュメントをやってるから、知之に見せたらどうだなんて言うのよ。まだ帰ってませんて言ったら、じゃあ、ビデオに録画しておいてやってくれとか言って、わたしの仕事を増やしてくれるわけ」

「ああ、この前のな……」

知之は渡された記事に目を通す。

「親切で言ってくれてるのはわかるのよ。でも、鬱陶しいの。前にわたしが安物のビーズのブレスレットをつけて行ったら、お義父さんがほめてくれるわけ。お愛想で嬉しそうにすると、次に行ったら似たようなブレスレットが買ってあるの。喜ばないわけにいかないでしょ。でも、あんまり喜ぶとまた買ってきそうだから、もういらないってことを、失礼にならない程度に明確に、だけど、不愉快にならないように伝えるのってむずかしいのよ。下手に断るとすねちゃって、雅美さんは好き嫌いがはっきりしてるからなんて、嫌みを言われるし、ほんと面倒くさい」

「でも、この記事には、『若い人は介護される人の希望を大切に』とも書いてあるぞ」

これは迂闊な反論だった。自分の非はまず認めない雅美は、正鵠を射られるとたちまち感情的になる。

「そんなのきれい事じゃない。本人の希望が大事なことくらいわかってるわよ。でも、事故や怪我や火の不始末やら、いろいろ危険があるから、前もって予防しようとしてるんじゃない。病気の心配もあるし、介護の心づもりも必要でしょ。本人の希望を大切にして、好き放題させて事故が起きたら、その新聞は責任を取ってくれるの？　無責任ったらありゃしない。自分の家と家族は自分で守るしかないのよ。新聞ごときにきれい事の口出しなんかされたくないわ」

自分に都合のいいときは「新聞に書いてある」と突きつけてくるくせに、都合が悪いと「口出しされたくない」と言うのはおかしいんじゃないか。そう思ったが、指摘するとさらに感情的になるので、知之は口をつぐんだ。雅美も状況が好ましくないことはわかっているのか、そそくさと話題を変える。

「この前、電話でお義姉さんも心配だって言ってたでしょ」

先日、登喜子が電話をかけてきたのは、もともとは知之たちに抗議するためのようだった。仙台にいる姉は、父親の実情を正確には知らない。娘としての希望的観測もあって、幸造はまだしっかりしていると思っていたようだ。運転を禁止するのはやりすぎだと言う姉に、知之はいろいろ説明したが、うまく理解させることができなかった。横で聞いていた雅美が、半ば奪うように受話器を取り、岸辺駅での一件や、土鍋を焦がしたこと、車を右側通行の向きに停めていたことなどを、説得力豊かに、つまり、多少誇張して説明した。

すると、今度は離れている分、心配が募るのか、姉は自分が父親を説得すると言いだした。雅美は、わたしから聞いたとは言わないほうがいいですと釘を刺し、登喜子も話の持って行きようを考えると言った。ところが、十分もしないうちに、また電話がかかってきて、父親を説得しようとしたら、逆に馬鹿者と怒鳴られたと、かなり感情的な声で報告してきた。認知症がはじまりかけているかもしれないから、早く病院に連れて行ったほうがいいと、最初の電話と真逆の話になり、雅美との共闘が成立したのだった。

この状況は、知之にはまったく好ましくなかった。女二人のプレッシャーを一身に受けなければならないからだ。

雅美が話を進める。

「高齢者に運転をやめさせるのは、簡単なことじゃないのよ。ストレートに言ってもだめだから、いろいろ作戦が必要なの。たとえば」と雅美は先日、学童保育のパート仲間に聞いた説得方法を列挙してから続けた。

「これは単なる例よ。もっと効果的なシナリオを考えないといけないの。あなたはどんなのがいいと思う？」

「親父は会社の重役に憧れたりしないから、車の後部座席に座らせる作戦は無理かもな。経費節減で車を貸してくれというのも、それなら車を買ってやるって言いそうだし、運転歴を汚したくないとか、賢明な判断をとか言っても、首を縦に振らないだろうな」

「じゃあ、免許返納の特典はどうかしら。ネットで調べたら、うまい具合にお義父さんの家の近くにある今市商店街とか千林商店街に協力店がいっぱいあるのよ。割引とか粗品進呈とかポイント二倍サービスとか」

「いやぁ、親父は料金はきっちり払わないと気がすまない質だし、無料サービスとかバーゲンみたいなのも嫌いだからな」

「見栄っぱりね。公のサービスなんだから、堂々と受ければいいじゃない」

雅美が手詰まりのようすなので、知之は何気なくつぶやいた。

「大きな事故を起こしてないのに、今すぐ運転をやめさせるのはちょっとかわいそうな気もするな……」

雅美はゴキブリでも見つけたように、きつい顔で知之をにらんだ。

「大きな事故を起こしてからじゃ遅いからいろいろ考えてるんじゃない。お義父さんが悪くなくても、子どもが飛び出したり、年寄りの歩行者がよろめいたりとかもあるでしょう。とっさにブレーキを踏むのが遅れたら、それでアウトよ。万一、ブレーキとアクセルを踏みまちがえたりしたら、それこそ一大事よ。この前、認知症のドライバーが迷子になって、電車の線路を車で走ったっていうニュースもテレビでやってたでしょ。お義父さんがそんな状況になって、だれかを巻き添えで死なせるとか、電車を止めるとかしたらどうするの。お義父さんだって危険な目に遭うし、いろいろ後の処理も大変で、わたしたちの生活が壊れることだってあるのよ」

雅美はやはり賠償金のことを心配しているのだ。世知辛いと思うけれど、実際問題、知らん顔をするわけにはいかない。

知之は例によって、全面降伏を表明した。

「わかったよ。君の言う通りだ。今度の週末、もう一度、親父のところに行こう。それでうまく説得してみるよ。一度に無理でも、何回か通えばわかってくれるだろう。でも、賠償金の話はしないほうがいいと思うよ。親父はお金の話が嫌いだから」

それでなんとかその場は収まった。

## 七

窓を開けると、気持のいい風が吹き込んできた。

春の太陽が穏やかに輝いている。こんな日は電動自転車ではなく、歩く散歩のほうがいいだろう。そう思い立ち、幸造はくたびれたサンダルを履いて家を出た。

歩きの散歩はたいてい家の北を流れる淀川のほうに行くが、今日はもう少し遠くへ行ってみようと思う。淀川はカーブしているから、まっすぐ西に進めば川縁に行き当たる。そこから河川公園沿いに帰ってくれば、ちょうどいい距離になる。幸造は頭の中に地図を思い浮かべて歩きはじめた。

城北筋を越え、生江（いくえ）を過ぎると、赤川（あかがわ）に入る。このあたりは典型的な下町で、ペンキの剝げた木造の家や、モルタル造りの工場がある。決してきれいな町ではないが、幸造はどことなくうらぶれて儚げな町並みが好きだった。

しばらく進むと、高速道路の高架が見えた。おかしい。西に高速道路は走っていないはずだがと思いながら、もう少し行けば川縁に出るだろうと歩き続ける。十分ほど行くと、見たこともない大きな道路に出た。曲がればいいのか、渡ればいいのかがわからない。もしかすると、川に平行に歩いているのかもしれない。そう思って直角に曲がってみる。幸造の頭の中では、あと五分も歩けば淀川縁に出るはずだった。しかし、大きな川に出会う気配はまるでない。

幸造は焦りながらもと来た道に引き返した。ところが、さっき通った同じ道とは思えない。どこでまちがえたのか。町名を確かめようと思うが、住居表示が見当たらない。

落ち着け、と自分に言い聞かせる。大丈夫だ。歩いて来たのだから、歩いて帰れないわけがない。

なおも早足で歩くと、さっきまで穏やかだった太陽が急に凶暴な光を放ちはじめる。のどが渇く。不安が込み上げ、足元がふらつきだす。自分がどこにいるのかわからない。あとひとつ角を曲がれば、標識が出ていないか。もう少し行けば、知っている町に出るのじゃないか。そう思いながら、この方向でいいのかどうか不安になる。

電柱の上で、二羽のカラスが嘲笑うように啼いた。

——もう無理だね。

——帰れないな。

そう告げているように聞こえる。目の前に無数の電線が張り巡らされ、行き手を阻んでいるようだ。いきなり見知らぬ人に歩行を止められて驚く。

「赤信号ですよ」

たしかに赤だ。少しすると青になったが進めない。方向が逆のように思え、もと来た道をもどる。しかし、数歩行くとやっぱりちがっているような気がして、まわれ右をする。ふたたび信号が赤になっている。ふと見ると斜めの道があり、そちらに進む。工場の塀にぶち当たり、思う方向に進めない。またもどり、叫びたいような気分で足を速める。だれかに道を聞こうとするが、他人に迷惑をかけたらまた知之に叱られる。警察の厄介になったら、もう散歩に行くなと言われる。嫁にも責められる。きっと自由を奪われる。

幸造は脇目も振らずに歩いた。信号のない四つ角を猛烈なスピードで突っ切る。出会い頭に衝突しかけた車が、急ブレーキを踏み、猛烈にクラクションを鳴らすが幸造は止まらない。さらに速度を上げて進む。前から来た自転車が、慌ててハンドルを揺らす。

「おじいちゃん、危ないよっ」

自転車の若者が声をかけるが、幸造の耳には届かない。早く帰らなければという焦りと不安で頭がいっぱいになる。このまま迷子になったら、面目は丸つぶれだ。それだけは避けたい。とにかく前に進まなければ。

汗びっしょりになり、呼吸が乱れる。サンダルの底が耳障りな音を立て、小指の側がちぎれかけている。それでも歩みを止められない。

だれか助けてほしい。家に連れて帰ってほしい。しかし、人に迷惑はかけられない。ここで倒れたりしたら、知之にどれだけきつく叱られるか。家に閉じ込められ、外から鍵をかけられる。

帰りたい……だれか……道を……、助けて……。

いや、だめだと首を振る。人の世話にはなれない。焦りと苦痛が頭の中で乱舞する。

ふと目を上げると、消防署があった。『旭消防署』と書いてある。あっ、ここならわかる。中宮の隣町だ。歯を食いしばって家を目指す。駐車場を過ぎ、古びた板塀を横に見て、マンションの角を曲がると、見覚えのある道に出た。

家だ。自分の家に帰ってきた。幸造は門柱にすがりつき、這うように玄関に入る。上がりかまちに倒れ込み、ストラップのちぎれかけたサンダルを脱ぐ。肩が震え、涙が溢れる。同時に笑いがこみ上げる。ひとりで帰ってこられた。だれにも迷惑をかけずに帰り着いた。喜びが全身を駆け巡り、小便をもらしそうになる。

俺は大丈夫だ。迷子になどなったりしない。

よろけながら家に上がり、台所で蛇口から水を飲んだ。うまい。生き返るようだ。

幸造は床にへたり込みながら、顔を皺（しわ）くちゃにして何度も拳を握りしめる。

翌朝、彼は日記にこう書いた。

『三月三十一日（木）

……午後、ロング散歩に出る。行ったことのない道だったが、無事、帰ってこられる。これならまだ当分、あちこち行けそうだ』

## 8

**『認知症国家戦略／高齢者の視点を重視しよう**

認知症になっても安心して暮らせる社会の実現に向け、取り組みを加速させる契機としたい。／……徘徊(はいかい)に伴う事故や詐欺被害の防止、……。／認知症の人を社会全体で支える仕組みを確立し、世界に発信することが期待される』(8)

日曜日の午後、知之と雅美は、今度は連絡せずに幸造を訪ねることにした。予告なしに行ったほうが、実態を把握しやすいと判断したからだ。

向かう途中、助手席で雅美がつぶやいた。

「新聞に『認知症国家戦略』ってのが出てたけど、なんか嘘っぽいのよね。『認知症の人にやさしい地域づくり』とか書いてあるんだけど、そんなのできるのかしら」

「車で人身事故を起こしても、認知症の場合はお咎(とが)めなしとか？」

「まじめに聞いてよ。『高齢者の視点を重視しよう』なんて言っても、認知症の人が運転を続けたいとか、施設に入りたくないとか言っても、はいどうぞと言えないのが現実でしょう」

雅美は政府の発表に当事者意識の欠如を感じて、苛立っているようだった。

実家の近くまで行くと、知之は駐車違反になりにくそうな場所に車を停め、雅美と歩いて家に向かった。すると、門の前に幸造が茫然と立っていた。

「お義父さん、何してるのかしら」

雅美が不審そうにようすをうかがう。幸造は気づかないようだ。

「こんにちは、お義父さん。イチゴを持ってきました」

手土産を掲げながら、愛想のいい声をかける。幸造は一瞬、警戒する顔つきになり、夢から覚めたように表情を緩めた。

「二人ともどうした。今日は来るって言ってなかっただろ」

「急に思い立って来たんだよ。雅美がおいしそうなイチゴを見つけたから、いっしょに食べようと思って」

「そりゃ嬉しいな。まあ、上がってくれ」

玄関に向き直った幸造に、雅美が聞く。

「お義父さん、ここで何かしてらしたんですか」

「いや……、別に」

雅美が知之に目配せをしてから、「おじゃましまぁす」とまた明るい声を出す。上がりかまちでも油断なく目を光らせているようすだ。

「お茶でもいれようか」

「わたしがやりますから、座っててください」

幸造と知之を居間に残して、雅美は台所に入る。幸造がやや疲れた笑顔で言う。

「このごろよく来てくれるな。嬉しいよ。ところで、仕事は順調か」

「変わりないよ。父さんは？」

「俺も元気だ。この前、ちょっと足が痛かったけどな」

知之が理由を聞こうとしたとき、雅美がイチゴを皿に盛って入ってきた。

「どうぞ」

ヘタの部分を包丁で切ってあるので、赤と白のコントラストが鮮やかだ。幸造が小さなフォークで突き刺して頬張る。

「甘いな。こりゃ上等だ」

「〝紅ほっぺ〟っていうんです。静岡で作ってるらしいです」

「で、さっきの話、なんで足が痛かったの」

知之が話をもどすと、幸造は二つ目のイチゴを頬張り、妙な余裕を漂わせて答えた。

「ちょっと長めの散歩に出てな。どのへんまで行けるか試してみたんだ。野江から天六のほうをぐるっとまわって、淀川縁を歩いて帰ってきたのさ」

「そんなに歩いたの。迷わなかった？」

「大丈夫だ。歩きながら頭の中で地図を描いてな。帰り道を忘れないように、ときどき振り返って景色を覚えておくのがコツだよ」

「さすが、お義父さん。散歩の極意ですね」

「そうなんだ。ははは」

幸造は機嫌よくうなずいた。しかし、どことなく笑いが虚ろだ。

会話が途切れたところで、雅美が知之を目で促した。

「父さん、あれから車の運転はどうしてるの」

「乗っとらんよ」

「ほんとう?」

「ほんとうだ。別に行くところもないし」

念押しされたのが不愉快らしく、顔が強ばる。知之は改まった調子で言った。

「この前も言ったけど、僕らは父さんのことが心配なんだ。自分では大丈夫と思ってるかもしれないけど、七十を過ぎたら、だれでもとっさの反応が遅れるだろ」

「おまえはまたそれを言いに来たのか」

「そういうわけじゃないけど、やっぱり気になるんだよ。万一の事故が起きてからじゃ遅いし、新聞にも高齢者の事故が増えてるって書いてあったし」

幸造が黙り込み、気まずい雰囲気が漂う。知之はどう言葉を足せばいいのかと迷う。雅美を見ると、もう少し押せという目つきだ。

「父さんは年のわりにはしっかりしてると思うよ。でも、車の運転は相手のあることだから、父さんが悪くなくても、歩行者に当たったらこっちの責任にされちゃうし、そんなことになったら面倒だろう」

懇願するように言うと、幸造はしばらく口をうごめかしていたが、やがて不承不承のため息をついた。

「わかったよ。できるだけ乗らないようにする。でもな、たまには乗らないとバッテリーがな」

「たまだとよけいに危ないんだよ。勘が鈍るだろう」

「じゃあ、どうすればいいんだ」

幸造の声が跳ね上がったので、雅美が割って入った。

「必要なときはわたしが車を出しますよ。いつでも遠慮なく言ってください。近くでも遠くでも、どこでも行きますから」

嫁に言われると、幸造も口をつぐんでしまう。もちろん納得したわけではなく、気持を抑えているだけだ。どうしようかと思案顔になると、雅美が流れを変えるように言った。

「だから、お義父さん、考えておいてください。すぐでなくてもいいですから、ね」

思いやりのある声で微笑む。北風と太陽作戦か。こういうとき、雅美はいい役にまわるのがほんとうにうまい。知之は恨めしげに妻を見るが、今日の説得はここまでということなのだろう。

雅美はイチゴをつまんで、話題を変える。

「今はいろんなイチゴが出てるんですよ。一粒七百円もする高級イチゴもあるんですって」

「そうなのか。もったいなくて一口じゃ食べられないな」

幸造もイチゴに手を伸ばす。じっくり味わうように食べてから、しみじみと言った。

「この年になると、イチゴを食べるのも、これが最後じゃないかと思うよ。来年の今ごろは、もうおらんかもしれんからな」

「縁起でもないこと言うなよ」

知之がいやな顔をすると、幸造はまるで遺言でもするように声の調子を改めた。

「いや、実際問題、そう遠くはないと思うぞ。だれもが平均寿命まで生きるとはかぎらんからな。心の準備だけはしといたほうがいい」

「まあね」

幸造の真剣なようすに、知之も仕方なくうなずく。幸造は自分に言い聞かせるように声の調子を落とした。

「俺はいつも思ってるんだ。おまえたちにはできるだけ迷惑をかけないようにってな。だけど、最期はいつ来るかはわからん。今、思ってるのは、幸太郎や麻美ちゃんの受験と重ならんかなと、それがいちばんの心配なんだ。あの子たちが大事なときに、葬式なんてことになったら困るだろ」

「はあっ？」

知之が信じられないというように頓狂な声を出した。

「ちょっと待ってよ。よくそんなピンポイントな心配ができるもんだね。自分で心配を創り出して、無から有を生じるみたいに気に病んでたら、うつ病になっちゃうよ」

心底あきれた口調に、幸造も心配しすぎだと思ったのだろう。半ばうろたえながらごまかした。

「いや、そうだな。たしかによけいな心配だ。ははは」

虚しい笑いがさらに知之を苛立たせる。「ふうっ」とこれ見よがしのため息が出る。

「あなた。そろそろお暇しましょう。お義父さんもお疲れだから」

雅美がいいタイミングで声をかけ、知之たちは席を立った。

帰りの車の中で、知之がぼやいた。

「親父のピンポイントな心配には参ったな。あれじゃまるで不幸妄想だ」

雅美は答えない。気を取り直して知之が言う。

「でも、まあ、すぐよけいな心配だって認めたし、運転の話も冷静に受け止めてくれたから、案外、頭はしっかりしてるのかもな」

「何言ってるの。あなた、今日、お義父さんが玄関先でぼうっと立ってたの見たでしょう。あれはぜったいにおかしい。認知症でよくある症状よ」

ハンドルを握りながら、知之は心許ない顔になる。雅美が助手席から冷ややかに言う。

「それに、あなた、家に入って臭いと思わなかった」

「加齢臭か。年寄りの部屋はあんなもんだろ」

「ちがうわよ。うっすらと尿臭がしてたじゃない。シャツの前は食べこぼしで汚れてたし、身だしなみが乱れるのも認知症の症状よ」

尿臭も食べこぼしもはっきりとは覚えていないが、それを言うと自分まで攻撃されかねないので、知之は適当に相づちを打つ。

雅美はさらに重大な秘密を明かすように声をひそめた。

「それから、散歩の話をしてたけど、お義父さん、かなり道に迷ったみたいよ」

「どうしてわかるんだ」

「お義父さんのサンダル、新しくなってたの気づかなかった。玄関の横に古いサンダルが置いてあったけど、埃まみれで片方のストラップがちぎれかけてたのよ。この前はそんなことなかった。あれはそうとうな距離を焦って早歩きした証拠だわ」

気づかなかった。雅美の観察眼はまるでＣＩＡ並みだなと、知之は恐ろしくなる。

「お義父さんはしっかりしたところもあるけど、まだらで認知症も入ってるんだわ。一日のうちほとんどが正常でも、たった数秒、認知症が出ただけでも事故は起こるのよ。そうなったら取り返しがつかない。やっぱり早急に手を打たないと危ないわ」

あくまで強硬な雅美に、知之は濡れた毛布をかぶせられたように気が重くなった。

## 八

まぶたが腫れ上がり、白目が真っ赤に充血している。

昨夜はほとんど眠れなかった。悔し涙で男泣きに泣いたせいだ。

昨日、息子夫婦がやってきて、また車の運転をするなと言った。どうしてそんなにいじめるのか。事故も違反も一度もしていないのに、なぜほかの年寄りといっしょにして、老いぼれ扱いするのか。

嫁の雅美は優しいふりをしているが、裏で知之を操っているのは丸わかりだ。スパイみたいに人の家をじろじろ見て、俺の落ち度を詮索していた。俺のことを臭いだの、薄汚いだの言っているにちがいない。そりゃ年だから、いろいろだめなところもある。だけど、あいつらだって俺の年になればそうなるんだ。きちんとしたくても、できないことがあるんだ。イチゴくらいでごまかそうったってそうはいくか。

幸造は布団から這い出して、顔を洗った。鏡の中で、みすぼらしい仏頂面がこちらを見ている。

情けない。

思い出しただけでも腸が煮えくりかえる。

いちばん悔しかったのは、知之に嘲笑されたことだ。自分の葬式が孫の受験に重なったら困ると言ったのが、そんなにおかしいのか。年を取ったらそういうことを考えるのだ。

どうしてわかってくれない。あいつは子どものころは優しかったのに、今は嫁の尻に敷かれて完全に腑抜けになってしまった。

自分はもうすぐ死ぬ。この先、二十年はぜったいにない。十年だってわからない。いや、三年後、一年後だって保証はないのだ。その日は必ず来る。だから、せめて孫たちの迷惑にならないようにと思うことが、そんなに愚かしいか。

あの場ではなんとか調子を合わせたが、二人が帰ったあと、悔しくて涙が止まらなかった。知之は俺の言うことを何でもかんでも否定する。無から有を生じるみたいにと言うが、起こってもない車の事故を気に病んで、心配をしているのはあいつらのほうじゃないか。言い返してやりたいができない。自分はどうしてこうもダメになってしまったのか。

台所に入っても、朝食を摂る気になれず、幸造は湯だけ沸かした。インスタントのコーヒーを飲むが、苦いだけで味はまったくしない。

居間に行って体操をはじめる。身体が重くて力が入らない。それでも日課だけはこなす。何のためにこんな苦しい思いをしなければならないのか。

テーブルに座り、大学ノートを取り出した。日記を書こうとしたが、腹が立って書けない。寝不足のせいで、頭がぼーっとしている。漢字の書き取りなど、部首を考えるのさえ億劫(おっくう)だ。

しばらく頬杖をついて茫然としていた。玄関のチャイムで我に返る。時計を見ると十一時。宅配の弁当だ。

「はい、はいっ」

「あれ、五十川さん。今日はどうしたんですか」

配達の青年が妙な顔で聞く。

「どうもしないよ。いつも通りだ。ありがとう」

弁当を受け取って居間にもどる。ふと気づくと、まだパジャマを着ていた。それで配達の青年がへんな顔をしたのか。恥ずかしい。幸造は慌てて着替え、ズボンとシャツに上着まで着る。帽子をかぶって玄関に行き、ふと立ち止まる。

どこへ行こうとしているのか。

自分で自分に苦笑してしまう。ときどきこういうことが起こる。何かをしようとして、何をするのかわからなくなる。まるで認知症だ。ははは……。まさか。

テーブルにもどると、ため息が出た。頭に靄がかかり、脳が働いていない感じだ。それでも怒りと悔しさだけは渦巻いている。そんなことではだめだ。しっかりしろ、幸造。自分を叱咤するように、顔を両手でパンパンと叩く。すると、思いもかけないアイデアが閃いた。

そうだ、家出をしたらどうだろう。しばらくの間、行方不明になってやるのだ。そうすれば、知之たちも親が無事に暮らしてくれていることのありがたみがわかるだろう。

急に元気が湧いてきた。空腹も感じる。頭の中で切れていた線がつながり、胃腸が正常に動きだしたようだ。幸造は弁当を開いて食べた。いつもは夜の分を残しておくが、今日はその必要はない。あらかた食べ終えてから、さっそく出かける準備をした。

押し入れからボストンバッグを引っ張り出し、着替えと下着とタオルを入れる。ほかに特別なものはいらない。ボールペンと大学ノートは持って行ったほうがいいだろう。それだけ詰めて、仏壇に向かい、遺影の額子に言う。

——ちょっと、家出をしてくるよ。心配するな。すぐ帰ってくるさ。

仏壇の引き出しを開けて、銀行の封筒を取り出した。福沢諭吉が三十枚。いざというときのために用意して、そのままになっていたものだ。このへそくりは知之も雅美も知らない。幸造は枚数を確認してから、ボストンバッグに放り込んだ。

チャックを閉めてふと思う。これだとバッグの中身を取り出したときに、落としてしまうかもしれない。幸造は現金の封筒をバッグのホックつきの内ポケットに入れ直す。これでよし。

サンダルを履き、電動自転車を出してバッグを前かごに入れた。バッテリーは満タンだ。これなら遠くまで行ける。

いや待てよ。もしバッグをどこかに置き忘れたら一文無しになってしまう。やっぱり現金は身につけておこう。そう考えて、幸造は中身を分け、大枚の入った封筒をズボンの尻ポケットに突っ込んだ。

これで大丈夫。嘘の家出の出発だ。すばらしいアイデアじゃないか。なんだか目の前に未知の世界が広がっているような気分だ。幸造は背筋を伸ばし、鼻歌を歌いながら自転車をこぎだした。

空は薄曇りで、暑くもなく寒くもなくだった。車の少ない道を走り、一時間ほどでどこかの公園に着いた。自転車を停め、ベンチで休む。

今どき珍しく、広場で小学生が野球をしていた。眺めていると、うまい子とへたな子がいる。見るからにひ弱そうな子どもがバッターボックスに立った。スイングもふらふらで、簡単にツーストライクに追い込まれる。あえなく三振かと思うと、ピッチャーがバッターに近づき、下手投げで打ちやすいボールを放ってやった。へたな子用の特別ルールだろう。打球はピッチャーゴロになり、打った子どもは全力で走ってアウトになった。それでも目がクリクリと輝いている。遊びはこうでなくちゃと、幸造は大きくうなずく。

お調子者らしい男の子が、大きな声で替え歌を歌っていた。

〽あんたの脳みそ　タケヤみそ

平和だ。

幸造は立ち上がり、ふたたび自転車をこぎだした。

この旅は何も考えないことを目的にしよう。顔を前に向けると、気持のいい風が吹きつける。高いビルがなくなり、空が広くなる。

手元のバッテリーを見ると、ランプが一つになっていた。こんなに早くなくなるのか。満タンだったはずなのにと思う間もなく、残りのランプも消えてしまった。急にペダルが重くなる。仕方がない。自転車を降りて、押して歩こう。

しばらく行くと、小さな駅があった。ちょうどいい。幸造は線路脇に自転車を停め、鍵をかけた。前かごからボストンバッグを取り、駅で行き先も見ずに切符を買った。夢遊病者になった気分で改札を通る。何も考えないことが、これほど自由だとは思わなかった。

電車が来て、空いている席に座る。前に二人の男性が座っている。幸造とさほど年のちがわない二人だ。俺、おまえと呼び合っているところを見ると古い友だちなのだろう。

自分には友だちと呼べる相手はいない。学生時代の知り合いや、職場で親しくしていた同僚はいるが、いずれも退職後に音信が途絶えた。もし今、友だちがいたら、話を聞いてもらったりするのだろうか。いや、逆に愚痴や自慢話を聞かされるかもしれない。それならひとりのほうがいい。

いつの間にか、前の二人はいなくなっていた。代わりに乳児を連れた母親が座っている。横には中年男と、スマホに夢中の若い女性。電車の中にはいろいろな人生がある。車窓の外にはおびただしい家また家。どんどん知らない町へ連れて行かれる。

そのうち、幸造は居眠りをしていた。こんな気楽なことはない。平安とはたぶんこんなことなのだろう。

ふと気づくと、電車が止まっていた。駅名に「春」という字が書いてある。幸造ははっと閃いたように電車を降りた。ホームから自動改札を出ようとした瞬間、チャイムが鳴ってバーが閉じた。駅員が駆け寄ってきて切符を確認する。

「乗り越しですよ。超過料金を払ってください」

駅員に誘導されて、精算機で乗り越し切符を買う。

外へ出ると、見たことのない景色が広がっていた。むかし、テレビで『遠くへ行きたい』という番組をやっていた。歩きながらうろ覚えのテーマ曲を口ずさむ。忘れたところはハミングでごまかす。

小学校があり、空き地があり、住宅街があって、小さな川があった。甘い香りが流れてきて、見ると塀の向こうに沈丁花（じんちょうげ）が咲いていた。手を伸ばして花に触る。ひんやりとして、さわやかな香りが広がる。幸造は自分がどこにいるのか、まったくわからなかった。

## 9

『**認知症不明届　1万322人／昨年警察庁まとめ　258人なお分からず**

全国の警察が把握した認知症の行方不明者が、昨年1年間で1万322人（男性5747人、女性4575人）に上ることが5日、警察庁のまとめでわかった。／……発見時に生きていた人は9509人、388人はすでに死亡。残りは、親戚宅に立ち寄っていたなど、行方不明でなかったことが判明したケースだった』(9)

その日、雅美は夫と子どもたちを送り出したあと、いつもの通り掃除を終え、家族の衣類を冬物から春物に入れ替えた。その間も、ずっと幸造のことが頭から離れなかった。認知症がはじまっているのはまちがいない。早く手を打たなければたいへんなことになる。自分たちの生活の真ん中に、幸造の介護が根を下ろし、どんどん膨れ上がったら人生を奪われてしまう。

それより、幸造は運転をやめてくれるだろうか。事故は一瞬だ。子どもでもはねたら一生悔やむことになる。うまく運転をやめさせられても、わたしをタクシー代わりにして、ちょっとした外出にも車を頼まれたらどうしよう。いつでも遠慮なくとは言ったけれど、それは言葉の綾だ。まともに受け取られてはたまらない。

テーブルに置いたスマホがＬＩＮＥの着信を告げた。麻美のママ友からだ。開くと、フォトコンに入選したという知らせだった。そのママ友は開業医の奥さんで、二年ほど前から写真を趣味にしていた。

〈雛祭りを撮った写真が「アサヒカメラ」のコンテストで入選になりました　超うれピー〉

喜びの顔マークや絵文字があふれている。〈おめでとー　快挙だね〉と返したが、このママ友はおしゃべり好きで、こういうときには必ず電話をかけてくる。いやだなと思う間もなく着信音が鳴った。とりあえずはほめまくる。

「おめでとう。よかったね。すごいじゃない。この前言ってた写真でしょ。いいのが撮れたって言ってたもんね」

「ありがとう。まさかの入選よ。だって『アサヒカメラ』のコンテストだよ。全国から応募あるんだから」

知らないわよ、そんなことと雅美は顔をしかめる。ひとしきり話を聞き、適当に調子を合わせていたが、十分もすると疲れてきた。

「あ、ごめん。だれか来たみたい」

「じゃあ、入選の写真、メールで送るね」

「うん、楽しみにしてる」

そそくさと通話を終了し、椅子にもたれて両手を垂れる。嘘で電話を中断した後ろめたさと、こっちはそれどころじゃないという思いが交錯する。

このママ友は舅姑がすでに他界していて、自分の親は東京で兄夫婦と同居しているから、介護とは無縁なのだ。夫は高収入だからパートに出る必要もないし、子どもは麻美と同学年の娘が一人で、気楽な生活この上ない。おまけに趣味ではじめた写真のコンテストで入選するなんて、あまりに恵まれすぎていないか。

それに引き替え、わたしは父親とは縁が切れ、母親はなんとか自立してくれているけれど、義父の心配で頭がはち切れそうだ。不公平。このママ友は近い将来、きっとよからぬことが起きる……。

いや、と雅美は首を振る。他人の不幸を願ったりして、なんてすさんでるんだ。人を呪わば穴二つというではないか。でも彼女が羨ましい。自分も介護の心配さえなければ、いろんなことに挑戦し、楽しい時間が送れるのに。

そんなことを考えてはいけないとわかりつつ、ふと思ってしまう。

義父なんか、いなくなればいいのに。

## 九

不思議と脚は疲れなかった。いつでも休めるし、急ぐ必要もないからだ。

広い駐車場があり、その奥に漆喰塀（しっくいべい）の立派な建物があった。赤い電飾で大きく「ゆ」と書いてある。スーパー銭湯というやつだ。前に知之に連れてきてもらったことがある。

ここならゆっくりできるだろうと、幸造は入口の自動扉をくぐった。受付に行くと、「レギュラーコースですか、ロイヤルコースですか」と聞かれた。「はじめてなんで」と言うと、女性が説明してくれた。要は岩盤浴のエリアに入れるかどうかのちがいで、露天風呂や食堂はどちらでも使えるというので、レギュラーコースにした。料金は七百五十円。

ロッカーのキーを受け取り、脱衣場に向かう。ボストンバッグからタオルだけ取り出し、ロッカーの奥に押し込んだ。服を脱ぎはじめると、ズボンのポケットから何かが落ちた。現金の封筒だ。ポケットからはみ出て、落ちかけていたようだ。危ない。幸造は封筒をホックつきの内ポケットに入れたが、ふとここは安全だろうかと心配になった。風呂に入っている間にロッカーを荒らされたらおしまいだ。脱衣場の入口に貴重品ロッカーがあった。

そっちのほうが確実だろうと思い、幸造は封筒を貴重品ロッカーに入れ、その鍵を脱衣用のロッカーに入れて鍵をかけた。

大浴場は床が石張りで、檜(ひのき)風呂やジェットバス、電気風呂など、珍しい浴槽が並んでいた。幸造はまず檜風呂に浸かり、両手両足を伸ばした。気持がいい。

「はあー、極楽、極楽」

自然に声がもれた。

身体が温まると、ガラスの引き戸を通って、露天風呂に出た。外はまだ明るく、株立ちの木が新緑の葉を揺らしている。足が滑らないよう注意しながら、少し熱めの湯に浸かった。微風が火照った頬を撫でる。雀の声が聞こえ、空を見上げるとジェット機がゆっくりと飛んでいた。

そのあと、探検でもするようにジェットバスと電気風呂を試し、サウナに入り、冷水風呂やねころび湯も体験して、脱衣場にもどった。

籐椅子に座り、扇風機で涼んでいると、テレビがグルメ番組を流していた。映し出される料理を見ていると食欲が刺激される。服を着終えた幸造は、大広間の食堂に向かった。食堂は百人ほども座れそうな広さで、奥には座敷席もある。幸造はテーブル席に着いて、メニューを広げた。まずはビールだ。料理は枝豆とホッケの干物を選び、テーブルのボタンを押した。

冷えたビールを飲むと、生き返る気がした。料理も悪くはない。二杯目のビールも頼み、山芋のからすみ和えとか、チーズもちの唐揚げとか、食べたことのない料理を注文した。作務衣姿の店員は、ロッカーのキーを確認するだけで何でも持ってきてくれる。

酔いがまわると、眠くなった。幸造は重い身体を引きずるように、奥の座敷席に移動した。空いている席に転がり込み、座布団を枕にするとほぼ同時に眠ってしまった。

途中で何度か意識がもどり、手元のボストンバッグを確認した。寝返りを打つと、だれかが毛布をかけてくれる。作務衣姿の店員だ。

「……ありがとう」

「風邪、ひかないでくださいね」

親切な笑顔。息子夫婦などよりよっぽど優しい。今日はここで泊めてもらおう。酔った頭でぼんやり考え、幸造はまた眠りに落ちた。

…………

「もしもし、閉店ですよ。お客さん、起きてください」

身体を揺すられて目が覚めた。蛍光灯が眩しい。目をしかめると、ふたたび肩を揺すられた。

「ここで寝られたら困るんです。大丈夫ですか。ひとりで帰れますか」

蛍の光が流れている。閉店？ ここで泊めてくれるんじゃないのか。幸造は身体を起こして、あたりを見まわした。ワイシャツ姿の男性が膝立ちになっていた。

「何時ですか」

「もうすぐ午前二時です。お家はどこですか。だれかに迎えに来てもらいますか」

「いや、大丈夫、帰れます。ひとりで大丈夫」

幸造は慌てて立ち上がり、座敷から降りた。

「バッグ、忘れてますよ」

そう言われて、取りにもどる。

「出口わかりますか。精算もそちらですよ」

その声を背中に、出口の受付に向かう。どうしたらいいのかわからない。女性が幸造の手首からロッカーのキーを抜き、レジに三千八百二十円という数字を提示した。財布はどこだ。上着の内ポケットから札入れを出す。なんとなくおかしい。目についた五千円札を抜き出し、もらった釣り銭は紙幣ごとズボンのポケットに押し込んだ。出口に向かうと、靴脱ぎに幸造のサンダルがぽつんと置かれていた。

暗闇に丸い灯りがふらふらと揺れている。振り返ると、「ゆ」と書いた赤い電飾が消灯した。

寒い。

身震いして、足を引きずるように歩きだす。踏切に差しかかるが、それが何だかわからない。銀色に光るものが左右に延びている。幸造は枕木に腰を下ろし、座り込む。

――どぉこかぁ遠ぉくへ、ゆぅきいぃたぁあい。

頭の中で壊れたレコードのように口ずさむ。

突然、耳をつんざくようなクラクションが響いた。頭上から大きな声が降ってくる。

「じいちゃん！　こんなとこにいたら、危ないぞ。もうすぐ始発が来るから」

トラックの窓から、タオルで鉢巻きをした運転手が怒鳴っていた。返事をしようとするが声が出ない。慌てて立ち上がり、逃げるように歩きだす。

しばらく行くと、体育館の前に出た。水銀灯が青白い光を放っている。どこかに座りたい。コンクリートの階段に腰を下ろすと、急に身体が冷えてきた。尻も痛い。幸造は立ち上がり、体育館の裏手にまわった。

植え込みの根元に人が横たわっている。帽子で顔を隠し、腕組みをするように鞄を抱えている。段ボールを敷いて寝ているようだ。なるほど、こうすればいいのか。横に何枚かの段ボールが落ちていた。幸造はそれを拾い、男から少し離れた茂みの根元に横になった。ボストンバッグを胸に抱えたが、寝にくいので枕にした。上着の前をかき合わせ、横向きになるとすぐ眠気に誘われた。

――これでいい。どうでもいい。

はっと目を開けると、「きゃあっ」という声が上がった。ランドセルを背負った子どもたちが後ずさる。

「生きてたぁ」

笑いながら走っていく。

身体が痛い。両手を突いて身体を起こす。昨夜、植え込みにいた男はいなくなっていた。幸造は立ち上がって歩きだす。水道を見つけて顔を洗う。ボストンバッグからタオルを取り出して、顔を拭く。何か忘れているような気がするが、思い出せない。

水を飲むと元気が出た。体育館の前を離れ、広い道を歩く。太陽が眩しい光を投げかける。今日は何月何日か。思い出そうとしたとき、ふいに怒りが込み上げた。そうだ、知之にいやなことを言われたのだ。何を言われたか忘れたが、とにかくあいつは俺を嘲笑った。あの嫁、何とかいう女、あいつも許せない。

幸造は猛烈な勢いで歩いた。すれちがう人間が振り向き、自転車が急ブレーキをかけてもおかまいなしだ。腹が立って仕方がない。悔しい。なぜそんなに馬鹿にされなければならないのか。

「えい、クソッ。えい、クソッ」

歯ぎしりしながら拳を振る。身体中に怒りのエネルギーが充満してぶるぶる震える。

しばらく歩くと、踏切に出た。遮断機の音ではっと我に返る。そうだ、自分は嘘の家出をしてきたのだ。

待っていると、急行列車が通過した。左側に駅らしい跨線橋が見える。線路脇の道を歩いて駅に向かった。券売機に小銭を入れ、適当なところでボタンを押した。

右へ行くか、左へ行くか。できるだけ家から離れなければならない。たぶんこちらだろうと思うほうに行く。待っていると、旧式な車両が入ってきた。かまわず乗り込む。

車内は混んでいたが、優先座席に座っていた女性が席を譲ってくれた。

「ありがとう」

ていねいに礼を言って座る。すぐまぶたが重くなり、眠りに落ちた。

ときどき、車両の揺れで目が覚める。そのたびに乗客が減っていく。いったいどこへ向かっているのか。

電車が止まり、顔を上げるとだれもいなくなっていた。おかしいと思っていると、車掌がやってきて、「終点ですよ」と言う。電車を降り、切符を出して精算機の前に行く。乗り越し料金は八百十円と出る。大分、遠くへ来たようだ。幸造は満足して、札入れから千円札を取り出した。そのとき、またおかしな気がした。これは自分の財布なのか。わからない。そのまま精算して改札を出た。

田舎の駅だと思ったが、駅前は賑わっていた。噴水やビルもあり、何台もバスが停まっている。幸造は行き先も見ずにその一台に乗り込んだ。

駅前を離れると、のどかな風景になった。窓から気持のいい風が吹き込む。天気もいいし、まるで遠足の気分だ。

家並みが途切れ、山道に入った。バスは川に沿って走り、窓の下に渓流が見える。やがて視界が開け、集落のないところでバスが停まった。ナントカ高原と標識が出ている。幸造はここだと思い、「降ります」と叫んだ。

運転手に料金を聞いて支払い、バスを降りた。あたりにはだれもいない。緩やかな丘があり、見渡す限り立ち枯れたススキ野原が広がっている。幸造は深呼吸をしてから歩きはじめた。

途中で草をちぎり、草笛を吹いた。子どものころ以来だが、いい音が出た。吹いているうちに、いろいろなことが思い出された。

小学校の横の土手に、直径三十センチほどの土管が口を開けていた。土管は土手を貫いて、校庭に通じていると言われていた。ガキ大将が幸造に、「入れ」と言った。のぞくと土管は真っ暗で、どこかに通じているとはとても思えなかった。もし途中で動けなくなったらどうしよう。強烈な恐怖が湧き起こって、幸造は泣き出した。小学校二年生のときだった。

ほかにも、小学校五年ではじめてアイススケートに行ったり、中学校の友だちとデパートの地下の十円寿司を食べたり、懐かしい記憶がよみがえる。高校生になってひとりで映画館に入ったときには、大人になったような気がした。あのころは楽しかった。戦争が終わって、自由の空気にあふれていた。想い出に浸りながら歩くと、どこまでも歩いて行けそうだった。

幸造はアスファルトの道をよろよろと歩いている。

どれくらい時間がたったのか。どこかに座っていたような気もするが、わからない。もうすっかり日が暮れて、一時間ほど前、たまたま来たバスに乗った。降りるとき、運転手が何か怒鳴ったが、意味がわからないのでそのまま降りた。運転手は舌打ちをして、扉を閉めて走り去った。

あたりは真っ暗で、車もほとんど通らない。海沿いの道らしく、堤防の向こうから波の音が聞こえる。心細い。だれか助けてくれないか。

道路がカーブする先に、ホテルのような白い建物が見えた。まだ明かりがついている。あそこまで行けばなんとかなるだろう。疲れて、何も考えられない。

白い建物には大きな庇のついた玄関があった。横に看板が出ている。

『……町営……まほろば』

扉は自動で開いた。受付に近づくと、職員が怪訝そうにこちらを見た。

「すまんが、今夜、泊めてもらえませんか。……予約はしてないんだが」

それだけ言うと、力が抜けてその場にしゃがみ込んでしまった。職員が走り出てきて、抱き起こしてくれる。

「大丈夫ですか。どうぞこちらへ」

横のソファに座らせてくれた。職員は困ったようすだが、無碍に追い出しはしないようだった。

「ありがとう。……ちょっと無理をして、歩きすぎたんです。ははは」

幸造が目を閉じると、職員は熱い茶を持ってきてくれた。一口啜ると、胃に染みわたるようだった。職員がどこかへ電話をしている。

通話を終えた職員に、幸造は恐る恐る訊ねた。

「今日は泊めてもらえますか」

職員は笑顔で答えた。

「もちろんですよ。すぐにお部屋をご用意します。ここはそのための施設ですから」

10

『**認知症　気付けていたら…／警官声かけ　男性保護されず死亡**

横浜市の施設から行方不明になった認知症の男性（当時83）が昨年8月、東京都中野区の公園で死亡した。２日前に警察が２度接触しながら、認知症であることに気付けず、行方不明者のデータベース（ＤＢ）に照会したり保護したりしなかった。徘徊する認知症の人をどうすれば救えるのか』(10)

宅配の天神屋（てんじんや）から連絡があったのは、雅美が新聞のチラシをチェックしているときだった。

「五十川幸造さんは、どこか旅行か、泊まりがけでお出かけですか」

妙なことを聞くなと思ったら、昨日、弁当を届けに行ったら幸造が不在で、今日も留守だったという。しかも、昨日の弁当がそのまま残されていたのでおかしいと思い、配達員が玄関を開けると、鍵はかかっておらず、呼びかけても応答がなかったという。

「一昨日はいらっしゃいましたが、パジャマ姿だったので、ちょっとおかしいと思ったんです」

雅美が知之といっしょに幸造を訪ねたのは三日前の日曜日だ。そのときは、特に変わったようすはなかったはずだが。

「ありがとうございます。すぐ見に行ってみます」

礼を言って、雅美は幸造宅へ車で向かった。運転しながら、状況を整理した。弁当の宅配はいつも午前十一時ごろに来るらしい。ということは、昨日のその時間より前に幸造は家を出て、今日の昼まで帰っていないということだ。場合によっては一昨日の弁当を受け取ったあとに家を出て、二晩、帰っていないことになる。

いや、鍵が開いているというのは、中にいるということではないか。そう思った瞬間、全身に鳥肌が立った。もし、万一のことが起こっていたらどうしよう。見に行く前に知之に報せたほうがいいのではないか。

考えているうちに、幸造の家に着いてしまった。取りあえずは状況を確かめようと、雅美は玄関を開けて呼びかけた。

「お義父さん」

返事はない。家の中は空気が冷え切っている感じだった。別に妙なにおいはしない。しかし、死臭など嗅いだことがないから、まだ無事だとはかぎらない。中に入り、台所から居間を見ると、奥のソファに食べ終わった弁当殻が置いてあった。和室には布団が敷きっぱなしで、パジャマも脱いである。ああ、布団の中で亡くなってはいなかったと、とりあえず安堵した。

高齢者が倒れる場所といえば、トイレと風呂場だ。

「……お義父さん」

黙っているのが怖くて呼びかける。声が震える。トイレの扉は閉まっている。そっと開くと無人だった。

次は風呂場だ。脱衣場は洗面所から見えるので、だれもいないことがわかる。問題は風呂場の中だ。浴槽で亡くなっていたら……。想像するだけで心が折れそうになる。ちらと見て、もし、万一のことがあれば、すぐ知之を呼べばいい。そう決心して、扉に手をかけた。ほんのわずかに開き、確認する。無人だ。風呂の湯は抜いてあった。

大きなため息をつき、居間にもどる。念のために二階も調べた。雨戸が閉まったままで、人の気配はない。

とすると、幸造はどこかに行ったまま帰っていないことになる。はっと気づいて、玄関にもどると、新しいほうのサンダルがなくなっている。外へ出ると、電動自転車もない。幸造は自転車でどこかへ出かけたのだ。

雅美はスマホで知之に電話をかけた。事情を話すと、すぐに幸造の家に行くと言った。

道修町（どしょうまち）の会社から中宮までは、車で二十分もかからない。

待っている間に、雅美は起こり得る事態を考えた。いちばん可能性が高いのは、散歩に出て帰ってこられなくなったということだ。一応は受け答えのできる幸造が、帰ってこられなくなったのは、事故に巻き込まれたからではないか。それとも、単に迷子になって帰れないだけだろうか。いずれにせよ、厄介なことが起こっているのはまちがいなかった。

玄関が乱暴に開かれ、顔を出すなり知之が怒鳴った。

「おい、どうなってんだ。親父はどこへ行ったんだ」

「落ち着いてよ。わたしもさっき知ったとこなんだから」

強く言うと、知之は黙り込み、靴を脱ぐのももどかしそうに部屋に上がってくる。

「親父はほんとうにいないのか。どこかに旅行に出たとかじゃないのか」

またそんな楽観的なことを言うと、雅美は舌打ちしたい気持だったが、それを抑え、状況を説明した。

「自転車で出たみたいだから、さがすにしても範囲が広すぎるのよ。警察に届けたほうがいいと思うわ」

「そうだな。事故に遭ってたりしても、警察ならわかるだろうし」

すぐ出かけようとする知之を制し、雅美はテレビの前からスナップを入れた写真立てを取って、バッグに入れた。

最寄りの旭警察署は同じ旭区中宮にあり、車で五分とかからない。駐車場に車を入れ、総合受付で事情を話すと、生活安全課で行方不明者届を出すように言われた。担当してくれたのは、四十代の女性警官だった。ノート型のパソコンをはさんで向き合う。

まず、幸造の生年月日、本籍、住所、過去の職業、血液型、身長、体格、髪型などを聞かれた。知之が滞りなく答える。

「ホクロとかあざとか、ご本人の決め手になるような特徴はありますか」

知之が答えに詰まったので、代わりに雅美が答えた。

「舅は左の頬と、のど仏の右下にホクロがあります。あと、左手の薬指に金の結婚指輪をはめています」

女性警官は続けて雅美に聞く。

「行方不明になったときの服装や所持品はわかりますか」

「服装はたぶん、灰色のズボンに紺色の上着だと思います」

「おまえ、見てないのになんでわかるんだよ」

知之が意外そうに雅美を見る。

「だって、ズボンは灰色のばっかりだし、三日前に行ったとき、壁にかけてあった紺の上着がなかったもの。あ、それから足元はサンダル履きです」

知之は雅美の観察眼に沈黙する。

「所持品はどうです」

「それはちょっと。財布は持ってると思いますが」

「身元を示すものは何か入っていますか」

「免許証があると思います。いつも財布に入れてましたから」

女性警官は重要な情報だとばかりにキーボードを叩く。

「お父さまは現在、七十八歳ですね。外見は年相応ですか」

知之が自分の存在を示すように割って入る。

「そうですね。年よりは若く見えるかも」

雅美がすかさず反論する。

「お義父さんは年相応よ。どちらかと言えば、老けて見えるくらい」

「そうかなあ。髪は白髪まじりだけど、ふさふさしているし。腰も曲がってないし」

「あんな髪、ふさふさとは言わないわよ。それに歩くとこなんかよろよろして、八十を超えてるみたいだわよ」

「はい、けっこうです。ほぼ年相応、と」

女性警官が決着をつけ先に進む。

「行方不明になる原因ですが、思い当たることはありますか」

「たぶん認知症で帰り道がわからなくなったんだと思います」

即答した雅美に、知之が抗議の声を上げる。

「そんなことはないです。これまでだって迷子になったり、帰れなくなったりしたことはありませんから」

「この前、サンダルがちぎれるくらい歩きまわってたじゃない。ＪＲの岸辺で線路内に入り込んだりもあったし」

「それは迷子になったからとはかぎらないだろう」

「はい、けっこうです。で、認知症は病院で診断を受けていますか」

「いえ、それはまだ」

「わかりました」

女性警官が質問を終えかけると、知之が身もだえするように言った。

「父は自分の名前や住所は言えるんです。万一、迷子になっても、警察かだれかに助けを求めることはできると思います。それなのに連絡がないので心配しているんです。交通事故に遭ったのか、病気か怪我で倒れたのか」

「わかりました。行方不明になったのは、一昨日の昼前以降ですね。年齢や外見で該当者があるかどうか、調べてみます」

そう言って、女性警官は席を立ち、五分ほどでもどってきた。

「府内のデータベースを見ましたが、交通事故の死亡者や重傷者で、該当する身元不明の方はいませんでした。病気で救急搬送されたとしても、免許証をお持ちならご家族に連絡が行くでしょう。ですからどうぞご心配なく」

「じゃあ、父はいったいどこに行ったんでしょう」

不安げにつぶやく知之を尻目に、雅美が訊ねた。

「この届けを出すと、警察はどういうふうにさがしてくれるんですか」

「情報を公開して、該当者の届け出を待ちます。認知症で保護された場合も、たいてい警察か市町村の施設に連絡が行きますから、データベースに照会があれば、すぐ見つかりますよ。お父さまの写真をお持ちですか」

雅美がバッグから写真立てのスナップを出すと、女性警官はやっぱり頼りになるのは妻のほうだとばかりに、スナップ写真を受け取った。

警察署から幸造の家にもどった知之と雅美は、何か手がかりはないかと調べた。

「下着が少し減ってるような気がするけど、洗濯物は取り入れてるわよね」

雅美が脱衣場のタンスを確認しながら言う。知之は居間の引き出しを開けたり閉めたりしている。

「親父はほんとうに認知症だったんだろうか。もしそうだとしても、ついこの前までふつうに会話ができてたのに、急に自分の名前も言えないほど症状が進むもんだろうか」

雅美が脱衣場から答える。

「入院とか環境の変化で、急に進むことはあるみたいよ。精神的なショックでも症状の悪化は起こるらしいわ」

「思い当たることはないけどな」

「もしかしたら、実際は密かに進行してたのかもしれない。わたしたち、お義父さんをずっと見てたわけじゃないから。……やっぱり、下着が減ってる。シャツとパンツが五枚ずつあったのに、三組しかない。粗相をして汚れたから捨てたのかしら。でも、粗相なら、シャツは汚れないと思うけど」

雅美は首をひねりながらリビングに入る。知之は奥のソファに腰を下ろし、悔いと疲れをにじませてうなだれた。

「どうして気づかなかったかな。前にケータイを持たせようとしたことがあったろう。親父はいらないって言ったけど、無理にでも持たせておけばよかったんだ。GPS機能付きのがあったのに。せめて名札をつけるとか、服に住所を書いておけばな」

知之の声が暗くなる。雅美はできるだけ明るく言った。

「大丈夫よ。見つかるわよ。警察のデータベースは全国をカバーしてるんだから」

「でも、この前テレビでやってた徘徊老人の番組、見ただろ。行方不明になったおばあさんが、幅三十センチの塀の隙間にはさまって、亡くなった話。認知症で前にしか進めず、引き返す発想がなかったから、どんどん奥へ行って死んだと言ってた。発見されたのは一週間以上たってからだ。もし、親父がそんなことになったら、俺は……」

「大丈夫だって。心配性だな。あなた、お義父さんが子どもたちの受験に自分の葬式が重なったら困るって言ったとき、よくそんなピンポイントな心配ができるなってあきれてたけど、あなたの心配も同じことよ」

たしなめると、知之はそれには答えず、目が覚めたように顔を上げた。

「そうだ。チラシを作ろう。さっきの塀の隙間で亡くなったおばあさんも、チラシで見つかったって言ってた。顔写真を入れて、あちこちに貼れば足取りがつかめるかもしれない」

「やめてよ。みっともない。ペットが逃げたんじゃあるまいし」

言ってからしまったと思ったが、遅かった。知之の顔が真剣に怒っている。

「反対なのか。みっともないって何だよ。世間体をかまってる場合か」

「ごめん。そういう意味じゃなくて、チラシは効果が薄いと思うのよ。自転車で行ってるんだから、見た人も一瞬で、顔なんか覚えてないだろうし、どっちの方向へ行ったかもわからないから、チラシを撒く範囲も決められないでしょう。もっと効果的な方法を考えたほうがいいと思ったのよ」

「効果的な方法って何さ」

「うーん、だから、それを考えないとね」

苦し紛れに言うと、知之はいつになく怒りだした。

「君は本気でさがす気があるのか。親父は行方不明になったまま、最悪、二晩も野宿してるかもしれないんだぞ。七十八で、足腰も弱っていて、認知症で助けも求められないかもしれないのに、どこかで野垂れ死んでたらどうするつもりだ。一刻も早く見つけないと危ないかもしれないのに、できることは何でもやらないと、あとで後悔するだろう」

息子としてはもっともな言い分だ。雅美は声を落として応えた。

「わかった。チラシを作りましょう。わたし、家に帰ってよさそうな写真をさがすわ。子どものアルバムにあると思うから」

「ああ、頼む」

「それよりあなた、登喜子さんに報せなきゃ」

なぜ思いつかなかったのだろう。スマホで連絡しようとすると、知之が「ちょっと待ってよ」と、弱々しく遮った。

「今でなくてもいいだろう。すぐ見つかるかもしれないし、それなら姉貴によけいな心配をかけるのもよくないし」

「何言ってるの。あとで報せたら、なぜすぐ報せなかったのと怒られるわよ」

「いや、まあそうかもしれないけど、姉貴は離れてるからな。心配が先走って、こっちへ来るとか言い出しても困るし」

歯切れが悪い。知之の本音はたぶんこうだ。父親のそばにいるのに、息子としての責任を姉になじられるのがいやなのだ。それは雅美とて同じことだ。嫁としての責任があるのだから。しかし、万一のことを考えたら、連絡を遅らせればそれだけ咎も重くなる。

「わたしがうまく連絡するから。任せて」

強く言うと、知之は不本意そうな表情ながら、抵抗はしなかった。

# 十

「まほろば」の朝食は、午前七時から一階の食堂で食べる。メニューは和食が多い。この日は横に幸造と年格好のよく似た男性が座った。窓が開け放たれ、朝のさわやかな光が床を照らしている。

「ここは気持がいいですなぁ」

声をかけたが、男性は無愛想な性格のようで、曖昧にうなずくだけだった。家族連れや夫婦らしい客もいるが、自分のようなひとりの客も少なくないので気が楽だ。

「まほろば」にはいくつかルールがあり、ここにたどり着いた翌日の朝、職員が説明してくれた。聞いただけではとても覚えられないと思ったら、部屋に備えつけのファイルに書いてあるという。希望があれば何なりとと言われたので、しばらく滞在させてほしいと頼んだ。

あの日、幸造がここに着いたのは、もう午後八時をまわっていたらしい。疲労困憊(こんぱい)していたので、部屋を用意してもらうと、倒れ込むように寝てしまった。翌日、職員が宿帳を持ってきたので、名前は本名を書いたが、住所と電話番号はデタラメを書いた。万一、知之たちに連絡されたら困るからだ。

ここはホテルと旅館の中間のような施設で、町営なので料金も格安だった。職員は礼儀正しく、注文は何でも聞いてくれる。全館バリアフリーで、手すりもあちこちにあり、高齢者への配慮も万全だ。何よりいいのは、昼間から大浴場に入れることだ。

幸造はここに来た翌日の午後、さっそく風呂に入って、汚れと疲れを洗い流した。明るいうちから風呂に入ると、心からのんびりした気分になれる。

朝食のあと、幸造は部屋にもどって大学ノートを取り出した。日記は何日か飛んでいるが、かまうことはない。

『四月七日（木）晴れ

五時十五分起床。昨夜はぐっすり眠れた。有り難い。まどを開けると、新せんな朝の空気が流れ込む。何よりのご馳走だ。朝の体そうとストレッチをする。筋肉痛はまだ残っているが、ざ骨の痛みはましだ。痔が悪化したら困ると思っていたが、大丈夫のようだ。

七時から朝食。卵焼き、塩ジャケ、椎たけのつくだに。有り難くいただく。

職員の中には七十を越えていそうな女性もいる。よく働くなとかんしんする。自分も負けていられない。

午後から入浴。家の風呂とは比較にならないほど広い。足下の危なっかしい老人が入っていた。息子らしい若い男が世話をしている。何年か前、知之もスーパー銭とうに連れていってくれた。頼子が亡くなった翌年の父の日だった。毎年連れていってくれるのかと思ったら、次の年はなかった。

老人と湯ぶねの中でいっしょになったので、「いい息子さんですなあ」と声をかけたら、妙な顔をしていた。耳が遠いのかもしれない。あるいはにんち症か。

風呂から上がって、リラックスルームでマッサージチェアを使った。部屋にもどると、夕ぐれ時になっていた。海に沈む夕日が真っ赤に染まっている。明日もきっとはれるだろう。ここはほんとうに良いところだ』

日記を終えた幸造は、漢字の書き取りをする。昨日はにんべんを十個書いた。今日はくさかんむりをやろう。

『花、草、……葉、……』

出てこない。おかしい。しばらく考えて、そうだ、『蓼』を思い出す。書きながら自分で笑ってしまう。『蓼』なんてむずかしい字が出てくるのに、どうしてほかの漢字が出ないのだろう。『花』という字をもう一度見直す。繰り返し書いているうちに、字がおかしく思えてきて、『花』がほんとうに『花』でいいのかわからなくなる。

幸造はそのままノートを閉じる。

## 11

**『認知症の妻 7年ぶり会えた/テレビに姿…東京の67歳、群馬で見つかる**

認知症による徘徊が原因で行方がわからなくなっていた女性が、夫と7年ぶりの再会を果たした。／……再会のきっかけは11日の……の番組だ。……さんが「身元不明のまま暮らしている女性」と紹介され、親族が気づいた。……さんは「99%諦めていた。会えたのは奇跡」と話す』(11)

旭警察署に行方不明者届を出してから五日たっても、幸造の居場所は判明しなかった。失踪してからだともう一週間になる。

知之は何度も警察署に問い合わせたが、照会があったら連絡すると言われるばかりで、待つしかないようだった。姉の登喜子には雅美がうまく話してくれ、当面は仙台で連絡を待つことになった。

幸造捜索のチラシを作るため、知之は雅美が用意した写真をパソコンに取り込み、あれこれデザインを考えたが、結局、チラシはやめにすることにした。もっと有効な手立てを思いついたのだ。

「高校の同級生に、テレビ局のプロデューサーになってるのがいるんだ。そいつに頼んでみるよ」

雅美の反応は今ひとつだった。知之は焦れて説明する。

「去年、テレビで認知症の徘徊を特集した番組があっただろう。身元不明で施設に保護されてる認知症の人がテレビに映って、それがきっかけで家族と再会できたってニュース、覚えてないか」

「そう言えば、新聞に出てたわね」

「ネットで調べたら、認知症の行方不明者は年に一万人以上も届け出があって、身元不明のまま保護されている人も全国にいるらしいんだ。テレビ番組で身元がわかった人はほかにもいて、十二年ぶりに涙の対面を果たしたケースもあったらしい。美談だろう。きっと視聴率もいいから、同級生に頼めば親父のことも番組で採り上げてもらえるんじゃないかと思って」

知之は早速、プロデューサーの同級生に電話をかけた。事情を話すと、思惑通りおもしろいかもしれないと言ってくれた。

「けど、五十川の親父さんのためだけに番組は作れないから、ちょっと時間をくれへんか。行方不明の身内をさがす家族と、身元不明の高齢者を保護してる施設の両サイドから取材してみるよ」

「よろしく頼む」

電話の感触では、すぐにも企画が持ち上がり、話が進みそうな気配だった。ところが翌日かかってきた電話は、予想外の内容だった

「五十川、悪いけど昨日の企画は無理やわ」

「どうして」

「おまえが言うてた去年の番組、某民放なんやけど、ディレクターを知ってるんで話を聞いてみたんや。そしたらああいう番組はもう懲り懲りやと言うてた」

「番組の評判はよかっただろ。いい話じゃないか」

「たしかに当初は美談やった。家族も喜んだけど、それは最初だけで、あとでいろんな問題が起こったらしいんや」

同級生はため息まじりに説明した。

まず、感動の再会から一カ月後、男性を保護していた施設から、預かっていた期間の費用が家族に請求された。五年分だったので相当な金額になり、家族はローンを組むことになったらしい。

見つかった男性は重度の認知症だったので、家族の元に帰ったあとも徘徊や排泄の失敗、大声を出したりと、問題行動を繰り返した。家族は振りまわされてヘトヘトになり、嫁がストレスに耐えきれなくなって、息子夫婦が別居した。ヘルパーも頼んでいたが、夜中に畳の上に排便されたことに息子がキレて、父親を殴り、鼻の骨を折ったため警察沙汰になったという。

認知症の男性も、それまでは施設で穏やかに暮らしていたのが、急に環境が変わって症状が悪化したようだった。

番組のディレクターは、そんな後日談を痛恨の思いで語ったらしい。しかし、知之は納得できなかった。

「それは特殊なケースだろう。うちはぜったいそんなことはないよ。ほんとうに親父に帰ってきてほしいと思ってるんだから」

「わかってる。けど、番組にするにはいくつか事例を集めなあかんから、似たようなケースが紛れ込まないともかぎらんやろ。編成局長に話してみたけど、無理やろうってことになってな」

そこまで言われると、あきらめざるを得なかった。

「力になれなくて申し訳ない。いい企画やと思ったけど、俺も考えが甘かったよ。そのディレクターは、認知症の男性が家族と再会できたときは、ほんまによかったと思ったらしい。けど、それは一瞬のことやったと言うてた。家族はずっと重い介護を背負わされるんやからな。テレビはそういうところがあるんや。嘘は報じへんけど、事実のすべても伝えへん。番組に都合のいいとこだけを切り取って見せるんや」

同級生は自嘲するように言って通話を終えた。

「どうだったの」

電話のようすから、結果を察しているらしい雅美が低く訊ねた。

「やっぱり、テレビは無理みたいだ」

それだけ言って、知之は寝室にこもった。

美談の裏に隠れた悲惨な現実。再会は喜ばしいが、それだけでは終わらない。結局は認知症の当人も家族も、両方とも不幸になった。

知之は自問する。さっき自分は、父親に帰ってきてほしいと言ったが、それはどこまで考えてのことか。気持の上ではもちろん帰ってきてほしい。しかし、父が息子のこともわからないほどの認知症になっていたらどうする。つらい介護の日々がはじまっても、投げ出さずにいられるのか。雅美もはじめは協力してくれるだろうが、限界がある。別居や離婚になったら、家庭が崩壊する。

もし、父が名前も住所も言えなくなって、どこかの施設に保護されているなら、父にとってもそのほうがいいのではないか。自分の家もわからないなら、家族のことを思い出すこともないだろう。こちらはもちろん淋しいが、現実の介護は過酷だろうし、最後は病院に行くにしても、目の前で死なれるのはつらい。それなら行方不明のまま、どこかで元気にしてくれていると思いながら、介護をしなくていいこの状況は、必ずしも悪くないのではないか……。

知之ははっと身震いした。自分は親を見捨てようとしている。育ててもらった恩を忘れ、親の世話を他人に押しつけ、その費用さえ払わずにすまそうとするのか。恥を知れ。

自分を叱咤してみるが、現実は目の前にそそり立つ絶壁のようだった。認知症が悪化して、介護の負担で家庭が崩壊しそうになっても、同じことが言えるのか。状況が変わると引っ込めるような理想こそ、恥ずべき欺瞞ではないのか。

父に帰ってきてほしい気持もほんとう。介護を恐れる気持もほんとう。それが今の心情だった。なんとか気持に折り合いをつけようとしたとき、いつかテレビで見た三十センチの塀の隙間にはさまって死んだ認知症女性のことが思い浮かんだ。そんな悲惨なことだけはいやだ。胸が締めつけられる。早く見つかってほしい。

知之はまた感情を昂らせ、心の暗闇で堂々巡りをする。

# 十一

平穏な数日がすぎる。幸造は朝食のあと部屋にもどり、洗面台の鏡で自分の顔を見つめる。特におかしなところはない。これなら年より若く見えるはずだ。

そう思いながら、ふと不安になる。自分はほんとうに大丈夫なのか。

話していると、ときどき他人が奇妙な顔をする。宿舎の職員とかほかの客が、憐れむように苦笑する。「はいはい」と鼻であしらうような返事をされることもある。失礼なと腹が立つが、なんとなく自分でもおかしい気がして心配になる。

もしかして、認知症がはじまっているのか。そんなはずはない。だが、他人にはそう見えるのかもしれない。認知症にまちがえられたらおしまいだ。誤診された精神病患者と同じく、いくら自分はまともだと言っても取り合ってもらえないだろう。

考えていると、どんどん落ち込みそうだった。こんなときは気分転換するにかぎる。

幸造は散歩に出かけることにした。玄関を出れば道路を隔てて海に出る。堤防を越えれば砂浜だ。外は暑くも寒くもなく、幸造はゆったりした気分で浜辺を歩きはじめた。

知らずむかしの歌が口をつく。ボニージャックスの『モスクワ郊外の夕べ』。哀調を帯びたメロディをたどる。

〽君知るや　すばらしき　夕べのひととき……

モスクワ郊外などもちろん知らないが、広大なロシアの農家の庭越しに暮れなずむ夕日が目に浮かぶ。無意識に指揮者のように右手を振る。

ふと、仕事のことが思い出された。ガスもれの通報があると、即座に駆けつけて修理工事をする。行ってみると、ただの湯沸かし器の不具合というのもしょっちゅうだった。それでも爆発や火災の危険があるから、神経をすり減らす。

そう言えば、こんなことがあった。古い木造アパートに住む浪人生が、ガス臭いと通報してきたのだ。調べてもガスもれの反応はない。大丈夫ですと説明したが、翌日、また通報してきた。部屋中を隈なく調べたが、やはり検知器は反応しない。念のため、新型のガス警報器を貸与したが、翌日、三度（みたび）通報してきて、どうしてもガスのにおいがすると言い張る。仕方がないので、ハンディタイプの検知器ではなく、カート式の高性能ガス検知器を持って行った。大がかりな器械で調べれば、納得するだろうと思ったのだ。ところが作動させると、洗面所の床で微かな反応が出た。アスファルトの下で、老朽化したガス管にひびが入り、下水管から浪人生の部屋の洗面所に逆流していたのだった。

――あなたの鼻は検知器よりすごい。おかげで事故を未然に防ぐことができました。

幸造が頭を下げると、浪人生は照れくさそうに頭を掻いた。それまで面倒くさいヤツだと思っていたのが、急に好青年に見えたからおかしなものだ。

仕事ではいろんなことがあった。困ったこと、ムカついたこと、ほっと胸をなでおろしたこと。いくらでも思い出せる。最近のことはよく忘れるけれど。

砂浜が尽き、岩場に差しかかった。灰色の空と海が渾然（こんぜん）となって、水平線が見えない。部屋にもどり、昼食のあと、大学ノートを取り出して日記をつけた。

『四月十一日（月）曇り
五時二十分起床。昨夜もよくねられた。有り難い。いつまでも健康でいられますように。

七時から朝食。ハムエグ、煮豆、みりん干し。味そ汁はオアゲとキャベツ。

午前中、部屋に帰て鏡を見る。自分の顔など見たくないが、鏡は見ずにいられない。自分はこんなところにいていいのか。なぜこんなことになてしまたのか。

あのとき、もうれつに腹が立って家を飛び出したけれど、どうして分別をはたらかせなかたのか。あのとき、自分は何に腹を立てたのか思い出せない。忘れてしまうくらいなら家出などしなくてもいいじゃないか。~~どうして分別をはたらかせなかたのか。あのとき、自分は何に腹を~~　知之は心配しているだろう。家はどうなているだろう。

もし、家出がバレたらまた怒られる。理由をといつめられ、二度と外え出られないように鍵をかけられるかもしれない。そんなことになたらおわりだ。

もしかしたら、知之たちはまだ気づいていないかもしれない。今なら何もなかたことになるかもしれない。

いや、駄目だ。あのよめが屹度（きっと）気づいている。あの女は油断ならない。怒られずにすませるにはどうすればいいだろう。

自分がなぜここにいるのかわからない。どうやて来たのかもわからない。自分は一時的ににんち症になてしまったのかもしれない。あたまがぼんやりして、何もかんがえられない。屹度一時的ににんち症になてしまたのだ。家え帰たらしゃんとするだろう。わかることとわからないことがある。今はわからないことのほうが多い』

そこまで書いて、幸造は漢字の書き取りをする。部屋に備えつけてある紙に、いとへんを十個書き出してみる。

『紙、絹、綿……、織、縫、絡……細……結……給……』

あと一つ。繊維関係で、そうだ、『線』だ。

ようし。十個書けた。まだまだ俺の頭は大丈夫だ。幸造はふたたび大学ノートを開いて、最後の一行を書き直す。

『~~今はわからないことのほうが多い~~　わかることのほうが多い』

## 12

**『認知症で緊急一時保護／４割が住所地以外／１０００キロ離れたケースも**

昨冬に緊急一時保護した女性は……家を出てから途中でどこにいるのか分からなくなり、新宿あたりをうろうろしながら1カ月ほどたつという。最初はホテルに泊まっていたが、所持金が乏しくなり路上暮らしをしていたとみられる』(12)

「恐れ入ります。五十川幸造さまのご家族さまのお宅でよろしかったでしょうか」

雅美がその電話を受けたのは、幸造が失踪してから十日余りたった四月十五日、午前十時すぎだった。思わず受話器を持つ手に力が入ったが、勘のいい雅美は、それが悪い報せではないことを直感した。

相手は恐縮する口振りで、それでも体面を保ちながら続けた。

「こちら、和歌山県入鹿町の町営国民宿舎『まほろば』の支配人をしております山中と申します。五十川幸造さまから、ご家族さまに連絡してほしいと頼まれて、お電話させていただきました」

和歌山県の国民宿舎？　幸造はそんなところに行っているのか。なぜ黙って、どうやってと、次々疑問が湧いたが、とりあえず確認すべきことを訊ねた。

「舅は無事なんですね」

「はい。五日からこちらにお泊まりですので」

安堵する気持と、怒りとも嘆きともつかない思いが交錯した。

知之に報せると、「よかった」と喜びの声をあげたあと、「そんなところにいたのか。それにしてもなんで黙って」と雅美と同じ反応を見せ、迎えに行くならいっしょに行くと言った。幸造の失踪は会社にも伝えてあり、有給休暇を認めてもらえるようだった。

雅美は仙台の登喜子にも一報を入れた。登喜子は知之とちがい、本人の顔を見るまで安心できないと用心深く言い、とにかく早く無事を確認してとせっついた。

西三国の自宅マンションから、知之が勤める道修町までは車で約三十分。会社で知之と運転を交替し、カーナビに「まほろば」の住所を入力した。現在時刻は午前十一時前だったが、ナビの到着予定は午後四時十分と出た。

「そんなに遠いところなのか。ほんとに和歌山なのか」

聞いても仕方のないことを知之は言い、高麗橋（こうらいばし）の入口から阪神高速に乗った。

「飛ばしすぎて事故を起こさないでよ」

制限速度を四十キロもオーバーして走る知之を、雅美が制した。

阪和自動車道から和歌山県に入り、終点の南紀田辺（なんきたなべ）までは一時間半ほどで着いた。休まず国道四十二号線をひた走ったが、そこからが試練だった。片側一車線の道路は、前に遅い車がいると途端にスピードが落ちる。シニアマークをつけた地元の軽トラックなど、リヤカーを引いているのかと思うほどののんびり運転だ。それでも遅い車が逸（そ）れるとアクセルを踏み込む知之の運転で、国民宿舎「まほろば」に着いたのは午後三時五分すぎだった。海辺にある四階建ての施設で、合宿や会社の研修などで使われそうな簡素な宿である。

駐車場に車を停め、受付で名乗るとすぐに支配人が出てきた。

「こちらです」

ロビーに案内されると、幸造はソファに座ってうなだれていた。

「父さん。どうしてこんな遠くまで来たんだ。黙って行くから心配したじゃないか。警察に捜索願いを出したり、あちこちの施設に問い合わせたりして必死にさがしたんだぞ」

知之がいきなり怒鳴ったが、幸造は反応しなかった。知之は自分を抑えられないらしく、頭ごなしに続ける。

「どれだけみんなに迷惑をかけたかわかってるのか。僕は毎日、仕事が手に着かなくて、事故に遭ってないか、どこかで行き倒れていないか、帰りたいのに帰れなくなって困っていないかって、気を揉んで……」

「あなた、待って」

雅美が制して、義父の顔をのぞき込んだ。

「お義父(とう)さん、雅美です。わかりますか」

子どもに聞くように言うと、幸造は虚ろな目を向けたが、そのまま何も言わずに視線を落とした。おかしい。息子夫婦に怒られるのを怯えているというより、茫然として、ここがどこかわかっていない感じだ。

「ようすが今までとちがうわ。大丈夫かしら」

雅美が声をひそめると、知之もようやく父親の変化に気づいたようだった。

支配人は二人にソファを勧め、自分も椅子を持ってきて座った。

「五十川さんがいらっしゃったのは、今月五日の午後八時十分ごろでした。予約なしに来られて、当直の職員は困ったのですが、あまりに疲れていらっしゃるようでしたので、特例ということで泊まっていただいたのです。近くに宿泊できるような施設もありませんし、まさかご家族に連絡なしに来られたとは思いませんでしたので」

「ありがとうございます」

とりあえず礼を言いつつも、ふつうの客でないことくらい見てわからないかと、雅美は不満を抱いた。

「そのとき、おかしなようすはなかったんでしょうか。一泊ならまだしも、こんなに長く居続けるなんて」

「申し訳ございません。二日目の朝にお部屋にうかがって、事情をお聞きしましたら、少しゆっくりしたいからしばらく泊めてほしいとおっしゃって、前金で十万円お支払いになったのです。それで私どもも、失礼ながらちょっと風変わりなお金持ちの方かと思いまして」

「十万円? お義父さん、どうしてそんな大金を持ってたのかしら」

知之を振り向いても、首を振るばかりだ。支配人が続ける。

「お泊まりいただいたお部屋は、一泊二食付きで八千八百円ですので、そろそろ前払い金も終わりになるので、このあとどうされますかとうかがいましたところ、自分がなぜここにいるのかわからない、ご家族に迎えに来てほしいとおっしゃって。実は一昨日ぐらいから、お食事中にもぼんやりされて、私どもも心配していたのです。それでご家族に電話しようとしたら、宿帳に書いた番号はまちがいだから、こちらにと言われたのが、今朝おかけした番号でして」

幸造が認知症かもしれないことは、支配人にもわかっているようだった。しかし、どうも腑に落ちない。認知症が急に進んだように見えるのに、それほど使わない息子の自宅の電話番号を、なぜ覚えていたのか。

「五十川さまは荷物も少なく、ご滞在の目的もはっきりしませんので、私どもも気にはしておったのです。ですが、一昨日ぐらいまでは特段おかしなそぶりもうかがえませんでしたし、骨休めにでもいらっしゃったのかと思いまして。いずれにせよ、たいへんご心配をおかけしまして、誠に申し訳ございませんでした。ご連絡が遅くなりましたことを、心からお詫び申し上げます」

そう頭を下げられると、こちらも引き下がるよりほかはない。

「わかりました。どうもお世話になりました」

支配人に言ってから、雅美はもう一度、幸造に訊ねた。

「お義父さん。どうして和歌山までいらしたんですか。海が見たかったんですか」

できるだけ優しく聞いたが、幸造はまともに答えるそぶりが見えない。やはり認知症が進んだのか。長居しても仕方がないので、知之を促して幸造を連れて帰ることにした。

帰りも知之がハンドルを握り、幸造は助手席に座らせた。シートベルトを締めながら、

「しんどくないですか」と雅美が聞いたときも、幸造はぼんやり前を見たままだった。

中宮の家に着いたのは、午後八時半すぎだった。途中で食事をしたのと渋滞に引っかかったのとで、往路より時間がかかってしまった。

「まほろば」を出てすぐ、仙台の登喜子に電話をすると、「わかった。ありがとう」と言ったなり、そそくさと切れてしまった。

食事は紀ノ川サービスエリアでした。知之も雅美も昼食抜きだったので、早めの夕食にしたのだが、それまでしょんぼりしていた幸造が、思いがけず旺盛な食欲を見せた。

「お義父さん、お腹が空いてたんですか」

雅美が聞くと、一瞬、箸を止めたが、やはり何も答えず、大ぶりな海鮮かき揚げ丼をきれいに平らげた。

中宮の家に帰ると、それから二十分もしないうちに、バッグを二つ提げた登喜子がやって来た。

「お義姉さん。仙台からわざわざ」

「最終の飛行機に間に合いそうだったから飛んできたのよ。わたし、ここでしばらくお父さんの面倒を見るから」

慌ただしく上がってきて、奥のソファに座った幸造の前に直行する。

「お父さん、和歌山に行ってたんですって。どうしてそんなところに行ったの。黙って行くなんてひどいじゃない。知之や雅美さんがどれだけ心配したかわかってるの。わたしも万一のことがあったらどうしようって、毎日、気が気じゃなかったんだから」

勢いに圧倒され、幸造は身をのけぞらせる。

「お義姉さん。お義父さんは疲れているみたいなんです。ちょっとこちらへ」

登喜子の袖を引くようにして台所に呼び、雅美は「まほろば」で聞いた経緯を説明した。

知之は冷蔵庫から缶ビールを出してきて、先に飲みはじめている。これまでの心配と長距離運転で、体力の限界だと言いたげな仏頂面だ。

「とにかく、今回は無事だったからよかったけれど、二度と行方不明にならないように対策を講じないとね」

雅美が切り出すと、知之は半ば自棄(やけ)ぎみに混ぜ返した。

「首に縄でもつけとくか」

「まじめに考えてよ」

「でも、雅美さん。この前、テレビでやってたけど、徘徊がひどい人は玄関に三つ鍵をつけても外へ出ようとして、二階のベランダから飛び降りたんですって。だから今はベランダにネットを張ってるって」

登喜子が眉をひそめて、父親を見る。幸造はどういう気でいるのか、うろんな表情で自分の膝を見つめ、両腕も脱力したまま動かない。

雅美が話を進める。

「まずはＧＰＳ機能つきのケータイを持たせることね。それがあれば場所はわかるから」

「だけど、父さんはケータイの充電なんかできないだろ」

「わたしがやるわ。電話やメールを使わなければ、バッテリーも四日ぐらいもつでしょう。予備のバッテリーを充電しておけば、交換するだけですむし」

登喜子がすかさず言う。

「でも、夜にパジャマで出て行って、GPSを置いていった人の話もテレビでやってたわよ」

「じゃあ、首に括りつけるしかないな」

知之がまた投げやりな言葉を吐く。雅美はそれを無視して考える。

「GPSに頼るだけじゃなくて、上着に名札を縫いつけるとか、下着類に名前と連絡先を書くとかしないとだめね」

「それはわたしがこっちにいる間にやっとくわ」

「ありがとうございます。じゃあ、わたしはGPSつきのケータイを手配します」

姉と妻に無視された形の知之は、会話に加わろうと口をはさんだ。

「それはそうと、車の運転はどうする」

「無理に決まってるでしょう」

「もってのほかよ」

二人が声をそろえると、幸造の肩が一瞬、震えたように見えた。それには気づかないようすで知之が言う。

「じゃあ、電動自転車も禁止だな。自転車が見つかればの話だけど」

幸造がうつむいたまま固まっている。どこか表情がぎこちない。雅美はそれを横目で見ながら登喜子に言った。

「車と自転車を取り上げても、今回みたいに電車に乗られちゃうと、またどこへ行くかわからないでしょう。だいたい十万円もの現金を持ってるのがおかしいのよ。銀行でおろしたのかしら」

幸造の小遣いは雅美が毎月五万円ずつ、幸造の口座から引き出して渡していた。雅美はテレビ台の引き出しから通帳を出して調べた。

「現金の引き出しはないわね。どこかに隠してたのかしら。いずれにせよお金があると、電車で移動したり泊まったりできるから危ないわね。通帳はこちらで預かっておきます。お義姉さん、いいですか」

「ええ、お願い」

ふたたび幸造の背中が感電したように震える。

知之が飲み干したビールの缶をへこましながらつぶやいた。

「でも、このまま親父を独り暮らしさせてていいんだろうか」

「わたし、お父さんが落ち着くまで、一週間くらいはこちらにいようと思ってるんだけど」

「そのあとは」

「知之のところで引き取れない？」

「無理だよ。幸太郎と麻美もいるし。部屋がないもの。なあ」

知之に聞かれ、雅美は小さくうなずく。

「姉貴のところはどう」

「引き取れるわけないでしょ。お姑さんと舅がいるのに」

「じゃあ、いざとなったら施設かな」

安易な物言いに雅美が反発する。

「簡単に言わないでよ。施設だって高いところに入ってもらう余裕はないし、あまり安いところだとお義父さんがかわいそうでしょ。もう少しここで頑張ってもらうしかないわよ」

「そうよね」

登喜子がため息まじりにうなずく。幸造は相変わらずうつむいていたが、顔が引きつり、こめかみに一筋の汗が流れていた。

十二

登喜子はしばらく中宮の家にいることにしたようだった。久しぶりの娘との同居は嬉しかったが、なんだか監視されているようで、幸造は窮屈を感じていた。

四日目の午後、登喜子が買い物に出かけている間に、大学ノートに日記を書く。

『四月十八日（月）晴れときどき曇り

午前六時起床。朝食は登喜子が作ってくれる。卵かけご飯に昨夜の残りのミンチボール。昼は登喜子が焼きうどんを作ってくれる。

登喜子はいつまでいるつもりか。そろそろひとりでもだいじょうぶだと思うのだが。

嘘の家出は失敗だった。にんち症になったふりをして、きつく怒られることは免れたが、このままでは車のうんてんも通帳もとりあげられる。

登喜子は百円ショプで安全ピンつきの名札をたくさん買ってきて、上着やジャンパーにつけている。迷子にならないようにするためらしいが、そんなものを胸につけて外を歩くのは恥ずかしい。幼ち園じゃあるまいし。

下着にもマジックで名前と連らく先を書いている。人に見られたら顔から火が出る。これではスーパー銭とうにも行けない。風呂に行くとき用に、何も書いていないパンツとシャツをどこかに隠しておこう。

知之はいつの頃からか、私に「どう思う」と聞かなくなた。どうせわからないと思ているのだ。半人前扱いされているようで情けない。

何か失敗すると知之はすぐ怒る。言いまちがいとか、かんちがいにもすぐ腹を立てる。そんなに怒らないでほしい。ついうかりすることはだれにでもあるだろう。

このまま家に閉じ込められたら、どうやて毎日すごせばいいのか。オリの中のクマみたいにウロウロすごせと言うのか。知之たちは自分がどれだけ残酷なことをしているかわかていない』

そこまで書いて、幸造はふと家出のときに持って出た三十万円のことを思い出した。あのとき、仏壇からへそくりの三十万円を持ち出して、入れ場所をあれこれ算段したとき、一度に全部なくすと困るので、十万円を取りよけて財布に入れたのだった。残りの二十万円にばかり気がいって、財布に移した十万円のことをすっかり忘れていた。封筒に入れた二十万円はスーパー銭湯の貴重品ロッカーに入れたまま、置いてきてしまったようだ。どこのスーパー銭湯に行ったのかわからない。二十万円は惜しいが、今さら知之に話しても見つかりはしないだろう。またきつく怒られるだけだ。

今ならはっきりわかる。二週間前のことをこれだけ思い出せるのだから、認知症ではないだろう。しかし、ときどきおかしくなる。いったいどちらがほんとうの自分か。

しっかりしているのが自分なら、車の運転も問題ないはずだ。それを知之たちにわかってもらえれば、自由を取りもどせる。だが、迂闊に言い出せばまた叱られる。まずは登喜子を味方につけることだ。知之はむかしから姉に頭が上がらなかったから。

登喜子に話を聞いてもらうにはきっかけがいる。そう考えて、幸造は新聞のチラシに漢字の書き取りをはじめた。今日はしんにょうに挑戦する。

『道、遠、辺、通、……遊、邂、逅、辻、……迎、……逃』

なんとか十個ひねり出し、そのあと漢和辞典を引っ張り出して、しんにょうを調べて次の六つを書き足す。

『逢、造、遅、迅、速、遺』

書き終わると、テーブルに書き取り面を上にして放置した。

「あら、この漢字、お父さんが書いたの」

買い物からもどった登喜子が、チラシに目を留めて言った。幸造は奥のソファでぼんやり庭を眺めるふりをしていた。登喜子がチラシを持って近づいて来る。

「もしかして、これ頭の体操？」

登喜子は感心しているようすだ。

「それはちょっとな。ときどき部首を決めて、漢字を書いてみるんだ。しんにょうは案外、むずかしいんだ」

「へえ。そう言われればそうかも」

反応を見ながら、さりげなく誘ってみる。

「おまえもやってみるか」

「そうね。ここに書いてある以外では、う～ん、返事の『返』があるわね。ほかにはええっと、う～ん、ほんと、意外に思い浮かばないわね」

「へんならお遍路さんの『遍』もあるな。それから、巡洋艦の『巡』もある」

「すごーい。お父さん、やるじゃない」

さっき下調べをしてあるので、この二つは簡単に出た。登喜子が感心したのを捉えて、幸造は神妙な顔で言った。

「俺はおまえたちに世話ばっかりかけて、ほんとに申し訳ないと思ってる。でも、何かあれば登喜子は仙台から駆けつけてくれるし、知之たちもいろいろ心配してくれるし、ほんとうに恵まれてるよ。おかげでいい最期を迎えられそうだ」

「何言ってるの。お父さんはまだまだ元気じゃない」

「いや、もうそんなに長くはないと思うな。自分でわかるんだ。寿命ってやつがな。だけど、満足してるよ。優しい娘や息子がいて、ほんとうに俺は幸せだ」

登喜子が黙って見つめているのがわかる。少ししんみりしているようだ。幸造は慎重に話を進めた。

「身体も弱っているが、頭のほうだって大分イカレてるだろう」

「そんなことないわよ。漢字だってこんなにしっかり書けてるじゃない」

幸造はよしっと、自分にゴーサインを出す。

「実は、俺は頭はしっかりしてるんだ。申し訳ない。和歌山へ行ったのも、わけがわからなくなったからじゃなくて、わざとなんだよ。ちょっと知之たちを心配させてやろうと思ってな」

登喜子が理解できないというようにまばたきを繰り返した。

「どういうこと」

「ほんとうに悪かった。知之たちが車の運転をやめろとか、認知症を疑うようなことを言うから、腹が立って嘘の家出をしてやったんだ。いや、馬鹿なことをしたと思ってる。みんなに心配をかけて、ほんとに申し訳ないと反省してる。この通りだ」

幸造は登喜子が怒り出す前に頭を下げた。登喜子は開いた口がふさがらないという顔で、言葉を失っている。

幸造は顔を伏せたまま続けた。

「だけど、このことは知之には言わないでほしいんだ。あいつはすぐ怒るから、家出が嘘だったと知れば、落ち着いて話ができなくなってしまう。だけど、俺は認知症なんかじゃないってことは伝えてほしいんだ。車の運転とか、外出とかもふつうにできる。だから今まで通り自由にさせてもらえるよう、おまえから頼んでくれないか。もちろん運転は慎重にするし、外出だって気をつける。頼む。俺から自由を奪わないでくれ。一生のお願いだ」

目をきつく閉じ、歯を食いしばって両手を合わせた。わずかな沈黙のあと、登喜子のため息が聞こえた。

「嘘の家出はひどいけど、お父さんの気持もわからないではないわ。でも、知之たちが心配するのも無理ないのよ。車の事故はあっと思ったら終わりだし、散歩だって、帰り道がわからなくなったら困るでしょう」

「それなら名札をつけるよ。場所のわかるケータイも持つようにする。事故を起こしそうになったり、一度でも迷子になったりしたらきっぱりやめるよ。だからお願いだ。家に閉じ込めないでくれ。そんなことをされたら、生きる望みをなくしてしまう」

「わたしだって自由にさせてあげたいわよ。でもね、今は高齢者の車の事故が増えてるの。安全を考えたら、無事なうちにやめるのが賢明なのよ。転ばぬ先の杖というでしょ」

「羹(あつもの)に懲りて膾(なます)を吹くという言葉もあるぞ。案ずるより産むが易しとも言うじゃないか。なあ、頼むよ。嘘の家出は俺が悪かった。心から反省してるんだ」

古いことわざがするりと出た。追い詰められると頭が働くのか。

「困ったな。お父さんの気持もわかるし、知之たちの心配もわかるんだけど、自由と安全は両立しないというわけね」

登喜子は多少の譲歩を見せつつも、煮え切らないようすだ。幸造は持てる能力のすべてを注ぎ込んだが、忍耐もここまでだった。

「登喜子。こんなに頼んでもだめなのか。俺にはもう時間がないんだよ。これからますます身体も頭も弱るから、自由に出歩けるのは今のうちだけなんだ。なのにどうして自由にさせてくれない。これじゃ独房に入れられた囚人と同じだ。俺はそんな目に遭わなければならないほど、悪いことをしたのか。ふたことと目には危ない、心配だと言って、俺の自由を奪おうとする。俺は転んで骨折しようが、交通事故に遭おうが、どこかで行き倒れになろうがかまわないんだ。どうせ残り少ない人生なのに、どうして自由にさせてくれない」

息を切らして言うと、登喜子も同じように興奮した。

「そんなこと言うけど、お父さんの命はお父さんひとりのものじゃないのよ。お父さんに万一のことがあれば、知之もわたしもずっと後悔するわ。お父さんを護れなかったって、悔やみ続けることになるのよ。わたしたちはお父さんにいつまでも元気でいてほしいの。お父さんが事故に巻き込まれたり、行方不明になって亡くなったりしたらつらいの。無事で長生きしてほしいのよ」

幸造は半ばたじろぎながら、あてつけのようにつぶやいた。

「それは、おまえたちのエゴじゃないのか」

「何ですって」

登喜子の声が錐のように尖ったが、幸造はひるまなかった。

「そうじゃないか。無事でいてほしいというのは、おまえたちの都合だろう。俺がトラブルに巻き込まれたら、自分たちの面倒が増えるから、俺を閉じ込めて飼い殺しにしようとしてるんだ。長生きしてほしいというのも、自分たちが親に死なれるのがいやさに、おとなしく生きろと不自由を押しつけるんだ」

「ひどい。わたしたちがこんなにお父さんのことを心配してるのに、それをエゴだなんてひどすぎる。お父さんはいつからそんなひねくれた人間になったの。親孝行の気持をそんなふうにねじ曲げるなんて、信じられない。わたしだってひまじゃないのよ。仙台から大阪に来るのだって、飛行機賃もかかってるし、急に来るのは当日の航空券だからすごく高いのよ。主人にだって迷惑をかけてるし、頼まれたこともキャンセルして、楽しみの予定もあきらめて来てるのよ。知之だって仕事で疲れているのに、土日にお父さんのところに来たり、雅美さんだって、お父さんが無事でいるようにあれこれ考えて、いつも気にしてくれてるのよ。それをお父さんは、わたしたちが自分の都合でやってるって言うのね。わたしたちの利己主義だと否定するのね」

幸造には途中から登喜子の言うことの意味がわからなくなった。矢継ぎ早に出る言葉に理解が追いつかない。いや、自分に不利なことを言われているので、脳が理解を拒否しているのか。いずれにせよ、登喜子が猛烈に怒っているのはわかったので、ここは謝ったほうがいいと判断した。

「すまない。ちょっと言いすぎた。ときどきこんなふうになるんだ。自分でも何を言ってるのかわからなくなって、意味不明なことをしゃべったりするんだ。やっぱりもうボケかけてるのかもな」

また打ち消してもらえるかと思ったのに、登喜子の返事は、「そうよ」だった。

「だって、お父さん、夜中に外国人が入ってきたとか、おかしなこと言うんだもの」

「そんなこと言った覚えはないぞ」

「いやだ。忘れたの。昨夜もわたしを呼んだでしょ。トイレって言うからついて行ったら、廊下でパジャマを下ろしかけて、慌てて止めたじゃない。そしたら、わたしのことをお母さんとまちがえて、頼子、頼子ってまとわりついてきて」

「冗談言うな。頼子はとっくに死んでるんだ。まちがえるはずないだろ。俺は夜中にトイレに起きることはあっても、失敗はしないんだ。それに、昨夜は一度もトイレになんぞ行ってない」

「行ったわよ、午前三時前に。お父さん、ガラス障子に足をぶつけて、痛がってたじゃない」

まったく記憶にない。幸造は行き先のわからない電車に乗せられたような混乱に陥った。が、とっさに閃いた。

「わかったぞ。おまえは俺がやってないことをやったと言って、無理やり認知症に仕立てるつもりなんだろう。そうはいくか。昨夜はトイレになど行ってない。おまえが何と言おうと、行ってないものは行ってないんだ」

幸造は唾を飛ばして断言した。これで登喜子の奸計も破れる。そう思ったが、聞こえたのは哀れみを込めたひとことだった。

「じゃあ、その足の親指のバンドエイドは何」

見下ろすと、まったく覚えのない絆創膏が巻かれていた。

## 13

『人生案内／79歳父　無趣味で友人なし
……今のところ、掃除、洗濯などは自分でしているようですが、このままでは寝たきり高齢者か認知症へまっしぐらだと思います。／我が親ながら、あまりにも寂しく情けない状態です。アドバイスをお願いします。
（回答）最相葉月（ライター）寝たきりでも認知症でもないのに、どうなるかわからない未来に備えよというのは、たとえ娘であっても僭越（せんえつ）ではないですか。／……寂しい、情けない、将来が心配。これはお父様に投影されたあなた自身の叫びではないかと私には思えるのです』(13)

幸造がもどってきて五日目、雅美は午後に中宮の家を訪ねた。

インターフォンを押してから、「こんにちは」と玄関の引き戸を開けると、登喜子が「しーっ」と口元に指を当てて出てきた。

「父は今、昼寝をしてるのよ」

和室を振り返りながら、「ちょっと出ましょう」と雅美を外へ押し出す。何か深刻な話がありそうだ。雅美の車で近くのファミレスに行った。

ドリンクバーで飲み物をあつらえ、向き合って座ると、登喜子が神妙な顔で言った。

「驚かないでほしいんだけど、父が行方不明になったのは、実は嘘の家出だったらしいの」

「どういうこと、……ですか」

「だから、徘徊で帰れなくなったんじゃなくて、わざと帰らなかったみたいなのよ」

「お義父さんがそう言ったんですか。えっ、でも」

混乱して言葉が続かなかった。あんなに心配させておいて、嘘の家出だったなんて、冗談じゃない。頭に火が走りそうになったが、登喜子は雅美の思いを先取りするように、素早く頭を下げた。

「ごめんなさい。わたしからも謝るわ。あなたたちが怒るのは当然よ。わたしもふざけるなって思った。理由を聞いたら、父は運転をやめるように言われたり、認知症扱いされたことが我慢できなかったようなの。もちろん、あなたたちは悪くない。心配は当然だもの。だからこの通り謝ります。ほんとうにごめんなさい」

「お義姉さんが謝ることないですよ。でも、信じられない。和歌山に迎えにいったときも、お義父さんはぼーっとして、家に帰ってからもようすがおかしかったじゃないですか」

「どうやらあれも演技だったらしいの。きつく怒られるのを避けるために、わざと認知症のふりをしてたみたいなのよ」

「えーっ」

思わず声が跳ね上がった。周囲の客が振り向き、雅美は慌てて声を落とす。

「そう言えば、あの夜、へんなところもありましたね。車の運転は無理だとか、通帳はこちらで預かろうとか言ったとき、妙に反応してる気配がありましたもん。はあー、全部わかってたのか」

「それで、父はまた運転をしたいようなことを言いだしたの。もちろんオーケーはしなかったわ。車のキーはわたしが隠してるし、自転車もないから勝手には乗れないと思うけど」

そこまで言って、登喜子は遠慮がちな上目遣いになった。

「父はあなたたちに怒られるのをものすごく怖がってるのよ。だから、知之にもあんまりきつく叱らないように言ってほしいの」

「わかりました。でも、ということは、お義父さんはそれほどひどい認知症じゃないってことですか」

雅美は状況を再確認し、思いがけない余禄でも見つけたように思った。もしそうなら、嘘の家出も結果オーライだ。

「ところがね、そうでもないのよ」

登喜子の声が沈んだ。「父はいわゆるまだらボケの状態らしいの。まともなときは漢字の書き取りもできるし、けっこう複雑な会話もできるんだけど、ボケ症状が出ると、夜中に廊下でパジャマのズボンを下ろしたり、外国人が家に入ってきたって言ったりするのよ。昨日はわたしを母とまちがえて、抱きついてきたのよ」

血の気が引いた。万一、自分が介護する役になって、義父に抱きつかれたらと思うと、何もかも放り出して逃げたくなる。

「それって、まずいじゃないですか。一刻も早く専門の病院で診てもらわないと、たいへんなことになりますよ」

「たしかにね。でも、父が素直に病院に行くかしら。プライドの高い人だから」

「そんなのんきなことを言ってる場合じゃないでしょう。無理やりにでも連れて行かないと。認知症は早期治療が大事っていうし、今ならまだ薬とかでよくなるかもしれないじゃないですか。デイサービスとかにも行ってもらわないと」

頭の中で不安と恐怖が躍(おど)り狂うように飛び跳ねた。もしも幸造の認知症が悪化して、独り暮らしができなくなったらどうするのか。マンションに引き取るのは物理的に無理だし、経費を考えると施設も避けたい。介護保険を使うにしても、利用するサービスが増えればそれだけ自己負担が増える。子どもたちにはまだまだ教育費がいるし、生活費、自分たちの老後の費用、子どもたちの結婚資金まで考えると、とても経済的な余裕などない。雅美は自分の顔が引きつるのを感じた。これは女の本能だ。家庭を守りたい、家族を守りたい、自分を守りたい。中学二年生のときに両親が離婚した雅美は、ある日突然、家庭が崩壊する恐怖が心にこびりついていた。ぼんやりしていたら日常はあっという間に崩れる。だれもそれを止めてはくれない。

「取りあえず、わたしはあと三、四日は中宮にいるから、変わったことがあったら連絡するわ」

登喜子はそう言って、冷めかけたコーヒーを啜った。

二日後、雅美は娘の麻美を連れて、幸造の家を訪ねた。孫の顔を見せれば、脳によい刺激になるかもと思ったのだ。

「やあ、よく来た、よく来た」

麻美を見ると、幸造はとろけるような笑顔を見せた。心なしか身体もしゃんとしている。

「ジイジ、元気だった？　仙台の伯母さん、こんにちは。ご無沙汰してます」

麻美は中学三年生らしく、登喜子に大人びた挨拶をした。そして、幸造に茶目っ気半分に聞く。

「ねえ、あたしの名前、わかってる？」

「もちろんわかってる」

「じゃあ、言ってみて」

幸造は笑顔のままだが、名前は出ない。唇をもごもごさせ、次第に険しい表情になる。

麻美がせっつくように顔を突き出すと、横を向いて吐き捨てるように言った。

「知ってるけど、言わん」

「どうして。知ってるなら言ってよ」

「いや、言わない」

「あーっ、わかんないんだ。ジイジ、ボケちゃったんじゃない」

あっと思ったが遅かった。幸造の顔から表情が消えた。麻美の言葉が見えないアイスピックのように幸造の心臓を貫いたのだ。しかし、チャンスかもしれない。雅美はとっさの機転で取り繕った。

「麻美もお義父さんのことを心配してるんです。だから、一度、病院で診てもらうだけでもどうですか」

無表情のまま声を震わせる。

「何を診てもらうんだ」

「頭の老化現象ですよ」

「そんなもの、診てもらわなくてもわかる。どうせモウロクしてると言われるだけだ」

「病院に行けば、よくしてもらえるかもしれませんよ。最近は医学も進んでますから」

「若返りの薬でも出たのか。フン」

また憎らしいことを言う。せっかく考えてやってるのにこのクソジジイと思ったが、顔には出せない。

登喜子が割って入る。

「せっかく麻美ちゃんが来たんだし、楽しくやりましょうよ」

その言葉に幸造の表情がもどる。

「そうだ。麻美ちゃん、学校は楽しいかい。今、中学三年生だろう。でも、高校受験はないんだってな」

えっと思った。前に雅美が言ったことをしっかりと覚えている。いったい義父はどの程度の認知症なのか。雅美は困惑しながら幸造を見た。

# 十三

麻美が来た翌日、登喜子は仙台にもどっていった。家を出るとき、幸造の両手を握って言った。

「お父さん。お願いだから無理しないでね。雅美さんが言ったみたいに、一度、病院に行ったほうがいいわよ。今は脳の老化を防ぐ薬とかもあるらしいから」

「おまえこそ身体に気をつけろよ。あっちはまだ寒いんだろ。風邪をひかんようにな」

心配して言ったのに、登喜子は愛想づかしのため息をもらした。人のことより自分の心配をしろという顔だ。

ひとりになったあと、幸造は仏壇の前に座った。遺影の頼子は相変わらず微笑んでいるが、不安そうにも見える。昨日はなぜ、孫の名前が出てこなかったのか。急に聞かれたから答えられなかったのだ。悔しい。麻美に「ボケちゃったんじゃない」と言われたときには、情けなくて死んでしまいたかった。

――そんなこと、思っちゃだめ。

遺影の頼子にたしなめられる気がした。

そうだよな。俺はまだ七十八だもんな。多少は老化現象もあるが、年を取ればだれだってそうなる。登喜子だって知之だって同じだ。だけど不安なんだ。孫の名前を忘れるなんて、もしかしたら、はじまっているのだろうか。

遺影に問いかけたが、返事はない。

自分でもうすうす感じている。だが、それは認めたくない。名前を問われたり、日付を聞かれたりするのがいちばんいやだ。わかっているのに答えられない。言葉が出てこない。俺が悪いんじゃない。そう叫びたい気分だ。

しかし、この先、ひとりで大丈夫だろうか。登喜子がいてくれた間は安心だった。いざというときに助けてもらえる。なぜ、もう少しいてくれと頼まなかったのか。

しかし、娘や息子には迷惑をかけたくない。ひとりでやっていけると思われたい。登喜子と話していても、変なことを言っていないか、同じ話を繰り返していないかと、いつもビクビクしていた。認知症を疑われないように気を張って暮らすのはほんとうに疲れる。これならひとりでいるほうが気楽だ。

もし、認知症がはじまったらどうなるのだろう。自分がまったくわからなくなるのか。生ける屍(しかばね)のようになって、ぼーっと時間を過ごすようになるのか。そんなふうになるくらいなら死んだほうがましだ。

まるで底なし沼に引き込まれそうになるのを、何かにしがみついて必死に耐えている気分だ。それをみんなにわかってほしい。どれほどつらく、苦しい毎日か。

幸造は仏壇の前を離れ、テーブルに向かう。大学ノートを取り出して、昨日の日記を書きはじめる。

『四月二十二日（金）晴れ

昼から麻美ちゃんが遊びに来る。楽しく話す。孫の顔を見るのが何より嬉しい……』

……

## 14

『認知症あきらめない／軽いうちに予防的措置を

例えば、アルツハイマー型では薬物療法として、アリセプトという薬を使えます。ほかに非薬物療法もあります。脳の活性化がそうです。同時に認知症に伴う精神症状や行動の異常に早く対応することで、介護を楽にすることも可能です』(14)

登喜子が仙台に帰ったあと、雅美は三日おきに幸造のようすを見に行くようにした。自分の時間がなくなるのはつらいが、今は非常時だから仕方がない。幸造は汚れた下着をそのままにしていたり、冷蔵庫に空の湯飲みをしまったりしていたが、それ以上の大きな問題はなさそうだった。食事も宅配の弁当を再開して、以前の通り順調に食べている。なんとかこのまま症状が悪化しないで、独り暮らしを続けてほしいと、祈るような思いで雅美は中宮の家に通った。

一刻も早く専門医の診察を受けさせたいと思うが、無理やり病院に連れて行くわけにもいかない。どうにかうまいきっかけを見つけられないものかと、あちこちにアンテナを張り巡らせた。新聞に『認知症あきらめない』と大きな見出しがあり、リードに『軽いうちに予防的措置を』と書いてある。早めに手を打てば認知症になってもあきらめる必要はないのか。幸造にぴったりの記事だと、雅美は食い入るように読みはじめた。

ところが、書いてあるのは家庭と地域で認知症に向き合おうとか、かかりつけ医が支えになるとか、そんな隔靴掻痒（かっかそうよう）のことばかりで、役に立ちそうな情報は何もなかった。ふつう「あきらめない」と言えば、「治るのか」と思うじゃないか。期待ばかりさせて、がっかりだと雅美は新聞を乱暴に畳んだ。

週刊誌を見ると、『家族を病院に連れて行く方法』というのが出ていた。どれもイマイチだったが、『脳ドックに行こうと勧める』というのが目を惹いた。幸造は退職後に三度ほど人間ドックを受けて、結果はいつも問題なしだったので、人間ドックには悪い印象を持っていないようなのだ。

中宮の家に行ったとき、機嫌のよさそうなときを見計らって、さりげなく聞いてみた。

「お義父さん。このごろ脳ドックというのができたらしいんですけど、知ってます？」

「いや」

「人間ドックってあるでしょう。あれの脳を専門に診てくれるコースらしいです」

「ほう」

反応は悪くない。

「脳梗塞やくも膜下出血の予防にも役立つんですって」

「そうか。くも膜は怖いって言うからな」

雅美は雀を罠に誘うように、慎重に言った。

「最近の検査機器は性能がいいから、ごく初期の異常も見つかるんですって。でも、お義父さんは健康に注意してらっしゃるから、大丈夫でしょうけど」

「いや、わからんぞ。俺も年だからな」

「じゃあ、一度受けてみます？　半日くらいの簡単なコースもあるみたいですから」

思い切って攻めてみた。幸造は刹那(せつな)、迷ったようだが、意外にあっさりと言った。

「そうだな。しばらく健康診断もやってないから、受けてみるか」

ヒョウタンから駒とはこのことか。雅美は内心でガッツポーズをする思いで、さっそく受診の手はずを調(とと)のえることにした。

「いやあ、親父がそんなに素直に受診をオーケーするとはね」

帰宅早々、雅美から報告を聞いた知之は、ネクタイを解きながら笑った。

「で、さっそく受診の予約を取ろうと思うんだけど、病院はやっぱり総合病院がいいわよね。ほかにも病気が見つかるかもしれないから」

「そうだな」

「パート仲間に聞いたんだけど、南森町の阪天中央病院がいいらしいの。認知症の新しい治療法を取り入れてるんだって」

「へえ」

「じゃあすぐに予約を取るわね」

「ああ」

「付き添いはあなた行ってね」

「えっ」

適当に返事をしていたのが、ふいに役目が降りかかってきて知之は慌てる。

「診察は平日だろ。会社があるじゃないか」

「病院に付き添うって言えば休めるでしょ。お義父さんが行方不明になったときも、会社は協力的だったじゃない」

「まあ、そうだけど」

ここは抵抗しないのが賢明だと観念した。雅美の口元には「自分の親でしょ」とか、「病院に行く気にさせるのにどれだけ苦労したと思ってるの」とかいう言葉の弾丸が、安全装置をはずして装塡されているのが見えるようだった。

「わかったよ。会社は水曜か木曜が休みを取りやすいから、できたらどちらかに頼む」

「了解」

翌日、雅美はさっそく病院に連絡して、次の水曜日に神経内科の予約を取りつけた。開業医の紹介状がないと追加料金を取られるらしいが、彼女は即行性を重視したようだ。

診察の日、知之は早めに幸造を迎えに行き、城北（しろきた）公園通りを南下して病院の駐車場に車を停めた。

「この病院か。ずいぶんと立派だな」

幸造はそう言いながら、なかなか車の前を離れようとしない。気が進まないのか。ここでドタキャンされたら目も当てられないと、知之は先を急いだ。

受付で初診の手続きをすませ、神経内科の外来に行くと、待合室には二十人ほどの患者が座っていた。いずれも活気がなく、見るからに認知症という人もいる。自分の父はどう見えるだろうと、知之は他人の目で幸造を眺めた。表情もあり、服装もきちんとしている。これならさほど重症には見えないだろうと思い、逆に不安になった。認知症の患者は、医師の前では緊張して、一時的にしっかりした受け答えをすることがあり、初期の症状を見落とされることがあると雅美に聞いていたからだ。

――お義父さんも頑張っちゃうかもしれないから、先生に実際のところをちゃんと伝えてよ。

そう釘を刺され、幸造のおかしな行動をいくつも教え込まれていた。

一時間ほど待つと、診察室に呼ばれた。担当は銀縁眼鏡の優秀そうな医師だった。

「五十川さんですね。どうぞお掛けください。今日は脳ドックということでよろしいですね」

話はきちんと通っているようだ。医師は電子カルテのキーボードに指を乗せ、顔は幸造のほうを向けて聞く。

「独り暮らしとのことですが、何か困ることはありませんか」

「特にないですな。たいていのことは自分でできますから」

「外出して、道に迷ったことは？」

「ありません」

「いや、あるだろ」と、知之が横から否定する。

「雅美が岸辺の駅まで迎えにいったじゃないか」

「どうだったかな」

覚えていないのか、とぼけているのかわからない。

「最近、もの忘れとかはどうですか」

「まあ、年相応でしょうな」

「火の不始末とかはどうです」

「それはないです」

「ありますよ。土鍋を空焚きしてただろ」

知之が言うと、幸造は不愉快そうに口をつぐむ。医師は知之に訊ねた。

「ご家族がお気づきのことはありますか」

知之は雅美に教え込まれたことを順に挙げていった。

「パジャマを脱がずにセーターを着ていたり、トイレに掃除機を置いていたり、家をのぞく者がいると言って、道に面した雨戸を昼間も閉めていたりしてました」

「お金の管理や計算はどうです」

「できません」

「部屋の整理や片づけは」

「きちんとはできません」

「爪切りとかの細かな手作業は」

「それもむずかしいです」

知之はできるだけ正確な診断を下してもらえるように、強い口調で答えた。幸造は黙ったまま、唇を噛んでいる。

医師が幸造に聞いた。

「おひとりで不安はありませんか」

「大丈夫です」

「でも、病気とか怪我とかのときは困るでしょう」

「まあ、なんとかなるでしょう」

不安はあるが、認めたくないという感じだ。

次に医師は書類を取り出し、噛んで含めるように言った。

「五十川さんくらいのお年になると、だれでも脳の老化現象があります。人によって程度がちがいますから、今から調べさせてもらいますね」

まず年齢を聞き、次に日付と曜日を訊ねる。認知症を診断する「長谷川式認知症スケール」だということは、知之もネットで調べて知っていた。幸造は比較的順調に答えるが、計算のところでつまずいた。百から七を順に引く問題だ。

「九十三、八十三、いや、八十……いくらだっけ」

数字を逆に言う問題もできなかった。幸造は苛立って知之に言う。

「なんでこんなことをしなきゃならんのだ」

「検査だよ。わからないならわからないって言えばいいんだ」

「わかってるさ」

「じゃあ答えろよ」

「おまえが横でごちゃごちゃ言うから、考えがまとまらないんだ」

医師が「けっこうです」と止め、次の問題に移った。三問ほど前に医師が言った三つの言葉を思い出す問題だ。どうせ無理だろうと思ったが、ふと考えると知之も思い出せない。

「ヒントを言いますよ。植物と、動物と、乗り物です」

「ああ、桜、猫、電車」

幸造のほうが早く答える。知之は焦って、次の問題を真剣に考える。

「これから五つの品物を見せます。それを隠しますので何があったか言ってください。いいですか。鍵、ハサミ、クリップ、時計、ボールペン」

医師が品物の入ったトレイを示したあと、背中に隠す。知之は即、胸の内で思い出す。時計、ハサミ、ボールペン……、それから鍵と、クリップだ、よしっ。

「えーっと、時計、ハサミ……、ボールペン……」

幸造は三つで止まる。

「では、最後の質問です。知っている野菜の名前をできるだけたくさん言ってください。十個言えたら終わりです」

知之はフライング気味に胸の内で数えはじめる。ニンジン、タマネギ、キュウリ、ジャガイモ。ここまではすらすら出た。次を考えていると、「キャベツ」と、幸造に先を越される。どうしてキャベツが出なかったのか。思う間もなく、幸造が「カボチャ」と言う。しまった、カボチャも忘れていた。父の答えに惑わされないよう必死で考える。レタス、セロリ、えっといくつ言った、六個か、あと四個、出ない、何でだ。焦るとよけいに出ない。幸造が何を言うか耳に入らない。顔をしかめて集中する。モヤシ、ブロッコリー、えーと、チシャ、ズッキーニ。よし、十個言えた。知之は大きく息を吸う。

幸造は四つくらいで止まっているようだ。

「はい、けっこうです。ほかに大根、白菜、ピーマンなんかもありますね」

医師が幸造を慰めるように言う。そんなありふれた野菜を忘れて、チシャやズッキーニを引っ張り出すとは、俺も危ないかもしれないと、知之は背筋に寒いものを感じた。

「診察は以上です。次は脳のＭＲＩの検査に行ってもらいます」

看護師から検査表を渡され、画像診断部に行くように言われる。また一時間ほど待たされ、名前を呼ばれると幸造を検査着に着替えさせて、検査の間二十分ほど待ち、またもとの服にもどして、ふたたび神経内科の外来で待つこと一時間余り。いい加減疲れ、何度もため息が出るが、製薬会社に勤めている知之には、大きな病院の受診がこういうものであるのはあらかじめわかっている。心配なのは父親のほうだが、幸造は愚痴ひとつもらさず、じっと待合室の椅子に座っていた。

「しんどくないの」

「大丈夫だ」

案外、父親のほうが忍耐強いのかと、妙なところで年長者の底力に感心した。

## 十四

幸造が病院へ行くことを了承したのには理由があった。

この前、登喜子に電話をかけようとして、かけられなかったのだ。メモを見ながらプッシュホンの番号を押そうとしたが、どうしてもうまく押せない。メモを電話機の横に置いて、ひとつずつ確認しながら押すのにまちがえる。最初からやり直すうちに、数字をどこまで押したかを覚えられなくなって、ついに電話するのをあきらめた。

今までそんなことは一度もなかった。単に調子が悪かっただけだろうと、翌日、ふたたび試したが、やはり十桁の数字が正確に押せなかった。意地になって続けると、頭痛がして机に突っ伏してしまった。

何かおかしなことが起きている。そう思うと、不安でいっぱいになった。

ほかにも異変があった。最近、歩いていて止まろうとしても止まれず、数歩前に泳いでしまう。味覚も鈍くなり、醬油とソースの区別がつきにくくなった。ショックだったのは、布団の上に蛇がいるように見えて、驚いて追い出そうとすると、ただの皺だったことだ。単なる見まちがいだが、はじめはほんとうに蛇がいるように見えた。

これらはただの老化現象だろうか。それともどこか悪いのか。もし病気なら、早く治療しなければならない。

だが、自分から病院に行くとは言えなかった。言えば知之夫婦は待っていたかのようにボケ老人の検査に連れていくだろう。そこでいろいろ調べられたら、認知症の診断をつけられるかもしれない。そうなったら施設に入れられる。それだけは断じていやだ。

とはいえ、身体の不調は気になる。手遅れになったら取り返しがつかない。まだまだ長生きしたいし、幸太郎や麻美の成長も見守りたい。だが、病院に行くのは面倒だし、医者にうるさいことを言われるのもいやだ。しかし、治る病気なら治してもらいたいし、もっと元気にもなりたい。

堂々巡りをしていたところに、嫁が脳ドックに行かないかと言ったのだ。

病院は待たされると覚悟していたが、それこそ一日仕事だった。肉体的にも疲れたが、精神的にはもっと深く傷ついた。知之はなぜあんなことを言ったのか。

その日はぐったり疲れて風呂にも入らず寝た。疲労のせいでよく眠れたが、朝起きるといやな気分がよみがえってきた。

幸造は大学ノートを開いて、前日のことを書く。

『五月十八日（水）晴れ
午前八時に知之が迎えに来る。検査があるので食事はせず、水だけ飲んで待っていた。八時半、南森町の病院に着く。最初に医者の診さつがあった。生活のこととか聞かれたが、知之がよこから口出しするので、言いたいことが言えなかた。

知之は悪いことばかり言って、あれもできない、これもできないと、私をおとしめた。情けない。途中から何も言う気がしなくなた。そうやて親をバカにしていればいいのだ。

年だからいろいろできないことはある。しかし、息子ならかばうのが当然じゃないのか。それをまるで意地悪するように医者に告げ口した。そんなに父が憎いのか。

それから医者は知能テストみたいなものをやた。日付や年までは順調に答えたが、意地の悪い計算問題が出てまごついてしまた。知之は医者に妙な目くばせをして、私をボケ老人の仲間に陥れようとしているようだ。

そんなに私がじゃまなのか。知之を厳しく育てたことに復讐しているのか。親が弱くなたら復讐するとは、なんと卑きょな人間か。頼子が生きていたらどれほどなげくだろ。頼子は早く死んでよかた。

そのあと、ＭＲナントカという検さや血液検さを受けさせられた。ＭＲのとき、検査着にきがえさせられたが、知之は子どもを着がえさせるよに手伝た。あいつは親が老いぼれて、き替えもできないようになたと思ているのだ。

自分がダメ人間だと思われることがどれほどつらいか。こんな思いまでして生きていたくない』

幸造は歯を食いしばって、大学ノートから顔を上げた。悲しみが込み上げる。漢字の書き取りも、今日はする気になれなかった。

だれも年老いた者の気持をわかろうとしない。

## 15

『**認知症の夫が火災　責任は／留守中の妻に「過失」判決**

認知症の夫を家に残して妻が用事で出かけた時、火事が起きた。隣の家に燃え移り、裁判で賠償を求められた妻。判決は夫婦の助け合いを義務付けた民法の規定を当てはめ、妻に賠償を命じた』(15)

診察のあと、知之が幸造を送って帰ってきたのは午後五時前だった。

「時間かかったわね。ご苦労さま」

すぐにも診察の結果を聞きたかったが、雅美は知之が部屋着に着替えるのを待った。用意しておいたコーヒーをいれ、ダイニングのテーブルに運ぶ。

「脳のＭＲＩを撮ったら、かなり萎縮があるんだって」

疲れた顔で知之が報告する。雅美は夫が椅子に座るのも待ちかねるように身を乗り出す。

「やっぱり認知症なの」

「萎縮のパターンと症状からすると、レビー小体型の認知症の可能性が高いらしい」

「やっぱり……」

新聞からの知識で予想はしていたが、病院で診断をつけられると深刻さが増す。

「でも、まだ初期なんでしょう」

「いや、もう中期だって」

「そんな。お義父さんは曲がりなりにも独り暮らしができてるのに、中期ってことはないでしょう。話だって辻褄が合ってることも多いし、お風呂もひとりで入ってるのよ。着替えも食事もちゃんとできてるのにそれで中期ってことはないはずよ」

言っても仕方ないとは思いながら言葉がほとばしる。知之が疲れた声で説明した。

「レビー小体型の認知症は、初期にはけっこう認知機能が保たれるから、家族も気づきにくいんだって。いわゆるまだらボケの状態で、おかしなことがあっても、たまたま調子が悪いだけだろうと、家族は事実に目をつぶることが多いらしいよ」

言われてみれば思い当たる。義父が認知症であってほしくないと思うあまり、おかしな行動から目を背けていたのかもしれない。

「じゃあ、もっと早くに病院に連れていくべきだったの」

「できればね」

雅美は唇を嚙んだ。認知症は仕方がないとしても、せめて初期であってほしかった。初期ならまだ手の打ちようはあっただろうに。

「で、これ以上、症状を悪くしないようにするにはどうすればいいの」

「それは、聞いてない」

「だめじゃない。何のために病院に行ったのよ」

思わずきつい言い方になる。知之は薬に知識があるので、冷静に言い返す。

「認知症は治らないんだよ。治す薬がないのは前にも話しただろ」

「だけど、悪くするのを止める薬はあるんでしょ」

「止める薬はない。進行を遅くする薬があるだけだ。アルツハイマー型にしか効かないと言われてたけど、レビー小体型にも認可されたから、医者はそれを処方してくれた。あと、異常行動を抑えるために抑肝散(よくかんさん)も」

「それで進行が遅くなるの。異常行動も収まるの」

「たぶん」

頼りない。わたしなら確実に効く薬か治療法を聞き出してきたのに。雅美が苛立つと、知之は連敗チームの監督のように悲観的に言った。

「あんまり病院に期待しないほうがいいぞ。医者も薬は気休めみたいな感じだったし」

「じゃあどうするのよ。このまま悪くなるのを放っておけと言うの」

「そういうわけじゃないけど」

「お義父さんの症状がひどくなったら困るから、いろいろ考えてるんじゃない。今くらいならなんとか独り暮らししてもらえるけど、これ以上悪くなったら放っとけないわよ。うちへは引き取れないし、施設は高いし、病院も入院させてくれないし、どうにもならないから焦ってるのよ。お義父さんが問題を起こしたら、わたしたちの家庭も壊れかねない。介護だけじゃなく、だれかに迷惑をかけたらその賠償もしなきゃいけないし、警察沙汰や裁判沙汰になることだって、いくらでもあるんだからね。のんきに構えていたら、とんでもないことになるんだからね」

雅美の脳裏に最悪の事態が次々と浮かび、居ても立ってもいられない気分になる。

「落ち着きなよ。とりあえず医者の診断がついたから、介護保険が使えるだろう。区役所にでも相談してみよう」

とても落ち着ける気分ではなかったが、とりあえずネットで介護保険の使い方を調べた。大阪市旭区の住人は、区の保健福祉センターに申し込めばいいらしい。雅美は介護保険に一縷（いちる）の望みを託す思いで、夕食の支度にとりかかった。

翌日は学童保育のパートの日だった。

「お義父さん診察、どうやった」

家庭内別居の奥さんが聞いてくる。このごろは、幸造の動向がパート仲間の共通の話題になっている。興味本位で聞かれるのはいやだが、話せば少しはストレスの解消になる。

「やっぱり認知症。レビー小体型だって」

「幻覚の見えるタイプちゃうん」

「お義父さんも、何かへんなものが見えたりするの」

単身赴任の妻と郵便局員夫人がさっそく食いつく。

「今のところはそれほどでもないけど、いっしょに住んでないからね。ひとりでいるときに何か見えてるかも」

「でも病院に行ったんなら、ちょっとは安心やね」と郵便局員夫人。

「それがそうでもないのよ。検査したらもう中期って言われたの」

「はやっ。五十川さんが心配しはじめたの、二カ月ほど前でしょ。それで中期ということは、進行が速いタイプかも」

家庭内別居の奥さんが例によっていやなことを言う。そんな人のいやがることばかり言うから、家庭内別居になるんじゃないのと、雅美は胸の内で毒づく。

「けど、薬は出たんでしょ」

郵便局員夫人はいつも慰めようとしてくれる。しかし、これは空振りだ。

「出たけど、あんまり期待できないのよ。主人がそう言ってた」

「製薬会社のご主人がそう言うんならそうかもね。でも薬以外にも効く方法があるんとちがう、知らんけど」

単身赴任の妻が例によって無責任な言い方をする。郵便局員夫人が後を引き取る。

「生き甲斐療法とかやね。趣味とか楽しみとかでもいいみたい」

「役割があると、症状が進みにくいとも言うよ。グループホームなんかで、認知症の女の人に料理とか掃除をさせるのもそれよ」とふたたび単身赴任の妻。

「それで介護保険を使おうと思ってね。今度、要介護認定を受けるの」

雅美が言うと、家庭内別居の奥さんが即座に反応した。

「うちの母も受けたわ。役所から調査員が来るやつでしょ。あれ、注意したほうがええよ」

「どういうこと」

「年寄りは見栄を張るから、ええとこ見せようとして頑張るんよ。ふだんでけへんことでもできますて言うから、要介護度を低く判定されるんよ」

「そやから、実際より悪いように見せかけたほうがええんやろ」

単身赴任の妻が引き取る。しかし、あの生真面目な義父にそんな芸当ができるだろうか。

また悩みのタネが増えたと思っていると、家庭内別居の奥さんが話を変えた。

「この前、認知症の男性が火事を起こして、隣の家が燃えて、その賠償金を奥さんが払わされるという記事が新聞に出てたわ」

「JRに轢かれた人のときは、最高裁で家族に責任なしていう判決が出たんとちがうの」

郵便局員夫人が言うと、家庭内別居の奥さんが大きく首を振った。

「この大阪のケースは賠償金が認められたんよ」

「いくら」

「弁償代を併せて百四十三万円」

「百四十三万は痛い」と単身赴任の妻。

「それだけあったら、夫婦でどれだけおいしいもんが食べられるやろ」と郵便局員夫人。

「ヨーロッパ旅行もできるで」とふたたび単身赴任の妻。

「それ全部へソクリにできたら楽しいやろな。人生に余裕ができるわ」と家庭内別居の奥さん。

「ちょっと、こっちは払うほうなのよ。賠償させられる身にもなってよ」

雅美が不服そうに言うと、三人は肩をすくめて苦笑した。

## 十五

幸造は朝から機嫌が悪かった。

雅美に頼まれて介護保険を使うことを了承したが、そのために要介護認定を受けなければならないからだ。今日、市から派遣された調査員とケアマネージャーが来ることになっている。「おまえは介護が必要だ」とお上に認めてもらうわけだ。いやな認定だ。介護保険などほんとうは使いたくない。それでも受け入れたのは、少しでも知之たちの負担が減ると思ったからだ。

「お義父さん、おはようございます」

約束の時間より三十分も前に雅美がやってきた。いやに張り切っていると思ったら、荷物を置くなり幸造に言った。

「今日の要介護認定は、どれくらい介護保険が使えるかを決めるものですから、悪いめに認定されたほうがいいんです。だから調子の悪いときを基準にしてくださいね」

「何でもできるとか、大丈夫とか言わないほうがいいんだろ」

「そうですよ。お義父さん、よくわかってらっしゃるじゃないですか」

嬉しそうに笑う。自分が不正を唆(そそのか)しているという自覚がまるでない。

しばらくして、二人の女性がやってきた。調査員は太った眼鏡女。ケアマネージャーは化粧気のない小柄な女だ。

「よろしくお願いします」

雅美が猫なで声で言い、調査員はボードにはさんだ調査票を取り出した。

最初に手足の麻痺や関節の曲がり具合を聞かれる。立ち居振る舞い、食事やトイレのことも聞かれるが、いずれも「介助されていない」と答えざるを得ない。雅美が横で苛立っているが、実際、自分でやっているのだから仕方がない。衣服の着脱を聞かれたときも同じように答えると、雅美が辛抱しきれなくなったように口をはさんだ。

「ふだんは介助していませんが、ときどきおかしな恰好をしています。パジャマの上にセーターを着たりとか」

またそれを言うのか。病院でも知之に言われたが、一度だけじゃないか。どうしてわずかな失敗をしつこく咎めだてするのか。

調査員が次の質問に移る。

「意思の伝達はいかがですか」

「できます」

答えると、ほぼ同時に雅美が待ったをかけた。

「いえ、いつもじゃないです。2の『ときどき伝達できる』でお願いします」

「毎日の日課を理解することはどうですか」

「できます」

「いやあ、細かいことは無理だと思います。まったくできないわけじゃないんですが」

「細かいこととは何だ」

幸造がむっとして聞くと、雅美は準備していたみたいに即答する。

「部分入れ歯の掃除とか、鉢植えの水やりとか、調味料をしまい忘れたり、雨戸の鍵を掛け忘れたりとか」

実際、思い当たるので反論できない。

徘徊とか迷子の質問は、1の「ない」と答えたいところだが、一歩譲って2の「ときどきある」にしようかと思ったら、雅美が「3の『ある』です」と先に答えた。その後も妄想や作り話、昼夜逆転など、自分では「ない」と思っていることを、ほとんど「ある」か「ときどきある」にさせられた。

「しつこく同じ話をする」「意味もなく独り言や独り笑いをする」「話がまとまらず会話にならない」、そんな質問が続くうちに、幸造は自分がどんどんダメな人間になっていくようで、悲しくなった。自分は厄介で迷惑な存在なのだ。悔しさに唇が震えたが、ここで涙でも見せたら、「泣いたり笑ったりして感情が不安定になる」という質問を実証することになると思ってぐっと耐えた。

質問が終わったあと、雅美が不安そうに調査員に訊ねた。

「この状態で要介護認定は下りるでしょうか」

「たぶん大丈夫でしょう。要介護が出なくても、要支援はつきますよ」

雅美はほっとしたように肩の力を抜き、「よろしくお願いします」と頭を下げた。

それまでほとんどしゃべらなかったケアマネージャーが、幸造の顔をのぞき込むように聞いた。

「今、生活していていちばんつらいことは何ですか」

「いきなり聞かれても困るが、やっぱり年を取って、いろんなことができなくなることですかな」

「そうですよね」

ケアマネージャーはひとつうなずき、それ以上言わなかった。受け入れてもらえたと感じた。知之や雅美なら、「年を取ったら当たり前」とか、「お義父さんだけじゃないんですよ」とか言われるところだ。

ケアマネージャーは幸造に向き合って、ゆっくりした口調で説明する。

「要介護認定が下りたら、ケアプランを作成します。介護サービスがはじまったら、わたしが毎月、定期訪問でようすをうかがいに来ますね。よろしくお願いします」

「あー、こちらこそ、よろしく」

幸造はうまく声が出なかった。だれかに正面から対等に話しかけられたのは久しぶりだ。

「では、そういうことで。何かお困りでしたらいつでも連絡してください」

ケアマネージャーは雅美に言い、調査員といっしょに帰って行った。

一カ月後、幸造は要介護1と決まり、週二回、ヘルパーが来ることになった。介護保険を使うためには、かかりつけ医が必要と言われ、幸造は仕方なく月一回、阪天中央病院で診察を受けることにした。

ヘルパーは火曜日と土曜日に来ることになった。五十歳くらいの女性と二十代後半の男性で、男のヘルパーが来たのには驚いたが悪い印象はなかった。

しばらくして、ケアマネージャーが最初の定期訪問に来た。

「こんにちは。幸造さん、どうですか」

「やあ、どうぞ上がって」

ちょうどさがし物をしているときだったので、奥の居間から返事をした。

ケアマネージャーは四十そこそこで、相変わらず化粧気はないが顔立ちは悪くない。幸造がソファに座ると、彼女は絨毯の上に正座した。

「あんた。名前を聞いてなかったな」

「すみません。結（ゆい）ケアプランセンターの本村（もとむら）といいます。本村あかねです」

「あかねは草かんむりに西の茜（あかね）かね」

「ひらがななんです。でも茜の字がすぐわかるなんて、幸造さんは漢字に詳しいんですね」

「いやあ、それほどでもないがね」

漢字の書き取りをしたチラシを見せたかったが、思いとどまった。最近、手が震えてまともな字が書けなくなっていたからだ。

「ヘルパーはどんな感じですか」

「申し分ないよ。大いに助かってる」

「そうですか。よかった」

晴れ晴れした口調に、幸造はつい本音をもらしてしまう。

「この前、いちばんつらいことは何かと聞いてくれただろ。考えたんだが、前の日の献立を聞かれたり、日付や曜日を質問されるのがつらいよ。息子や嫁や孫のちょっとした言葉にも傷つくしな。自分がそんなこともできないのかと思うと情けない。絶望の毎日だよ」

「そうなんですね」

本村さんは眉を八の字に寄せてうなずいてくれる。安易に慰めようとせず、素直に受け止める感じだ。そのあとで気づいたように言う。

「幸造さん、さっき何かさがしてはったんとちがいますか」

「ああ、いや、何でもないよ」

言葉をにごした。財布をさがしていたのだが、言いたくなかった。雅美がいるときにも何度かさがしたが、そのたびに「またですか」とか「置き場所を決めておけばいいのに」とか言われる。

しかし、財布は気になる。本村さんのようすを見ながら恐る恐る言ってみた。

「実は財布が見当たらないんだ」

「それはたいへん。いっしょにさがしましょう」

そうだ、そう言ってくれたらいいんだと、幸造は嬉しくなる。

「いつも嫁にあきれられてるんだ。でも、自分でも申し訳ないと思ってる。認知症でみんなに迷惑かけてるから」

思いがけず素直に認知症という言葉が出た。あんなに拒絶していたのに。

本村さんは棚の引き出しを調べながら、何気ないそぶりで言った。

「幸造さんは大丈夫だと思いますよ。認知症の重い人は、自分で認知症だなんて言いませんもん」

その言葉を聞いた途端、ふいに涙がこぼれた。なぜだかわからない。本村さんもきょとんとしている。しかし、すぐ見て見ぬふりをしてくれた。

財布は、結局、台所の棚にあるのを本村さんが見つけてくれた。

彼女が帰ってから、幸造は大学ノートを広げた。

『六月三十日（木）

今日はケアマネージャーの本村あかねさんが来てくれて、いっしょに財布を……』

また涙が噴き出して、続きが書けなかった。

## 16

七月第一週の火曜日、知之は民放のプロデューサーをしている同級生を、北新地(きたしんち)の和食の店に招いた。幸造が行方不明になったとき、テレビ番組でさがしてくれないかと依頼した相手だ。幸造が見つかったあと、すぐに報告はしたが、そのままになっていたので礼を兼ねて飲もうと誘ったのだ。

上座を空けて待っていると、相手は業界人っぽさのないポロシャツ姿で現れた。

「久しぶり。その節は力になれんで悪かったな」

「申し訳ないのはこっちだよ。厚かましい頼みをして悪かった」

とりあえずビールで乾杯して再会を祝した。知之が顔をしかめながら言う。

「実はさ、親父の行方不明事件は、嘘の家出だったらしいんだ」

腑に落ちない顔の相手に、あらかたの経緯を説明した。

「おまけに見つかったとき、俺たちに怒られないように、完全にボケたふりをしてたんだから参るよ」

「けっこう、したたかやないか」

「そうかと思ったら、孫の名前を忘れたり、夜中に廊下でオシッコをしかけたり、トンチンカンなんだ」

「たいへんやな。病院で診てもろたほうがいいんやないか」

「先々月から行ってるよ。レビー小体型の認知症だって。それも中期らしい」

相手はわずかに身を引き、さぐるように訊ねた。

「それで親父さんは今も独り暮らしなのか」

「介護保険で要介護1と判定された。それでヘルパーに週二回来てもらってる。家内もときどきようすを見に行ってるし」

「介護保険か……」

プロデューサーの同級生は懐疑的な表情を浮かべた。

「何か問題あるのか」

「けっこう使い勝手が悪いて聞いてるから」

「そんなことはないさ。うちは大いに助かってるよ」

雅美によると、ケアマネージャーの本村という女性がうまく幸造の相手をしてくれているらしい。ヘルパーにも不足はなく、掃除や片づけなど、雅美の負担はずいぶん軽くなっているようだ。

「親父の機嫌もいいし、前より元気になったみたいだ。もっと早くはじめればよかったと思うくらいさ」

「奥さんもひと安心やな」

「いや、それが良し悪しなんだよ」

知之がビールを呷(あお)るように飲んで続けた。

「最近、親父の調子がいいもんだから、もしかしたらよくなるかもって家内が思いはじめてさ。新聞に広告が出てた本を買ってきて、怪しげなサプリメントをのませてるんだ。ジオスゲニンとか、フェルラ酸とか、いろいろ調べて試してる」

「それはまずいかもな。五十川は製薬会社やろ。効かへんて言わへんのか」

「言ってもかないんだよ。少しでもよくなってくれたらって必死だから」

雅美は幸造の症状悪化を食い止めることに、全精力を注いでいるようだった。介護保険を受けはじめてから、幸造の調子がいいのは事実で、雅美はよけいに張り切っていた。

「病院の主治医も熱心で、家内が診察についていくと、記憶力を高める訓練とか、脳を活性化させる体操とかを勧めるそうなんだ。ステップを踏みながら三の倍数で手を叩くとかだけど、けっこうむずかしいんだ。俺もやらされて苦労してるよ」

「どんなんや」

「たとえば両手ジャンケンで、常に右手が勝つように組み合わせを変えていくのさ」

「やってみよか」

はじめの三回くらいはうまくできるが、ペースが速くなると途端にまちがう。苦笑しながら互いに言い合う。

「むずかしいだろ」

「ほんまやな。けど、こんなんで認知症が軽くなるんか」

「なるわけない」

しかし、雅美は何かせずにはいられないのだ。

ビールのあと焼酎のお湯割りに変えた同級生が、グラスを口元に運びながらつぶやいた。

「認知症の問題は、これからますます社会にのしかかってくるやろうな」

「どうしてなんだろう。認知症は新しい病気でもないのにな」

「寿命が延びたからやろ。長生きする人が増えたから、認知症も増えたんや」

相手は即答した。さらに続ける。「有吉佐和子の『恍惚の人』には、認知症を避ける唯一の方法が書いてある。答えはずばり、長生きせえへんことや」

「なるほど。長生きというのは、頭と身体が老化してるのに、死なないってことだもんな」

「元気で長生きというのは、現実味の薄いお題目や。安くてうまいとか、楽にやせるみたいな。ははは」

自嘲的な笑いに、知之も苦笑した。何とも気勢の上がらない飲み会になったが、それでも知之は介護保険に密かに期待していた。滅多に他人をほめない雅美が、ケアマネージャーの本村をさすがはプロだと感心していたからだ。

## 十六

「はい。一から順に数えて、三の倍数で手を叩いてください」

雅美に言われて、幸造は直立のまま数を数える。十五くらいまでまちがえずに叩く。

「次は足を左右に一歩ずつ広げてもどしてください。リズムに合わせて。はい」

雅美の手拍子に合わせて、ステップを踏む。

「今度は両方を合わせてやりますよ。はい」

むずかしい。いきなり手を叩きまちがえる。

「がんばって。もう一度やりますよ」

こんなことをして何の意味があるのか。いや、本村さんが喜ぶのだからしっかりやろう。——お義父さんが元気になったら、本村さんも喜んでくれますよ。

雅美のそのひとことで、幸造は懸命に取り組んでいるのだ。

「次はストレッチとバランスの訓練をやりますね」

椅子に座って両腕を広げ、右の肘を左の膝につけさせられる。続いて、テーブルに片手を置いて片足で立ったり、横歩きや後ろ歩きをさせられる。

二十分ほど続けると、全身が汗ばんできた。

「今日はこれくらいにしましょうか。自分でもやってみてくださいね」

雅美は機嫌よさそうに帰って行った。

ひとりになると、幸造は本村さんのことを思い浮かべる。あの人はほんとうに優しい。老人の気持をわかってくれる。いい人に当たったと、幸造は自らの幸運に感謝した。

この前の定期訪問のとき、本村さんが漢字の知識をほめてくれたから、あれから俄然、調子がよくなった。昨日など、むずかしいこざとへんを見事に十個書くことができた。あの人はほんとうによく気がつくし、控えめで、うるさいことも言わない。ぱっと見は庶民的だが、どことなく品がある。きっと育ちがいいのだろう。幸造の中で、本村さんがどんどん美化されていった。

今度、うちに来るのはいつだろう。雅美に聞いたら、毎月第四木曜日だと言っていた。幸造は壁に掛けたカレンダーを見ながら、指で数字を追う。七月の第四木曜日は二十八日だ。赤のマジックで丸をつけ、『午後　本村あかねさん』と書き込む。カレンダーを一枚めくり、八月の第四木曜日に丸をつける。二十五日だ。もう一枚めくって、丸をつける。九月は二十二日だ。毎月少しずつ早まるのがうれしい。

訪問日を待つ間、幸造は雅美に言われた体操をがんばり、ヘルパーに感謝し、日記もきちんとつけて、規則正しい生活をした。夜もよく眠れるし、食欲もあり、いっとき鈍くなっていた味覚も恢復（かいふく）した。

そして、待ちに待った七月二十八日。幸造は朝からクーラーを強めにかけ、ヘルパーに買ってきてもらったアップルパイを皿ごと冷蔵庫に入れて、ソファに並んで座れるように準備して待っていた。

午後三時前、本村さんがやってきた。

「こんにちは。幸造さん。どうですか」

この前と同じさわやかな声だ。幸造は廊下まで出迎え、さりげなく奥のソファに案内した。

「ちょっと待っててよ」

冷蔵庫からアップルパイとコップごと冷やした麦茶を盆に載せて、ゆっくりと運んでくる。

「外は暑かっただろ。冷たいものでも飲んでよ」

「ありがとうございます。でも、利用者さんのお宅では何もいただけないことになってるんです。お茶も自分で持ってますので」

ショルダーバッグから小さな保冷瓶を取り出す。

「じゃあ、お菓子だけでも」

「お気持は嬉しいんですが、ケアマネのわたしがルールを破ったら、ヘルパーさんに示しがつきませんので」

申し訳なさそうに首をすくめる。

「そうか。杓子(しゃくし)定規な気もするが、あんたは責任感が強そうだもんな」

「すみません。幸造さんはものわかりがよくて助かります。ところで、今、何かお困りのことはありませんか」

「特にないよ。介護保険でほんとうに助かってる。ヘルパーさんもよくやってくれるし、嫁に言われてボケ防止の体操をがんばってるしな」

「すごいですね。そう言えば、先月より表情も活き活きしてらっしゃるみたいです」

「これもみんなあんたのおかげだよ。それにしても、ケアマネージャーさんは立派な仕事だね。みんな喜んでいるだろう」

「わたしなんかまだまだですよ。でも喜んでいただければ、わたしも嬉しいです」

素直に笑う本村さんに、幸造はますます好意を抱いた。前は床に正座だったが、横に並んで座ると、距離が近く感じられ、他人行儀な気がしなくなる。

「あんたはちっとも偉そうにしないし、よく気がつくし、その上、まじめで親切ときてる。そんな人はなかなかいないだろう」

「そんなことありませんよ。幸造さん、ほめすぎです」

「いやいや。謙遜せんでもいいよ。あんたは見るからに健康そうで、全身にエネルギーが漲（みなぎ）っているようだな。むかしなら、あんたみたいに引き締まった身体の女性は、カモシカのようと言ったものだ。うちの嫁とは大ちがいだ」

「そんなこと言ったら、お嫁さんに叱られますよ」

「そうだな。あははは」

楽しい。他愛もない話なのに心が弾む。

「あんたとしゃべっていると、不思議に若返った気がするよ。いや、ほんとうにいい人に来てもらった」

「そう言っていただければ嬉しいです。わたしでできることなら何でもしますから、どうぞ遠慮なくおっしゃってください」

本村さんが笑顔で小さく首を傾げた。その仕草に、幸造はかすかな胸の痛みを感じて戸惑った。

何だ、このもどかしいような胸の疼（うず）きは。

「では、特に問題がないということで、来月も同じケアプランでよろしいですね」

本村さんが書類に何カ所かチェックを入れて、ファイルを閉じた。

「じゃあ、また来月、来ますね」

立ち上がりかけた本村さんに、幸造がすがるように聞いた。

「あんたは定期訪問でしか来てもらえんのか」

「そんなことないですよ。必要があれば臨時の訪問もさせてもらってます。結ケアプランセンターに電話してください。いつでも来ますから」

本村さんはパンフレットに記された電話番号を指さして微笑（ほほえ）んだ。そのとき本村さんの口元が、意味ありげに緩んだように見えた。


その晩、幸造は布団の上で何度も寝返りを打った。

自分は本村さんに好意を抱いている。あんな素晴らしい人はいない。その気持が顔に出てしまったかもしれない。しかし、本村さんは拒まなかった。むしろ、ほめ言葉を喜んでいた。小柄な身体をすくめ、恥ずかしそうに笑う姿を思い浮かべるだけで、幸造の胸は熱くなった。何度もうっとりするような深呼吸を繰り返す。生きている幸せに包まれる気がした。

翌朝、幸造は寝不足の目をこすりながら、洗顔を済ませ、朝食の食パンにマーマレードをつけて食べた。いつものように体操をして、前日の日記に取りかかる。

『七月二十八日（木）晴れ
五時起床。気分よく起きる。朝食は食パンとチーズ。体操。元気で暮らせて有り難い。
午後、ケアマネージャーの本村あかねさんが来る。アップルパイを用意したが、規則で食べられないと言う。本村さんはきっちりしている。声もきれいだし、笑顔もチャーミングだ。いろいろ話したが、彼女としゃべっていると、ほんとうに楽しい。次の定期訪問が待ち遠しい。それまであと四週間もある。今すぐにでも会いたいのに』

そこまで書いて、ふと手が止まる。昨日、本村さんは必要があれば臨時で来てくれると言った。必要なときとはどんなときか。幸造は考える。理由さえ見つかれば、また本村さんに会える。会えればあの声が聞ける。またとなりに座ってもらえる。

会いたい気持が高まり、どうにもならなくなる。考えるうちに頭がぼんやりして、気分が悪くなってきた。顔をしかめて後頭部を叩く。ふといい考えが浮かんだ。病気だ。体調が悪くなったと言えば、来てくれるにちがいない。

幸造はパンフレットを取り出し、事業所の番号を押した。まちがわずに押せたのは、興奮で脳が活性化したからか。

それからしばらくの間、幸造は自分が何をしているのかよくわからなくなった。頭がしびれたようになり、何かに衝き動かされるように家の中を歩きまわった。こんなことをしていいのかという思いが浮かぶが、すぐに消えてしまう。強姦や殺人に駆り立てられる人は、きっと同じようになるのだろう。自分を止められない。破滅に向かっているとわかっていながら、目の前にはまばゆい楽園が待っているように感じるのだ。

「こんにちは。幸造さん、大丈夫ですか」

どれくらい待っただろう。本村さんは急ぎ足で玄関から入ってきた。幸造はタオルケットで顎まですっぽり覆って、居間のソファに横たわっていた。身体の震えを止められない。悪寒がするのか、緊張しているのか。両腕を胸の前で交差させて、タオルケットをきつく握りしめている。

「どうされたんですか」

「いや、どうも調子が悪くて、ふ、震えるんだよ。ほら」

タオルケットの下で曲げた肘をがくがくと震わせる。声まで不自然なビブラートになっている。

「熱があるんですか」

「そ、そうかもしれん」

本村さんは異変を察知したのか、一メートルほど離れたところから近づこうとしない。

「咳とか鼻水は出ませんか」

風邪だと思っているのか。そんな生易しいものじゃないんだと、幸造は表情を険しくする。

「ちょっとこっちへ来てくれんか」

本村さんが警戒しているのがわかる。幸造は苛立って、「あー、苦しい。たまらん」と顔をきつくしかめる。身体を丸めて、顔を胸に埋める。

「大丈夫ですか」

本村さんが一歩近寄ったとき、幸造は身体を伸ばし、両手でタオルケットを開いた。パンツ一枚だけの全裸に近い身体が露わになった。

「こ、ここに来てくれ。いっしょに寝てくれ。頼む」

弾かれたように本村さんが後ずさる。

「だめです。困ります」

幸造はソファから半身を起こして必死に言った。

「どうしてだ。昨日は何でもすると言ったじゃないか。へんなことはしない。ただ添い寝してくれるだけでいいんだ。頼む。一度でいい。一生に一度のお願いだ」

両手を合わせ、命乞いするように頭を下げた。

「幸造さん、これはセクハラですよ」

「そそそんなこと、聞きたくない。どどうしてわかってくれない。俺はもう限界なんだ。あんたのことが好きでたまらないんだ。頼む。ちょっとだけ。ほんの短い時間でいい。ここに来てくれ」

「だめです。ご家族に連絡しますよ」

その言葉が、冷水のように幸造を震え上がらせた。知之や嫁に知られたらどれほど怒られるか。全身に恐怖が駆け巡る。

「それだけはやめてくれ。お願いだぁ」

幸造はソファから降りて本村さんに近づいた。自分ではそんなつもりはないのに、身体が止まらない。わざとではないが飛びかかるようになった。

「きゃあっ」

本村さんが悲鳴を上げ、後ろに倒れた。もつれ込むようになった本村さんに、力いっぱい押し退けられる。

「やめてください。警察を呼びますよ」

身体を離した幸造が、声を震わせる。

「ななな何でだ。俺が何をしたと言うんだ。何もしていない。俺は悪くない。やめろ。何も言うな。助けてくれ。おしまいだぁ」

幸造は床の上を転げまわり、椅子を倒し、コードをひっかけてテーブルのスタンドを落としてしまう。本村さんは部屋の隅に避難し、身体を防御しながら強い口調で言う。

「幸造さん。落ち着いてください。警察は呼びませんから。ちゃんと服を着てくれたら、ご家族にも連絡しませんから」

「終わりだ終わりだ。何もかもめちゃくちゃだぁ」

「いい加減にしてください！」

金切声が響いた。幸造はふと目が覚めたような気分になる。本村さんの厳しい声がする。

「きちんと服を着てください」

「どどど、どうやって着るんだ」

「わたしが手伝いますから、あっちを向いて立ってください。動かないで」

本村さんは床に脱ぎ捨ててあったランニングシャツを取り、慣れた手つきで頭からかぶせた。

「わたしに任せて。変な動きをしたら、すぐご家族を呼びますよ」

「それだけはやめてくれぇ。お願いしますぅ」

幼児のように懇願する。

「ならじっとしていてください。さあ、ズボンをはいて。片足ずつ。そうです。チャックを閉めますから、そのまま動かないで」

幸造はまるで感電したように全身をこわばらせている。

「はい。こちらを向いて。シャツのボタンは自分で留められますか」

幸造がぎこちなく留めようとするが、うまくはまらない。本村さんをうかがうと、怖い顔で手元を見ている。指が震える。

「ボタンは留めなくてもいいです。少し落ち着きましたか」

返事ができない。

「いったいどうしたんですか。高熱で錯乱したわけじゃないでしょう」

額に手を当て、「熱はないわ」と本村さんがつぶやく。

「ほかに具合の悪いところもないんでしょう。何もなければ今日は帰ります。幸造さんは疲れてるんですよ。少し休んでください」

何を言われているのかわからない。わかるのは、声に優しさがないことだけだ。本村さんを怒らせてしまった。どうしたら許してもらえるだろう。自分はいったい何をしたのか。

頭に靄(もや)がかかったようで、はっきりと思いだせない。何があったのか。どうすればよかったのか。

わからない。自分でもわからない……。

気がつくと、夕方になっていた。本村さんの姿はどこにもなかった。

## 17

『認知症　寄り添い、共に／「認知症にやさしい社会を考える」

これまで認知症の告知は絶望につながったのかもしれませんが、今は希望を持って生きる当事者の姿を知ってもらえる。認知症といかに生きるのか。寄り添い、共に考える医療になりつつあります』(17)

その名刺には『結ケアプランセンター所長』という肩書きがついていた。実直そうだが気の弱そうな男性が、目の前に座っている。

本村さんから「お話ししたいことがある」と連絡を受けたとき、雅美は軽い気持で訪問を受け入れた。介護サービスを増やすとか、そんな相談だろうと思った。まさか、所長が同行してくるとは思いもよらなかった。本村さんから「実は……」と聞かされた話は、もっと予想外のことだった。

幸造のセクハラ行為。ほぼ全裸状態でソファに寝そべり、本村さんに添い寝を求めたと聞かされ、雅美は「ヒッ」と短い悲鳴をあげた。ほんとうは叫びたかったが、声が出なかった。

「誤解しないでください。実際に身体を触られたわけではないですし、高齢の男性にはときどき見られる現象ですから」

本村さんはなだめるために言ってくれたが、雅美には逆効果だった。

――ときどき見られる……。

登喜子に聞いた話が頭をよぎった。幸造が妻の頼子とまちがえて、義姉に抱きついたこと。わたしだってまちがわれかねない。ほぼ全裸の姿であの義父が、わたしに抱きつき、押し倒し……。

吐き気がした。呼吸が切迫して息が吸えない。気が遠くなりかけたとき、本村さんがテーブル越しに手を差し伸べた。

「奥さん、大丈夫ですか」

はっと我に返り、深呼吸をする。雅美は椅子から立ち上がり、額が膝につくほど頭を下げた。

「申し訳ございませんでした」

「いえいえ、謝らないといけないのはこちらのほうです」

所長が慌てて腰を浮かす。本村さんも立ち上がって、雅美に説明する。

「そうなんです。わたしが迂闊（うかつ）な接し方をしたからこんなことになったんです。幸造さんが悪いんじゃないんです」

「でも、義父は許されないことをしたんでしょう」

「いや、そこまではいってません。とにかく座ってください」

所長に言われて雅美が椅子にもどると、二人も座った。

「今回のことは、幸造さんに変な気を起こさせたわたしに落ち度があったんです。よかれと思って親切にしたんですが、誤解を招くような態度だったんだと思います。すみません」

本村さんが申し訳なさそうに謝った。所長が部下をかばうようにフォローする。

「高齢者の介護はそのへんがむずかしいんです。事務的にやると心がこもってないと言われるし、気持を込めると変に誤解されたりもしますから」

そう言ってから声の調子を改めた。「そこでご相談なんですが、ケアマネージャーを男性に交代させようと思うんですが、いかがでしょうか」

「もちろんけっこうです。恐そうな男の人にしてください。よろしくお願いします」

雅美が頭を下げると、所長は苦笑いして続けた。

「うちには恐そうな人はいませんが、適当な者を考えさせていただきます。それからヘルパーですが、土曜の女性の担当者に聞いたら、今のところおかしな態度はないそうです。ケアマネージャーとヘルパーをいっぺんに男性に替えたら、幸造さんも傷つくでしょうから、とりあえずは今のヘルパーのままでということにしようと思います」

「でも、また同じことを繰り返すんじゃありませんか」

「土曜の担当者にも注意するように言ってますし、兆候があったらすぐに交代させますから、たぶん大丈夫だと思います」

雅美は所長に訊ねた。

「こういうトラブルを抑える方法とか、ないんでしょうか」

「むずかしいでしょうね。欲求の根本を聞き出すのがいいんですが、なかなか言うてくれません。やっぱり恥ずかしいことですから」

「恥ずかしさは残ってるのに、破廉恥な行為は平気なんですか」

「高齢者のみならず、人間の心理は複雑ですから」

所長はそう言い残して、本村さんと帰って行った。

雅美は目を閉じて大きく息を吸い込んだ。まったく何てことをしてくれるのだ。もう義父の顔も見たくない。そう思って寝室にこもった。情けないのと腹が立つのとで、すべてを投げ出したい気分だった。

しばらく横になって、夕方、麻美と幸太郎の帰宅時間が近づいたので夕食の用意だけはした。もちろん雅美自身の食欲は失せている。

午後八時過ぎ、知之が帰ってきた。

「あなた、ちょっとこっちへ来て」

着替えもさせないで寝室に連れ込み、幸太郎や麻美に聞こえないところで洗いざらいをぶちまけた。話すうちに興奮してきて、雅美は自分を止められなくなる。

「あの年でセクハラよ。みっともない。これ以上、問題が起きたらわたしはもう耐えられない。認知症なのはわかってるわよ。病院でもいろいろ言われてる。認知症の人には寄り添って、ともに生きる姿勢が大事とか言われるけど、そんなの無理よ。わたしはお義父さんにきちんと薬ものませて、認知症予防の体操を必死で教えて、転倒しないように筋力強化やバランス訓練もさせて、下着や靴下のしまい場所を何度も覚えさせたり、洗濯物を畳むのを手伝わせて、うまくできるとほめたり、できるかぎりのことをしてきたのよ。なのにどうしてこうなるの。いいケアマネが来てくれて、少しはよくなったかと思ったのに、その人にセクハラをやるなんて、ぶち壊しじゃない」

感情が激して、思わず嗚咽がもれる。知之は返事のしようがないといった感じで戸惑っている。

「自分の親ながら、情けないよ」

ようやく言うと、逆に火に油を注いだようになった。

「何よ、その他人事みたいな言い方は。わたしがお義父さんの世話をしてるときに似たようなことがあったら、もういっさい介護はしないからね。あなたが全部ひとりでやってよね。親子なんだから」

「……わかった」

「わかったって、ほんとにできるの。仕事はどうするのよ。会社を休んで介護するの？毎日なのよ。仕事をやめるの？　そんなことしたらうちは破産よ。マンションのローンも残ってるし、子どもたちの教育費もいるし、今がいちばんお金のいるときなのに、あなたが介護なんかできるの」

「じゃあ、どうすればいいんだ。僕だってこんなふうになるなんて思ってもみなかったよ」

知之の声も苛立ってくる。雅美の頭の中で不倫で離婚になった自分の父と幸造が重なる。

「だいたいお義父さんは、もともと女好きだったのよ。ボケる前からよく下ネタを言ってたし、いやらしいグラビアの週刊誌とかも買ってたし」

「週刊誌くらい、いいだろ」

知之が聞き流せないとばかりに反論した。「それに、親父はそんな女好きじゃないよ。浮気もしなかったし、女性問題でお袋を悲しませるようなことも一度もなかったんだから」

「あなたはどうなのよ」

いきなり矛先を向けられ、知之は一瞬、返事が遅れた。

「あるわけ、ないだろ」

「怪しい！」

雅美の声が尖った。

「何でだよ。俺が浮気なんか、するわけないだろ」

慌てて取り繕ったが、手遅れだった。雅美はますます逆上し、言葉を投げ散らした。

「わたしがお義父さんのことでこんなに苦労してるのに、あなたはいったい何をしてるの。わたしの心配や不安をちょっとでも考えてくれたことがあるの。どうしてわたしはこんな目に遭わなきゃいけないの。このままだと家庭崩壊よ。わたしの人生は破滅よ。わたしが何か悪いことをした？　ねえ、妻として、ダメなところがあったの。母親の義務を果たしてない？　わたし、何かあなたを悲しませるようなことをした？　ねえ、どうして、こんなに苦しまなければならないの」

「僕だって苦しいんだよ！」

知之がうめくように叫んだ。「苦しいけど、どうにもならない。だけど、浮気だけはぜったいないぞ。誓ってない。会社でも得意先でも、好きなところに確かめればいい。信じてくれ」

知之が雅美を正面から見る。その目に嘘はないようだった。もっとも雅美とて本気で疑ったわけではなく、行きがかり上、相手を責めるようすがにしただけだ。雅美が涙を浮かべたまま顔を逸らすと、知之が静かに言った。

「自分の親のことで、君につらい思いをさせて、ほんとうに申し訳ないと思ってる。今、会社をやめるわけにはいかないけれど、できるだけ介護でがんばるから我慢してくれ。お願いします」

本気で懇願しているようだった。知之も必死なのだろう。雅美は顔を伏せ、自分を納得させるようにつぶやいた。

「……わかった」

夫婦の危機は免れたようだが、現実は何も変わらず、問題は少しも解決されていない。途方もない困難の予想が、見えないバリアのように二人の前に立ちはだかっていた。

## 十七

嫁が怒っている。黙っているが、顔を見ればわかる。

何を怒っているのか。自分のことか。それともほかのことか。幸造にはわからない。

この前の日曜日、知之が嫁といっしょに来て、ケアマネージャーが交代すると言った。本村さんが転勤になったらしい。せっかくいい人に当たったと思っていたのに、残念だが仕方がない。そう考えて何気なく聞いてみた。

「ケアマネージャーの代わりはどんな人が来てくれるんだろう。できたら、本村さんみたいな人がいいんだが」

嫁は目を剝き、思い切り口をへの字に曲げた。

「お義父さん。自分が何をやったか、わかってないんですか」

思い当たらない。ただ、嫁の機嫌が猛烈に悪いことだけはわかる。ケアマネージャーの話はやめたほうがよさそうなので、幸造は肩をすぼめておとなしくしていた。

今日も嫁の機嫌は直っていなかった。荒っぽい足音を立てて家の中を歩きまわり、午前中に男のヘルパーが干していった洗濯物を取り入れてくる。

「お義父さん。ここに座ってください。いっしょに畳みましょう」

居間の床に洗濯物を広げて言った。幸造は洗濯物の前に正座して、自分のシャツを手に取る。嫁はいっしょにと言いながら、いっこうに手伝おうとしない。幸造の手元をじっと監視している。シャツを畳んで横に置くと、「上手です」とほめてくれるが、声が苛立っている。次に靴下を取るが、どう畳んでいいのかわからない。手に持ったままうつむいていると、「靴下は揃いのをさがして、重ねてください」ときつく言われる。もう片方をさがしていると、だんだんと惨めになってくる。

ああ、頼子がいてくれたら。

亡き妻のことを思い出す。頼子さえいればこんな目に遭わなくてもすむのに。

嫁がなぜ怒っているのかはわからないが、世話をしてもらっているのだから逆らってはいけない。幸造はそう自分に言い聞かせる。

嫁の前にパンツが残されているが、彼女は手を出そうともしない。遠慮しながらそれを取り、四つに折り畳む。

「終わったよ」

返事はない。畳んだものを引き出しに入れ、もどってきて言う。

「こっちに来てください」

テーブルの椅子に座れと言う。座ると嫁は待ちかねたように言った。

「この前、教えた両手ジャンケン。練習してくれましたか」

曖昧にうなずくと、「じゃあ、やってください。右手がいつも勝つように」と急かす。

幸造は両手を握りしめ、ジャンケンしようとするが、手が思うように動かない。

「ぜんぜんダメじゃないですか。ジャンケンの仕方、わかってます？　これに勝つのは何ですか」

嫁がグーを突き出す。恐る恐るパーを出す。なぜこんな子ども騙しのようなことをしなければならないのか。

「じゃあ、これは」

次はパーを出す。チョキだとわかっているが、指が震えて形にならない。嫁の表情が険しくなる。早くしないと、またため息を聞かされる。そう思う間もなく、「はあーっ」と露骨なため息を浴びせられた。

「どうしてできないかなぁ。ジャンケンくらい幼稚園の子どもでもできるのに」

そう言われても、できないものは仕方がない。まるで自分の指ではないみたいだ。

「パーに勝つのはチョキでしょう」

「……わかってる」

「わかってたらやってみてください。チョキができないんですか。こう指を二本立てて、ほかの指は握って。ちがいますよ。二本立てるんですってば」

手本を示しながら口だけで説明する。幸造の手には決して触れようとしない。この前から嫁は手の届く範囲にはぜったいに近寄らない。

「もういいです。チョキくらい出せるように、ちゃんと練習しといてくださいよ」

そう言い残して、帰っていった。

翌朝、朝食を終えたあと、幸造は大学ノートに日記をつける。

『八月十六日(火)曇り
五時十分起床。……

夕方、嫁が来る。機嫌が悪い。

ジャンケンをさせられた。うまくできなくて、嫁に軽べつされる。どうしてできないのか自分でもわからない。自分が一日一日ダメになっていく。俺みたいな年寄りは、若い者たちのじゃまになるだけだ。早く消えていなくなったほうが良い。

少し動くと身体がしんどい。すぐ横になりたくなるが、横になってもしんどい。じっとしているより仕方がない。

アタマがはっきりしているときは、身体がつかれてしようがない。自分がこんなダメな人間になるとは思てもみなかた。いったい何のために生きているのか。早く楽になりたい』

チラシを取り出し、漢字の書き取りをする。簡単なさんずいにしようと思うが、手が動かない。それでも自分を叱咤（しった）して一文字ずつ書く。

『泳、流、池、海……、溜、漏……、油……、潤、沈、潜』

十個書ける。しかし、小さい字は書けず、大きく書いても歪み、うまく線が引けない。

こんなことをして、いったい何になるのか。

## 18

『高齢者　施設内虐待３００件／過去最多／被害者7割に認知症
特別養護老人ホームなど介護施設で……職員による高齢者への虐待と確認された件数が３００件（前年度比35・7％増）で、過去最多となったことが分かった。……職員の知識や介護技術の不足、ストレスなどが要因と分析された』[18]

雅美は必死だった。幸造の認知症が日に日に悪くなっていくように思える。このままでは家庭が崩壊する。人生が破滅する。なんとか状況を改善しなくては。

認知症を治す薬がないことはわかっている。しかし、進行を遅くする薬を、毎日欠かさずのませているはずだ。なのに幸造はジャンケンのチョキも出せなくなってしまった。

先日、病院の診察に付き添ったとき、幸造を先に診察室から出して、雅美は主治医に聞いてみた。

「認知症の進行を遅くする薬、ほとんど効いていないみたいなんですけど。ほかのお薬はないんでしょうか」

「五十川さんは指の震えや硬直など、パーキンソン症状が強まっているようですから、抗パーキンソン病薬を追加しましょう」

「認知症のほうを抑える薬がほしいんですけど」

「それはむずかしいですね」

ダメ元で聞いてみたが、やっぱりダメだった。それどころか逆に怖いことを聞かされた。

「レビー小体型の患者さんは、薬に過敏反応することがあるので注意が必要です。向精神薬は、逆に認知症を悪化させる危険性もありますから」

ぞっとした。これ以上悪くなるなんて、考えただけでも怖気（おぞけ）が立つ。

結ケアプランセンターの所長が来た一週間後、新しいケアマネージャーが打ち合わせのためにマンションにやって来た。太田(おおた)という四十代後半の男性で、いかにも経験豊富そうなベテランだった。雅美の話を一通り聞いたあと、太田は今後の見通しについて次のように説明した。

「状況を考えると、五十川さんは独り暮らしがぎりぎりというところでしょうね。いつ問題が起きてもおかしくないと思います。いちばん怖いのが火の不始末です。ご本人には火を使わないように言ってあるようですが、指示がきちんと守れないのが認知症ですから、安心はできません。火事になればご自身の命の危険もあるだけでなく、近隣への補償も問題になります。徘徊による行方不明や交通事故、他人の家への不法侵入、器物損壊。今は少し脚が弱っているようですが、興奮すると以前のように遠くまで行く心配もあります。さらには万引き、無銭飲食、痴漢などの触法行為。もちろんご本人に悪気はありませんが、被害が出れば対応が必要になります」

痴漢という言葉が、雅美の耳に突き刺さる。

「ほかにも、転倒で骨折したり、頭部を打ったり、お風呂で溺れたり、異食といって、醤油を飲んだりセッケンを食べたりして健康を損ねることもあり得ます。さらには幻覚や錯乱による自傷他害の恐れもあります。そういう危険性を考え合わせると、独り暮らしはほぼ限界だと思われます。あとはどなたかが同居されるか、ご自宅に引き取られるか、施設入所を考えるかですが」

太田の説明は理路整然としているが、あまりに厳しいように思われた。前の本村ならこんな決めつけるような言い方はしなかっただろう。雅美は恨めしく思ったが、現実は太田の言う通りなのだろう。優しい言葉で慰めてもらっても、火事や事故が起きたら取り返しがつかない。

雅美は心を鬼にして太田に答えた。

「家族のだれかが義父と同居するのは無理ですし、自宅に引き取るのも物理的にむずかしいんです。やはり施設しかないと思いますが」

「わかりました。では要介護度の見直しと特別養護老人ホームに入居を申し込みましょう」

「今すぐにですか。夫の意見も聞かないといけないので、少し待っていただけないでしょうか」

太田は軽いため息をもらす。

「今は申し込むだけです。実際に特養に入れるのは二年か三年先になるでしょう」

「そんな先なんですか。それまで大丈夫でしょうか」

「危ないですね。施設入所は急いだほうがいいと思います。介護付きの有料老人ホームはいかがですか」

いかがというのは、経済的なことのようだ。

「どれくらいの経費がかかるんでしょうか」

「ピンからキリまでありますが、標準的な施設で入居一時金が百五十万から三百万。月々の費用が食費、家賃、管理料を入れて十三、四万というところでしょうか。もちろん、もっと安いところもありますが、サービスが落ちますからね。お義父さまのことを考えるなら、今申し上げたくらいが相場と思っていただくのがいいでしょう」

つまりは、最初の一年で三百万から四百七十万、あとは毎年百五、六十万かかるということだ。そんなお金は家計からはとても出せない。落胆して太田を見送ったあと、ふと、雅美の頭に閃(ひらめ)いた。幸造が施設に入るなら、中宮の家はいらなくなる。家を売れば、資金にできる。

思い立ったが吉日で、雅美はすぐ駅前にある不動産屋に行った。

「旭区中宮の売り家なんですが、いくらくらいで売れるでしょう」

いきなりの相談だったが、担当者は親切に応対してくれた。今はパソコンで簡単に相場がわかる。雅美は家のデータを思い浮かべた。土地はたしか四十五平米ほどだった。間取りは一階に台所と和室と広めの居間、二階は二部屋。建てたのは知之が生まれたときだから築四十四年だ。家は北向きでガレージありと。

担当者がデータを入力すると、価格が表示された。

「九百万から一千百万ですね。築年が古いので、ほぼ土地だけの値段みたいです」

担当者は恐縮するように言ったが、それだけあれば取りあえずの資金にはなる。贅沢な施設は無理でも、太田が言っていた標準クラスには四、五年は入れる計算だ。

夜、知之が帰ってきてから、さっそく相談してみた。

「お義父さんは独り暮らしがもう限界みたいなの。いろんなトラブルを考えたら、一日でも早く施設に入ってもらったほうがいいって」

雅美は太田から聞いた予測される問題を改めて列挙した。知之の顔が徐々に不機嫌になる。雅美は先へ気を走らせて言い繕う。

「トラブルが起こってからでは遅いのよ。無事な間に手を打っておかないと、取り返しのつかないことになるんだから」

「しかし、どこに預けるんだ。特別ナントカ老人ホームとかか」

「特養はダメ。今申し込んでも、二、三年待ちらしいから。介護付き有料老人ホームっていうのがあるのよ」

知之は返事をしない。雅美は太田に聞いた有料老人ホームの相場と、中宮の家を売ったときの見積もりを話した。

「もうそんな段取りまで考えてるのか」

「のんきに構えていたら、いつ問題が起きるかしれないのよ。生まれ育った家を売るのは抵抗あるでしょうけど、お義父さんの安全のほうが大事でしょう。家も土地もお義父さんの名義なんだから、介護に使うのならお義姉さんも賛成してくれるわよ」

雅美はまた気を先走らせる。知之の煮え切らない反応を見て苛立つ。

「反対なの？　お義父さんはもう限界なのよ」

「しかしな、施設に預けるのはどうもな。虐待とかないだろうか。新聞に出てたけど、認知症の介護はストレスになりやすいから、虐待を受ける危険性が高いらしい。この前、八十七歳の認知症の男性を、ベランダから突き落とした職員が逮捕されてただろ。もし、親父がそんな殺され方をしたらと思うと、耐えられないよ」

「またそんなピンポイントな心配をする。お義父さんといっしょね」

「君だって万引きとか醤油を飲むとか、めったに起こりそうもない心配を並べてたじゃないか」

「わたしが言ったんじゃない。ケアマネの太田さんが言ったのよ」

むきになって反論し、会話を途切れさせてしまう。しかし、このままうやむやにするわけにはいかない。気を取り直して、ふたたび言う。

「わたしだって、お義父さんを施設になんか預けたくないわよ。でも、このマンションには引き取れないでしょう。部屋がないし、わたしも同居で介護する自信はないわ。あなたが留守の間に、本村さんにしたようなことをされたら、わたしどうなるかわからない。お義父さんの認知症がこれ以上、悪くなったらどうしようって夜も眠れないのよ。症状が進まないようにと思って、体操とか脳トレとかやってるけど、この前はジャンケンもうまくできなかったわ。できるだけ笑顔で接しようとしてるけど、簡単なことができなかったらイラッとしてしまう。優しくしないといけないと思うけど、どうしようもないのよ」

雅美は感情が激して、涙を抑えられなくなる。知之も黙り込む。二人は出口のない迷路に入り込み、別々の場所で立ち往生しているのも同然だった。

## 十八

午前中、寝たり起きたりしていた幸造は、午後遅くになって大学ノートを広げ、前日の日記を書きはじめた。

『九月八日（木）曇り
五時五分起床。洗顔。体操。……
ひるから嫁といっしょにあたらしいケアマネが来る。男。名前は知らない。嫁と何度も目配せをかわしていた。何かたくらんでいるようす。もしかしたら、施設に入れるつもりかもしれない。
今の生活をまもりたい。死ぬのはこの家で死にたい。施設や病院で最期をむかえるのは死んでもいやだ』

幸造はペンを止め、部屋を眺める。人生の大半を過ごした家。仕事でいやなことがあったり、子どもの学校のことや、病気の心配、いろんなことがあったりしたが、いつもこの家が守ってくれた。かけがえのない場所だ。新築でこの家に移り住んできたときは嬉しかった。頼子は狭いながらも庭があるのを喜んでいた。南の塀際にビワを植え、五月に実ができると、子どもたちに食べさせていた。そのビワは今もあるが、実がなっているのかどうかわからない。

幸造の頭が混乱しはじめる。自分がなぜひとりでいるかわからない。頼子はどこへ行ったのか。

和室に行くと、頼子の三面鏡が置いてある。開くと自分の姿が映る。横向き、斜め、あらぬ方を見ている自分。鏡の中に深緑色の空間が無限に広がっている。小引き出しを開けると、頼子の化粧品が入っていた。順に取り出し、ふたを開ける。いいにおいがする。頼子のにおいだ。

幸造は美白ファンデーションを額に塗りつける。目を閉じ、眉とまぶたも白くする。何となくそうしたい。口紅の中からいちばん赤い色を選び、口のまわりに円を描くように塗りつける。徐々に広げ、鼻の下から顎までを赤く染め上げる。鏡を見て、笑ってみる。何かが足りない。引き出しから、黒い棒状のケースを見つける。キャップを開けると小さなブラシがついている。それを頬に塗りつける。ブラシで塗ったあと、手で広げる。両頬に大きな黒い影ができる。

幸造は鏡を見つめるが、そこには何も映っていない。ただの深緑色の世界が広がっているだけだ。子どものころ読んだ『アラジンと魔法のランプ』の絵本で、アラジンが地下の洞窟に閉じ込められる場面があった。あの洞窟がちょうどこんなふうだった。行けども行けども果てしなく、出口がわからない。鏡の角度を変えると、深緑の部屋が形を変える。遠くで雷が鳴っている。闇に潜む獣が、怒ってうなり声をあげているようだ。空に黒雲が広がったのか、部屋の中が暗くなる。

幸造はそのまま三面鏡の前を離れる。居間のソファに座り、画面の消えているテレビを見つめる。むかし、当直の夜はいつガスもれの通報があってもいいように、作業服で待機していたものだ。個人の家に上がるときに備え、靴は脱ぎやすいもの、靴下は清潔なものを心がけていた。ガスもれの修理は、どれだけ早く現場に急行するかが勝負だ。ガスが充満すると爆発の危険が高まるからだ。

玄関で物音がした。

「お義父さん、いらっしゃいますか」

嫁だ。いつの間にか部屋が暗くなっている。

「明かりもつけずに、どうしたんですか」

嫁がスイッチを入れ、急に光に照らされる。

「きゃあ。どうしたんです、その顔」

嫁が悲鳴を上げて、幸造をソファから立たせる。後ろへまわってぐいぐい押す。

「何をするんだ。どこへ行く」

「早く洗面所に行ってください」

嫁が後ろで何かわめいている。どうしたのか説明してほしい。早口で言うので理解できない。

「ちょっとは落ち着いたらどうだ」

言ってやると、嫁はますます騒ぎ立て、幸造の頭を無理やり洗面台に押しつけた。蛇口の水をびしゃびしゃと顔にかけ、幸造の顔にセッケンをこすりつける。やみくもにこすられて、息もできない。鼻にセッケンが入ってしみる。

「痛い痛い。ちょっと待ってくれ」

テープレコーダーの早まわしのような声で怒鳴られ、さらにセッケンをなすりつけられる。口に水が入ってむせる。息を吸おうとして、さらに咳き込む。

「やめてくれ。くく苦しい」

我慢できずに嫁を押しのけて、洗面台から逃げる。服も髪もびしょ濡れだ。滴が垂れて目が開けられない。嫁が何を言っているのかわからないが、とにかくものすごい剣幕で怒り、この世の終わりのように嘆いている。自分は何か悪いことをしたのか。もしそうなら、おとなしくしていなければならない。

そう思っていると、突然、雷鳴が響き、幸造は飛び上がるほど驚いた。激しい雨が屋根に打ちつける。

たいへんなことを忘れていた。通報があったのだ。若い社員がいないから、自分が行くしかない。靴下は大丈夫か。脱ぎやすい靴はあるか。

玄関に向かい、上がりかまちでつんのめって肩からガラス戸に突っ込んでしまう。大きな音がしてガラスが割れる。また嫁が悲鳴をあげる。そんなことにはかまっていられない。裸足(はだし)で外に飛び出す。猛烈な雨が降りかかる。門を出ると、後ろから嫁が追いすがってきた。

「止めるな。緊急なんだ。早く行かんと危ない」

嫁は腰にくらいついて放さない。それでも幸造は前に進む。雨の中、大勢の住民が集まっている。幸造は両手をメガホンの代わりに叫ぶ。

「下がってください。爆発の危険があります。タバコを消してください。窓を開けてください」

説明するが、住民は理解できないようだ。どうしてこんな大事なことがわからないのか。通りがかりの男が傘を放り出して、幸造の行く手を阻もうとする。両手を広げてわけのわからないことを言う。

「下がって下がって。危ないから、下がれ。わしの言うことがわからんのか」

怒鳴りつけるが、男は無理やり幸造を押しもどす。稲光があたりを照らし、一瞬、遅れて背骨を貫くような雷鳴が轟く。

「わあっ」

幸造はよろめき、倒れそうになって男に支えられる。顔に降りかかる雨を手で拭い、前に進もうとするが嫁と男がじゃまをする。このままでは危ない。幸造は男を拳骨で殴りつける。男は後ろにまわり、幸造を羽交い締めにして、門の内側に引きずり込んだ。

「やめろ、馬鹿者。放せ。危険だと言っているのがわからんのか」

男は無言で幸造を締めつける。

「こちらへ……お願いします。すみません。すみません」

嫁が謝っている。無理やり家の中に入れられると、玄関がめちゃくちゃになっている。

「だれだ。こんなことをしたのは」

嫁が取り乱したようすで自分にしがみつく。ふと見ると、保安事業所の所長が立っていた。

「所長さんですか。どうしてここへ」

「……ですよ。大丈夫。心配いりません」

「ガスもれ箇所がわかったんですね。爆発の危険はないんですね」

「大丈夫……です」

よかった。これで安全は確保できた。いや、何かがおかしい。顔を手で拭うとヌルヌルしている。見ると手のひらが真っ赤だ。いったいどうなっているのか。

突然、猛烈な疲労感に襲われ、幸造はその場にへたり込んだ。嫁がバスタオルを持ってきて、幸造の頭を拭く。顔もめちゃくちゃにこする。

「……ので、気をつけて。……してください」

所長が何か注意している。幸造は頭を下げて、奥へ進む。

和室に布団が敷いてある。ちょうどいい。

ている。

「ちょっと、休ませてもらうよ」

幸造は倒れ込むように横になる。頭の中で何か虫のようなものが、ザワザワとうごめいている。

## 19

『認知症社会　支える／暴れる母　行き場ないまま
……家の中は大荒れ。食器は割れ、床に服が散乱していた。きれい好きだった母の部屋とは思えなかった。／……認知症専門のグループホームでは「暴れる人は預かれない」と断られた』(19)

雅美は濡れそぼった服をタオルで拭きながら、必死に怒りと恐怖に耐えていた。震えが止まらない。ブラウスもスカートも脱いで乾かしたいが、もし幸造が目を覚ましたらと思うと、とても下着姿にはなれない。

この前、新聞でレビー小体型認知症の記事を読んでから、いやな予感がしていたのだ。幻覚で暴れる母親を、息子が施設に入れようとしたら、受け入れを拒否されて困惑するようすが書かれていた。幸造も同じようになったらどうしよう。そう懸念した矢先だった。

中宮の家に着いたとき、まだ雨は降っていなかった。玄関を開けると家の中が暗かったので、一瞬、幸造がいないのかと心配した。居間のソファに座っている足が見えたので、ほっとして明かりをつけると、幸造は思い出すのも恐ろしい顔になっていた。口のまわりが顎まで真っ赤に塗りたくられ、両頰は靴墨をなすりつけたように黒塗りで、顔の上半分はファンデーションで白く塗り固められていた。眉も目も判然とせず、それはもう顔というより、おぞましい呪物（じゅぶつ）のようだった。

　思わず悲鳴を上げ、洗面所に連れて行った。幸造は抵抗したが、かまってなどいられない。力ずくで洗面台に顔を押しつけ、水を出しっ放しにしてセッケンをなすりつけた。何度も洗い、洗ってはセッケンをなすりつけ、手のひらで顔中をこする。老いた皮膚と緩んだ筋肉が気持悪かった。髭と眉毛もチクチク擦（す）れる。それでも化粧品で汚れた顔はなかなかきれいにならない。

「どうしてこんな……、信じられない。……ああ、もういやだいやだ。どうしてわたしがこんな目に遭わないといけないの」

　口から怒りと嘆きがほとばしり出た。一刻も早くきれいにしなければ頭がおかしくなりそうだった。幸造は「痛い」とか「苦しい」とか言って抵抗する。それが雅美をさらに激情に追いやった。

「我慢して！　じっとして！　動かない！　だれのせいでこんなことになったと思ってるんです。自分でしょう。全部、自分でやったんでしょう。だったら我慢して」

　髪の毛をつかんで顔を蛇口の下にあてがうと、さすがに苦しかったのか、幸造はいきなり雅美を突き飛ばした。男の力には耐えられず、壁際まで後ずさる。幸造は洗面台から逃げ、振り向いて肩で息をしながら立っている。

「まだきれいになってないでしょ。あー、イライラする。後始末する者の身にもなってよ。ふざけるにもほどがある。いったいどういうつもりなの。イィーッ」

ヒステリーの発作が起きたように、髪の毛を掻きむしった。幸造は何を思っているのか、親に叱られる子どものように顔を伏せた。少しは反省しているのか。

そう思ったとき、突然、雷鳴が響き、激しい夕立が降りはじめた。幸造は二、三歩、左右に行き来したかと思うと、「通報があった」と叫び、玄関に突進した。そのまま上がりかまちでつんのめり、肩から玄関のガラス戸に突っ込んだ。けたたましい音がしてガラスが割れ、幸造も倒れたが、すぐ立ち上がって、裸足のまま雨の中へ飛び出した。

「どこへ行くんです。待ってください」

慌てて追いかけたが、幸造はすでに門から道へ出て、パーキンソン症状があるとは思えない早足で進んでいく。雅美もびしょ濡れになりながら追いすがる。

「お義父さん、危ない。もどってください」

腰にくらいつくが、ものすごい力で引きずられる。幸造は見えない群衆に大声で叫ぶ。とてもひとりでは止められない。

「だれか、手伝ってください」

「どうしたんです」

通りがかった男性が聞いてくれる。

「認知症なんです。家に連れて帰りたいんです」

男性は傘を肩にして、幸造の前に立ちはだかってくれた。

「……危ないから、下がれ。わしの言うことがわからんのか」

幸造はわけのわからないことをわめき、さらに前に進もうとする。

そのとき、すぐそばに落雷があったらしく、閃光と同時に鞭打つような雷鳴が轟いた。幸造がよろめき、男性が支えてくれる。その腕にすがりながら、幸造は必死の形相で男性を殴りはじめる。男性はうまく身をかわして背後にまわり、羽交い締めにして家のほうに連れもどした。幸造は意味不明の叫びをあげながら、門の内側に引っ張り込まれる。雅美は割れたガラスを隅に寄せ、通り道を空けた。上がりかまちで奇声を発する。

雅美は洗面所からバスタオルを持ってくる。幸造はきょとんとした顔で、家に連れもどしてくれた男性を見ている。

「所長さんですか。どうしてここへ」

意味不明なことを口走り、男性の顔を不思議そうに見つめる。

「はいはい。そうですよ。大丈夫。心配いりません。……救急車を呼びましょうか」

男性は幸造に適当な返事をして、雅美に聞いた。幸造は自分の顔から血が流れていることに気づいたのか、急に元気をなくしてうなだれた。バスタオルで頭や顔を拭くと、出血はすでに止まっていて、傷も細かいものだけで深いものはなさそうだった。

「ありがとうございました。もう大丈夫です」

「じゃあ、これで帰りますので、気をつけて。どうぞお大事にしてください」

「ありがとうございます」

幸造が礼を言って頭を下げる。いったい、どういうつもりなのか。和室まで来ると、布団が敷いてあるのを見て、ほっとした顔つきになる。

「ちょっと、休ませてもらうよ」

そう言うと、倒れ込むように横になり、ほぼ同時に寝息を立てはじめた。眉間は開き、口元もだらしなく脱力している。直前までの錯乱とはまるで無縁の穏やかな表情だ。

雅美は新しいタオルを何枚も持って居間に行く。濡れた服を拭きはじめるが、身体の芯から湧き起こる怒りと恐怖を抑えることができなかった。

## 十九

最近、嫁や知之や男のケアマネージャーがしょっちゅう来る。自分を監視するためだ。落ち度を見つけて、施設に入れようとしているのだ。その証拠に、施設のパンフレットを持ってきて宣伝みたいなことを言う。

「お義父さん。見てください。きれいな部屋でしょう。ベッドも電動で背中が持ち上がるんですよ。冷蔵庫もついてるし、ホテルの部屋みたい」

「二十四時間の介護つきなんだって。夜中でも安心だよ」

「食事も栄養士がいますから、バランスの取れたものを出してくれます。多目的ホールではリハビリや体操もできます」

幸造は黙って聞いているが、首を縦に振ろうとはしない。

「パンフレットを置いていきますから、気が向いたら見てくださいね。それから、お金のことは心配いりませんから」

いちばん熱心な嫁が猫なで声で言い、帰っていく。

だれが金の心配などするか。そんなことは関係なしに、施設には行きたくないのだ。住み慣れたこの家で最期を迎えたい。それが唯一の願いだ。

幸造はソファに座り、両手のジャンケンをしてみる。右手をパー、左手をグー。これはできる。右手をグーにすると、左手のチョキができない。指の統制が取れず、勝手に動く。なぜなんだ。年を取れば、だれでもこうなるのか。

認知症にだけはなりたくない。自分の脳が老化していることは、幸造も自覚している。しかし、それは自然なことだろう。たいていのことはひとりでできるし、自分がだれかもわかっている。ただ、すっと言葉にできないだけだ。

どれくらい前だったか、嫁が知之といっしょに来て、三面鏡の引き出しにある頼子の化粧品を全部捨ててしまった。何かわけのわからないことをわめきながら袋に放り込んで、どこかへ持っていってしまった。

嫁は俺から大事なものを次々と奪う。預金通帳も印鑑も取られた。日記代わりの大学ノートだけは見つからないようにしなければならない。それで、幸造は大学ノートを仏壇の引き出しのいちばん底に隠した。

このごろは日記は毎日書かず、思いついたときだけ書いている。書く時間もまちまちだ。

『十月二十六日（水）

午前四時四十五分起床。起きてもすることはない。だが、ねむれない。身体が心配。いつまでも元気でいたい。むかしのように元気になりたい。

ひるにうどんを食べる。美味しい。有り難い。

だんだん記憶が弱くなて、日記をかくのがむずかしくなてきた。

悲観的なことばかり考える。だれも助けてくれない。がんばるしかない。

嫁には感謝している。怖い顔をするときもあるが、世話をしてくれるのは有り難い。知之にも感謝している。仕事がうまくいていること祈る。登喜子にも感謝している。無事で幸せにいてほしい』

そこまで書いて、前のページをめくってみる。自分が何を書いたか見ようとして、愕然（がくぜん）とする。大きなバツ印が書いてあったり、何本もの線で消していたりする。チラシに書いていたはずの漢字の書き取りがしてあるページもあり、中にはあり得ない奇妙な字らしきものも混ざっていた。

――自分が書いたのか。こんなものを見られたら、確実に認知症だと思われてしまう。慌てて消しゴムでその字を消そうとするが消えない。ボールペンの字であることに気づき、鉛筆でページをグチャグチャに塗りつぶす。それでも足りず、ページを引きちぎる。手が震える。次々とページを破り、ちぎったページを丸めてゴミ箱に投げ入れる。いや、これだと嫁に見つかるかもしれない。

そう思って、幸造は丸めたページを台所で燃やそうとした。マッチがない。コンロのスイッチをひねるが、火はつかない。おかしい。幸造はしばらく考え、どこかにライターがあったはずだと思い当たる。

洋服ダンスを開け、上着やズボンのポケットをまさぐる。長らく着ていない背広のポケットに、百円ライターが残っていた。それを持って台所にもどり、丸めたページに火をつけた。燃え上がる紙を流しに入れ、炎を見つめる。黒い灰が舞い上がる。灰の縁が赤く燃え、やがて消える。すべてが燃え尽きるまで、幸造はその場にじっとしていた。

はっと気づいて、慌てて蛇口をひねる。水が勢いよく出て、灰を流す。こんなところを見られたらたいへんだ。また怒られる。いじめられる。

幸造は手のひらで流しをなでまわし、なんとか燃えかすを取り除いた。自分はどうなってしまうのか。不安と心配が足下から冷え冷えと這い上がってくる。

怖い。

肩を落として居間にもどる。無残に表紙が折れ曲がったノートがテーブルの上に投げ出されている。ふたたび仏壇の引き出しの奥にしまい込む。

その夜、幸造は夕食も摂らず、じっとソファに座っていた。頭の中がザワザワする。何かが起こっているが、どうすることもできない。頭が半分に割れて、中から液体がこぼれ出しそうだ。だが、じっとしているのはつらい。いつまでこんな状況が続くのか。

ふと気づくと、明かりをつけていなかった。立ち上がって、スイッチを入れる。仏壇の横に市松人形のような少女が立っている。

「どうした。そんなところで何をしてる」

少女は答えず、ふいに仏壇の後ろに隠れる。

「こっちに出ておいで」

呼びかけるが返事がない。脅かさないように、そっと近づく。顔を近づけると、いきなり老婆の首が出た。青白い顔で上目遣いに幸造をにらむ。耳まで裂けた口にお歯黒の歯が剝き出しになる。

「ひゃあっ」

悲鳴を上げて後ろに飛び退く。湯飲みを投げつけると、けたたましい音をたてて割れた。こんな家にはいられない。幸造はブルゾンを羽織り、車で逃げ出そうとする。車のキーはどこだ。見当たらない。洋服ダンス、小物入れ、台所の引き出しもひっくり返すが出てこない。仕方がない。ギアをニュートラルにして、坂道で勢いがついたところでクラッチをつなごう。そうすればエンジンがかかると、自動車学校で習った。イザというときのために覚えておいたのだ。

ガレージに行くと、車は埃まみれで、ドアがロックされている。いくら把手(とって)を引っ張っても開かない。幸造は棚から金槌を取り出し、運転席のガラスを叩いた。意外に頑丈で割れない。力任せに叩くと大きな音を立てて割れた。

車に乗り込み、ハンドルを握ってしばらく考える。イザというときに活躍してこそ、老人は感謝されるのだ。孫が病気になったとき、知之がトラブルに巻き込まれたとき、自分が車を出せば役に立つ。アクセルを何度も踏み込み、エンジンにガソリンを送る。サイドブレーキをはずして車から降りた。

ガレージの扉を開き、後ろにまわって車を押す。思い切り上体を倒すと、車はゆっくり前進した。車庫から道路に出たところで運転席に駆け寄り、窓から片手を入れてハンドルをまわす。ふたたび後ろから押すと、車体は徐々に勢いがつき、道路を斜めに横切った。また前にまわってハンドルを支え、もう片方の手で前に進める。前から車が来る。クラクションを鳴らされる。ヘッドライトが眩しい。急ブレーキの音がして、前の車の運転手が怒鳴った。

「何やってんだぁ、コラァッ」

言い返そうと思うが、言葉にならない。相手が続けざまにクラクションを鳴らす。幸造も負けずにクラクションを鳴らす。運転手は舌打ちをして、バックでもどり、方向転換して去っていった。

「はっはっは。ざまあ見ろ」

気分がよくなり、笑い声に合わせてさらにクラクションを鳴らす。額に汗が流れ、全身の力を込めて車を押す。何をしているのかはわからない。危険だという意識もない。とにかく身体の底から湧き上がるような力に身を任せているだけだ。

道はわずかに下っていて、車がゆらゆらと進み、加速度がつく。

「あわわわ」

幸造は動転し、遅れまいと必死に併走する。極度の混乱に何も考えられなくなる。車はさらにスピードがつき、幸造は窓枠から振り離される。車はそのまま斜めに走り、あっと思う間に電柱に衝突した。大きな音が響いて近所の犬が吠え立てる。パトカーのサイレンが聞こえた。幸造はただ茫然と立っている。

サイレンが前後から近づいて、ヘッドライトを浴びせられた。白ヘルメットの警官がパトカーから飛び出し、幸造に駆け寄る。

「大丈夫ですか。怪我はありませんか」

数人の警官がまわりを取り囲む。幸造ははっと我に返り、こんなときこそしっかりしなければと思って言った。

「ご苦労さまです。何か事故でもありましたか」

## 20

**『認知症事故判決　賠償責任の議論を深めたい**

重度の認知症の高齢者が起こした事故は、誰が責任を負うのか。……最高裁は、配偶者が必ずしも監督義務を負うわけではないと判断した。……当事者との日常的な接触の程度などを総合的に考慮すべきだとの見解も初めて示した』⒇

幸造が亡き妻の化粧品を顔に塗りたくり、錯乱して表に飛び出したのは九月上旬のことだった。翌日、知之が幸造を病院に連れて行くと、医師は軽い脱水症と診断し、点滴をしてくれた。錯乱は認知症の悪化によるものではなく、脱水が原因だったとわかり、知之はほっとした。

しかし、雅美は楽観しなかった。こんなことが起こるようでは、一日も早く施設に預けないと心配だと主張した。

「でも、病院の主治医は水分補給さえしっかりしておけば大丈夫と言ってたよ」

「あなたは現場を見てないから、そんなのんきなことが言えるのよ。あのときのお義父さんはすごかったんだから。化粧の汚れが残った顔で、頭から血を流して、髪の毛は濡れて額に張りついて、鬼みたいな形相で雨の中を飛び出して行ったのよ。通りがかりの人が助けてくれなかったら、どうなってたか、考えただけでもぞっとするわ」

雅美は思い出したくもないという顔で身を震わせた。

善後策を相談に来たケアマネージャーの太田も、雅美と同意見のようだった。ただし、無理やり施設に入れるのはよくないと言った。

「本人が納得しないまま施設に入れると、混乱して暴れて退所を求められることもあります。ご本人にしっかりと説明をして、了解を得てから入ってもらうのがいいでしょう」

「でも、あの義父が施設行きをすんなり納得するかしら」

雅美が言うと、太田はベテランらしく諭すように説明した。

「焦りは禁物です。高齢者の説得は、猫を呼ぶようなものだと思ってください。来い来いと言っても、なかなか来ません。餌を置いて知らん顔をしてると来るんです」

たしかに強引に勧めても、父親は施設に行くとは言わないだろう。さりげなく施設のよさを話して、徐々にその気にさせるのがいいだろうと、知之は思う。

幸い九月半ばをすぎると気温も下がり、脱水症の危険も減った。雅美はあちこちの有料老人ホームからパンフレットをもらってきて、せっせと幸造の家に運んだ。知之も休みの日にはようすを見に行き、太田も定期訪問以外に何度も顔を出してくれた。

十月に入っても状況は変わらず、幸造の精神状態は安定しているようだった。これなら施設行きはさほど急がなくてもいいのではないか。そう思いかけた十月二十八日の午後十一時過ぎ、自宅の電話がけたたましく鳴った。

「こちら旭警察署ですが、五十川幸造さんのご家族でいらっしゃいますか」

この時間の電話にロクなものはない。悪い予感が知之の頭の中で渦巻いた。

「父が何か」

「車で事故を起こして、状況がよくわからないので、ブルゾンに縫いつけてあった連絡先に電話させてもらいました」

前に姉の登喜子がつけた迷子札が役に立ったようだ。

「父は大丈夫ですか。でも、父は運転はできないと思いますが」

とっさに心配が先に立ったが、よく考えれば車のキーはこちらで保管しているはずだ。

「運転はされてないでしょうね。エンジンがかかってませんから。サイドブレーキをはずして、自分で押し出したようです。それで電柱に衝突して」

「わかりました。すぐそちらにうかがいます」

受話器を置いて、横で不安そうにしている雅美に今聞いたことを伝えた。

「車を押し出したって、どういうこと」

「わかんないよ。親父は無事みたいだけど、厄介なことになってるらしい」

急いで雅美とともに車で中宮に向かった。実家の前に通じる道に出ると、三台ほどパトカーがいて、赤色ランプを回転させていた。近所の人らしい影も見える。幸造の車は電柱にぶつかり、斜めに道を塞いでいた。

知之は手前で車を停め、その場にいる警官に名乗ってから頭を下げた。

「すみません。父がとんだご迷惑をおかけして」

幸造はパトカーの後部座席に座らされ、うなだれている。知之は別のパトカーに乗せられ、幸造は雅美が引き取った。警官に何度も頭を下げながら、雅美は幸造を家に連れていく。

警官の質問に答え、書類に署名して拇印を押したあと、車のレッカー移動を頼んだ。こんなことなら、早く廃車にしておけばよかったと、後悔が頭をかすめた。

家に入ると、幸造は居間のソファに座り、雅美はその前に正座していた。

「親父、何か言ってたか」

「何もわからないみたい」

雅美は小さく首を振る。知之はため息をついて幸造に向き合う。

「どうして車なんか出したんだ。自分で押し出すなんて、どうかしてるよ」

幸造は口をもごもごさせるばかりで、言葉らしいものは出ない。雅美が後ろから冷ややかに言う。

「お巡りさんに言われたわ。認知症なら仕方ありませんけど、ご家族には監督責任が発生する場合がありますよって」

「でも、前に起きたJRの認知症事故では、最高裁で家族に賠償責任はないって判決が出たじゃないか」

「まったく責任がないわけじゃなくて、総合的に判断されるのよ。監督義務を怠っていたと見られたら、賠償しなきゃいけないんだって」

雅美はもう半ば覚悟しているという口振りだった。電柱の修理くらいならいいが、火事や傷害事件でも起こしたらどうするのと、その目は問うていた。

「今夜は遅いから、君は帰っていいよ。子どもたちが心配してるだろう。僕は親父のところに泊まるから」

せめてそれくらいはするつもりで言うと、雅美も納得したようだった。二人が話している間、幸造は座ったままブルゾンのチャックをいじっていた。気楽なものだとあきれるが、ふと見ると、その表情が遊びに夢中の子どものように思えて、知之はぞっとした。

雅美が帰ったあと、知之は寝る支度にかかった。幸造の布団は万年床だから、自分の分だけ用意すればいい。押し入れから予備の布団を出して、幸造の布団に並べて敷いた。

「今夜は僕もここに泊まるよ。もう寝たらどう」

声をかけるが反応がない。和室からパジャマを持ってきて、着替えさせる。幸造はおとなしく服を脱ぎ、下着はそのままでパジャマを着た。

和室に誘導しようとすると、幸造は素通りして台所に行った。

「のどが渇いたの？」

また脱水症かと、コップに水を多い目に汲んでやる。素直に飲むが、表情が虚ろだ。

「トイレは大丈夫？　行っておいたほうがいいね」

トイレに連れて行くと、自分でパジャマのズボンを下ろして排尿した。多少キレは悪いが、それは仕方がない。

「もういい？　じゃあ、寝よう」

知之は和室で上着と靴下を脱ぎ、寝る準備をした。明日はいったん家にもどって、着替えてから出勤しなければならない。そう思うと早く床に就きたかった。しかし、幸造は突っ立ったまま、横になろうとしない。

「僕は明日早いから、先に寝るよ」

蛍光灯の明かりを消した。念のため豆電球はつけたままにしておく。自分が寝れば父親も寝るだろう。横になって布団をかぶった。幸造が寝室から出て行く気配がする。居間のほうへ行き、部屋の中を一周して、今度は台所に行く。

「どうしたの。何か気になるの」

寝たまま聞いたが、返事はない。幸造は台所をうろうろして、居間にもどる。トイレの前まで行って、また引き返す。まるで家の中を徘徊(はいかい)しているようだ。玄関は念のために戸の上部につけた鍵もかけておいたから、外に行くことはないだろう。そう思って知之は目を閉じた。

幸造の足音が行ったり来たりしている。いい加減にしてくれないか。うとうとしかけて、はっと気がつくと足音が消えていた。ようやく寝たのか。確認しようと目を開けると、すぐ目の前に幸造の顔があった。

「わーっ」

思わず叫んで、上体を反転させた。幸造は布団の上に膝立ちで、こちらを見ている。

「どうしたの、父さん」

ようすがおかしい。幸造は聞いたことのないしゃがれた声で言った。

「おまえはだれだ」

「何言ってんの。知之だよ」

「いや、おまえは知之なんかじゃない。まったくうまく化けたもんだ」

独り言のようにつぶやき、いきなりカッと目を見開いて詰問した。

「知之をどこへやった」

「僕はここにいるよ」

「嘘をつけ。だまされんぞ」

顔つきがまるでちがっている。雅美が見た鬼みたいな形相とはこれか。幸造の右手に光るものが見える。包丁だ。いつの間にそんなものを持ち出したのか。

知之が後ずさる。後ろは壁だ。どうやって逃げよう。思う間もなく、幸造がいきなり包丁を突き出した。

「危ない」

とっさに身をかわすと、包丁は危ういところで空を切る。幸造は老人とも思えない素早さで包丁を構え直し、知之をにらみつける。

「おまえはだれだと聞いているんだ！」

聞いたことのないような大音声が知之を圧倒した。

# 二十

何かがおかしい。

見知らぬ男がいて、和室で布団を敷いている。

「今夜は僕もここに泊まるよ。もう寝たらどう」

だれかが知之になりすまして、自分をたぶらかそうとしているのだ。幸造はようすを見るため、だまされたふりをした。

男は親切そうに幸造にパジャマを着せる。和室に連れ込もうとするから、身をかわして台所に行った。

「のどが渇いたの？」

親切ごかしに水を汲む。飲みきれないほど多い量だ。何を企んでいるのか。怪しまれてはいけないので、無理をして飲む。次はトイレに連れて行かれる。排尿する間、後ろから襲われないかと気が気でないが、無事に終わる。

「……じゃあ、寝よう。……明日早いから、先に寝るよ」

男はなんとか自分を寝させようとする。そうはいくか。幸造は用心深く居間へ逃れる。

明かりは寝室の豆電球だけだが、どこに何があるかはわかっている。台所へ行き、流しの下から包丁を抜き取る。男のようすをうかがいながら居間へ行く。起きてくる気配はない。

幸造は足音を忍ばせて和室に入った。男は寝ているようだ。いったいこれはだれなのか。詳しく見ようと、布団に膝をつき男に顔を近づけた。知之によく似ているが、明らかに別人だ。

突然、男が目を開け、叫び声を上げて身を翻(ひるがえ)した。幸造も驚いたが、包丁を持っていることを思い出して気を落ち着けた。

「おまえはだれだ」

強気に聞くと、男はなおも知之だと言い張った。白々しい。それにしてもうまく化けたものだ。

「知之をどこへやった」

「僕はここにいるよ」

まだ言うか。老人だと思ってバカにしているのだ。男が後ずさる。逃げようとしたって、そうはさせるか。

幸造は包丁を握りしめ、男の胸元に突き出した。うまくかわされるが、すぐまた構え直す。

「おまえはだれだと聞いているんだ!」

思い切り怒鳴りつけると、男はあたふたと廊下へ逃げ出した。

「待て。どこへ行く」

中腰のまま切りつけると、男は女のような悲鳴をあげ、玄関のほうへ走って行った。戸の上をガタガタと揺すっている。そんなところに鍵はないのにバカなヤツだと思っていると、引き戸が開き、男は外へ逃げ出した。すぐ引き戸を閉め、外から必死に押さえている。まるで殺し屋に狙われているかのようだ。道に向かって何か叫んでいる。臆病この上ない。あんな男がスパイかと思うとおかしくなる。

しばらくすると、パトカーのサイレンが聞こえた。警察が来たのか。助かった。これでスパイを捕まえてもらえる。

上がりかまちで待っていると、引き戸が勢いよく開いて警官が二人、入ってきた。

「動くな。落ち着いて」

警官が腰の警棒に手をかけて言う。落ち着くも何も、取り乱しているのはそっちじゃないか。幸造は不思議に思う。

「包丁を床に置いてください。ゆっくりと」

右手を見ると、包丁が握られている。ああ、これで慌てていたのか。投げたら危ないから、ゆっくり置けというのだな。幸造は言われた通りにする。

同時に、一人の警官が踏み出て包丁をつかみ取って後ろに投げた。危ないと思う間もなく、もう一人の警官が幸造の腕をつかむ。

「放せ。何をする」

抵抗するとさらに強く押さえつけられた。いったいどうなっているのか。混乱しながら大声を上げると、別のサイレンが近づいてきた。家の前が赤色ランプだらけになる。白い車から白衣を着たヘルメットの男が出てきて、何か怒鳴りだした。何を言っているのかわからない。アルミパイプの細長いワゴンのようなものが出てきて、その上に載せられた。幅の広いベルトのようなもので、身体と手足が固定される。

「ちがうちがう。俺じゃない。あのスパイを逮捕してくれ」

必死に訴えたが、男たちはそのまま幸造を白い車に押し込んだ。

## 21

『認知症　精神科病院／劣悪ケア　衰える患者

「元気に歩ける人でも、薬の量を増やして静かにさせることがある。足を弱らせて車いす生活にして退院させるためです。退院後の行き先の都合に合わせて、患者を『仕上げる』のです」』(21)

幸造が運ばれたのは、大阪市に隣接する守口市の神凌会病院だった。精神科の専門病院で、救急隊によればスーパー救急病棟もある高度な施設らしかった。幸造は緊急入院となり、応急処置が終わるまで、知之はロビーの待合室で待つように言われた。

時刻は午前一時を過ぎていた。照明を落としたロビーで、知之はひとりベンチで額に手を押し当てた。ショックだった。父親は自分の息子もわからなくなってしまったのか。もう本格的な認知症だと認めるしかない。少しはまともなところもあると思っていたのに、実の息子に包丁を振りまわすようではおしまいだ。この先、さらに症状は進み、まともな父親は消えてしまうのか。そしてついには廃人になってしまうのか。

幸造は話のわかった父親だった。威張ったり、自慢したりもせず、姉と自分をいつも温かく見守ってくれた。母親の頼子はどちらかと言えば感情的になりやすかったが、幸造は常に温厚だった。

その父が包丁を振りまわして、自分を息子ではないと言った。恐ろしい。もうまともな父には会えないのか……。

知之はスマホを取り出して、雅美に電話をかけた。まだ寝ていなかったのか、三回ほどのコールで出た。

「親父が救急車で入院したよ」

声をひそめて伝えると、雅美は予感があったのか、「何があったの」と低く訊ねた。

「あれからまた興奮して、ちょっと危ない状態になったから、救急車を呼んだんだ。……大丈夫。専門の病院に入れたから」

包丁のことは今は言わないようにした。言えばよけいな心配をさせるだけだからだ。しかし、雅美が九月の幸造の錯乱を重大だと捉えていたのは、正しかったとだけは伝えた。

顔を上げ、暗い病院のロビーを見渡す。建物は新しく、一見、快適そうに見える。しかし、ここは精神科病院だ。拘束や非人間的な扱いもあると新聞に出ていた。自分はとうとう父親をそんなところに入れてしまった。申し訳ない。しかし、ついさっき、自分に包丁を突きつけたのだ。その前だって、車を手で押して電柱にぶつけた。入院は致し方ない。しかし、とまた知之の思いは乱れる。もし、ここで父が正気にもどったら、どう思うだろう。精神科病院に入院させられたと知れば、ショックは大きいにちがいない。

しばらくすると、看護師が呼びに来た。救急外来の診察室に通される。待っていたのはこの病院の副院長だった。

「今夜は私が当直ですから、主治医も私がさせていただきます」

四十代後半の細面の医師だった。幸造はかなり興奮していたので、鎮静剤の注射で眠らされたようだ。

「刃物を振りまわしたとうかがいましたが、これまでにも同じことがありましたか」

副院長は穏やかな口調で聞いた。知之は今年に入ってからの父親の変調を簡潔に説明した。そのあとで、いちばん気にかかっていたことを聞いた。

「父は私を息子ではないと言ったんです。もう私を思い出すことはないのでしょうか」

「いや、一時的なものですよ。カプグラ症候群と言って、家族や親友などをうり二つの別人だと思い込む妄想の一種です」

妄想？　ということは、自分のことを完全に忘れたわけではないのか。戸惑いを浮かべると、副院長は慣れた口調で説明してくれた。

「もともとは統合失調症などに見られる症状ですが、認知症や頭部外傷などでも、ときどき起こります。特にレビー小体型の認知症ではさほど珍しくはありません。ほかにも息子さんが複数いるとか、もう一人の自分がいるなどと言いだすこともあります」

「落ち着いたら、父は私が息子だとわかるようになるんでしょうか」

「おそらくはね」

「でも、そんな妄想が出るということは、父の認知症はそうとう進んでいるということでしょうか。もう元にもどることはないんでしょうか」

なんとかもう一度、以前のまともな父親にもどってほしい。その一心だった。

「完全に元通りというのはむずかしいかもしれませんね。しかし、治療法がないわけではありません」

「たとえば、どんな」

「興奮や攻撃性をやわらげる薬の投与とかですね」

「認知症そのものの治療はできないんですか。薬では治らないことはわかっていますが、脳のリハビリとか、刺激療法とか」

「今日は入院されたばかりですし、検査もまだですから、すぐにはお答えしにくいですね」

副院長は答えをはぐらかしたが、考えてみれば穏当な意見でもあった。

「お父さまとお会いになりますか。今は鎮静剤で眠っておられますが」

診察室の奥に案内されると、ガラス張りの個室のようなスペースがあり、幸造はそのベッドに横たわっていた。幸い、拘束はされていない。

「ご家族の方は帰っていただいてもけっこうです。朝になったら病棟に移ってもらいます。たぶん、開放病棟でいいと思いますが、それは明日、病院にいらしたときにご説明します」

「よろしくお願いします」

知之が頭を下げると、副院長は笑顔でうなずき、口頭で看護師に今夜の指示を出した。

ロビーに出て玄関のプレートを見ると、この病院に勤務する医師の一覧が出ていた。副院長は精神保健指定医、日本精神神経学会専門医・指導医、医学博士と書いてある。阪天病院で幸造を診てくれていた医師より、はるかに専門性が高いようだ。

もしこの病院でいい治療が受けられれば、禍転じて福となすだと知之は思う。希望を持たなければいけない。父親もつらいんだ。自分が落ち込んでいてはいけないと、知之は自らを励ました。

二十一

身体が重い。

今まで経験したことのない重さだ。まるで背中に鉄板を入れられたような感じだ。寝返りも打てず、首を動かすこともできない。

ここがどこかわからない。自分が生きているのか、死んでいるのかもわからない。

この気分の悪さは何だろう。そう思っていると、意識が薄れる。

………

ここは病院のようだ。白衣の医者が来て、まぶたを下げてペンライトで照らし、顎を押して口を開かせた。自分はいつからここにいるのか。看護師が身体を拭いてくれる。おしめを当てられているらしい。惨めだ。

………

昨夜、同室の患者が急にベッドの上に立ち上がり、叫び声を上げた。男の看護師が飛んできて押さえつけ、医者が注射でおとなしくさせた。どうやら精神科病院のようだ。ベッドの間隔はかなり広いが、ここは四人部屋だ。

………

今朝はどういうわけか頭がすっきりしている。

上半身を起こしてみた。看護師が体温を測りにきたので、自分はなぜここにいるのかと聞いた。

「興奮していたからですよ」と、看護師は答えた。

「それだけで、入院したのか」

重ねて聞くと、看護師は「あとで先生に説明してもらいますね」と言って出て行った。

しばらくすると細面の医者が来て、この病院の副院長だと名乗った。

「五十川さんは何も覚えていませんか」

首を振ると、医者はいろいろと説明した。要するに、息子が来ているときに、わけがわからなくなって刃物を持ち出したということらしい。家にある刃物と言えば包丁しかない。持ち出したというのは婉曲な表現だろう。しかし、まったく記憶がなかった。

暗くなってから、知之が来た。会社の帰りだという。

「僕がだれだかわかる?」

突然、試すように言った。なぜそんなわかりきったことを聞くのか。

「知之だろ」

「よかったぁ」

嬉しそうに幸造の手を握りしめる。

「二日前のこと、覚えてる?」

「いや」

「でも、僕のことを思い出してくれて、ほんとによかった」

幸造は何があったのか訊ねた。知之は暗い顔で説明した。車を道まで押し出して、電柱にぶつけたこと、息子を別人と勘ちがいして包丁を振りまわしたこと。信じられなかった。自分がそんなことをしたなんて。

「でも、今日はすごく頭がしっかりしてるみたいだね。やっぱり入院してよかった。先生にお礼を言っとくよ」

知之は三十分ほどいて、機嫌よく帰った。

情けない。自分のやったことをまるで覚えていないなんて。

必死に頭の中をさぐるが、まったく身に覚えがない。やってないのにやったと、口裏を合わされている気分だ。しかし、何度も言われると、もしかしたらやったのかもしれないと思えてくる。冤罪の自白と同じだ。

知之は親孝行な息子だ。優しくて、だれにも親切だ。登喜子も遠く離れているが、いつも父親のことを気にかけてくれる。そんないい家族に恵まれているのに、自分は情けない存在になってしまった。役に立たないばかりか、迷惑をかけるだけの人間になってしまった。

長く生きすぎだ！

今、幸造の頭はまともに働いている。腹立たしい思いがかすめる。七十八歳という年齢は、一般的にはさほどでもないかもしれないが、今の自分を考えると、衰え、弱りきっている。申し訳ない。早く死んだほうがいい。しかし、自殺などすれば、また子どもたちに迷惑がかかるだろう。

もう消えてなくなりたい。人間にも象の墓場のようなところはないものか。死ぬ前に姿を消す猫のようになりたい。

幸造は目を閉じてそう念じる。目尻から一筋、涙が流れた。

# 22

『自分も認知症になると思う？　はい75％　いいえ25％

日本では65歳以上の認知症の人は４６２万人以上いるといわれ、今後も増えると見込まれます。……「自分もなるかもしれない」と考える人が４分の３に達しました』(22)

「うちの義父、とうとう入院したの。守口の神凌会病院」

雅美が言うと、学童保育のパート仲間がいっせいに聞いてきた。

「急にどないしたん」

「病院はいやがってはったんとちがうの」

「神凌会いうたら精神科病院やん」

雅美は先日の一件を説明した。自分で車をガレージから押し出し、電信柱にぶつけて警察沙汰になったこと、その夜、夫が泊まろうとしたら混乱して、大声で騒いだこと。包丁を振りまわした件は黙っていた。尾ひれがついて広まったらいやだからだ。

「けど、入院したんなら一安心やないの。当面は事故とか怪我の心配はなくなったんやから」

郵便局員夫人が慰めるように言う。

「そうやね。やっぱり専門の病院で治療してもらうのがええよ」

単身赴任の妻が同意すると、家庭内別居の奥さんが例によっていやなことを言った。

「けど、精神科の病院やったら拘束とかあるのとちゃうん」

「拘束はどうしても必要なときはさせてもらうって、同意書を書かされたわ。拘束しないと点滴できなかったり、自分で暴れて骨折したりするらしいから」

「悲惨よねえ。治療する代わりに拘束するか、拘束せん代わりに治療もせえへんか、どっちか選べというわけやね」

いやな言い方だが、主治医の副院長からは同じことを言われた。

郵便局員夫人が雰囲気を変えるように言う。

「けど、認知症は他人事やないもんね。今、若年性の認知症いうのもあるらしいから、わたしらも油断でけへんよ」

単身赴任の妻が続く。

「認知症は高齢者の病気やと思てるから、若年性は発見が遅れて重症になりやすいんやて。認知症もがんといっしょで、若い人ほど進行が早いんやわ、知らんけど」

雅美はふと知之のことを考える。認知症に遺伝があるかどうかはわからないが、親子なら同じようになる可能性はないとは言えない。

「この前、ネットを見てたら、若年性の認知症を診断するチェックリストていうのがあったわ」

「どんなん。言うてみて」

家庭内別居の奥さんが郵便局員夫人にせがむ。

「まずはもの忘れでしょ。日付とか曜日がわからなくなるとか」

「あるかも。今日は何曜やったかなが口癖になってるて、息子に言われた」

「新しいことが覚えられない」

「それもあるわ。テレビを新しくしたんやけど、タブレットと連動させるようにしたら、リモコンが二つになって、録画再生の仕方がわからへんねん。息子に教えてもろても、すぐ忘れてしまう」

「ちょっと、ヤバイんじゃない」

雅美が家庭内別居の奥さんに軽い意趣返しをする。

「同じ話を何度もするというのもあったよ」

郵便局員夫人が先に進むと、「それはあたしや」と、単身赴任の妻が胸に手を当てた。

「主人にまたその話かってよう言われる」

「ものを置き忘れるというのもあったわ」

「あたしやわ」と、家庭内別居の奥さんがふたたび自己申告する。「老眼がはじまって、老眼鏡をあっちこっちに置き忘れるんよ。不便やから、安いのを三つ買うてきて、いろんな場所に置いといたら、三つとも洗面所に置き忘れてた」

「わかるわ。洗面所ではずして置き忘れるんや。あたしもこのごろいつも何かさがしてる」

単身赴任の妻が言うと、郵便局員夫人がさらに続けた。

「買い物をするとき、お札ばっかり出すというのもあった。それで財布に小銭が溜まるんやて」

これは自分だと雅美は思う。急いでいるとつい札で払ってしまう。財布も小銭でパンパンだ。

「複雑な話についていけなくなるとか、女性の場合は料理の品数が減るとか、疑り深くなるとか、イライラしやすくなるとか、心配性になるとかもあった」

「もうええわ。なんか全部当てはまりそうで怖いわ」

「ほんま。気にしてたらキリないし」

雅美も同意見だ。医学が進歩して心配ばかりが増えている。いったい医学は何のために進んでいるのか。

二十二

「メリー・クリスマス。ジイジ」

よそ行き姿の孫娘が幸造に言った。その後ろで、男の孫は照れくさそうにしている。

「わざわざ来てくれたのか。ありがとう」

孫の顔を見ると、わけもなく幸せを感じる。

「病院のロビーに大きなクリスマスツリーが飾ってありましたよ」と嫁が言い、知之は「入院してからずっと調子はいいようだね」と笑顔を見せる。

「ああ、おかげでな」

幸造は取りあえず、話を合わせた。何が調子がいいのかわからないが、息子が喜んでいるのだからいいだろう。

「ケーキを持ってきましたよ」と嫁が紙袋を見せる。「あとでみんなで食べましょうね」

笑顔を見せるがぎこちない。向かいのベッドが気になるようだ。向かいの患者はベッドに座ったまま、頭から段ボール箱をかぶっている。目のところに二つ穴が開いているが、半ばうつむいて、ずっと顔を左右に振っている。

「新しく入った人だよ。来たときからああやって段ボール箱をかぶってる」

幸造が声を低めて説明する。さらにとなりの患者を顎でそっと指す。

「そっちは夜中に大声を出すから、注射で眠らされる人だ。顔を見てみな。表情がないだろ」

男はまだ四十代半ばで、知之と似たり寄ったりの年齢だ。薬を打たれると、数日は今みたいに茫然と仰向けになっている。だれも見舞いに来ず、ベッドの周囲にも私物らしいものは何もない。完全に見捨てられた人間だ。

「知之。俺もあんなふうになるんじゃないかと怖いんだ。早く家に連れて帰ってくれ」

「わかってるよ。主治医の先生に相談してみる」

「いや、あいつはだめだ」

幸造は口元に手を当て、声がもれないように注意しながら言う。「あいつはニセ医者だ。この病院にはニセ医者とニセ看護師が混じってる。俺を担当しているヤツもニセものだ」

「そんなことないだろう。あの先生はここの副院長だよ」

「そうですよ、お義父さん。精神科の専門医と指導医の資格を持ってる偉い先生ですよ」

知之と嫁が口をそろえる。

「何を言ってるんだ。あいつの正体は祈禱師だ。だから、口先ばかりでほんとうの治療をしようとしない」

嫁と孫娘が噴き出す。

「お義父さん。いくら白衣を着てるからって、祈禱師はないでしょう。わたし、ネットで調べましたけど、ここの先生はみんなれっきとした専門医ばかりですよ。特に副院長は認知症が専門で、いろいろ論文も書いてるみたいです」

「いや。聞いてくれ。あのニセ医者はニセ看護師といっしょに人体実験をやってるんだ。となりの人もその犠牲者だ。向かいの段ボール箱もきっとそうだ。俺もいつ実験台にされるかわからない」

「そんなことないって。父さんの考えすぎだよ。ちゃんと薬をくれてるだろ」

「あれはメリケン粉を固めたものだ。その証拠に、水に濡らすとネチャネチャになる。お願いだ。早く連れて帰ってくれ」

嫁が素早く口に指を当てる。何の合図か。知之を見ると、横顔がおかしい。しまった。なりすましだ。

幸造はベッドに上半身を起こしたまま口をつぐみ、無表情を装った。

「父さん。どうしたの。黙ってないで、何とか言ってよ」

無理やり口を割らせようとする。そうはいくか。幸造はだれの顔も見ないように目を逸らした。

そのうち、四人は帰って行った。ざまあみろ。だまされてなるものか。

ベッドに横たわり、天井を見つめる。しばらくそうしていて、ふと横を見ると、窓の外から女の顔が半分こちらをのぞいていた。おかしい。ここは四階なのにどうして女がのぞいているのか。

頭から布団をかぶり、窓を見ないようにする。ふと幸造の頭に閃いた。

しまった。さっきのヤツらに副院長がニセ医者だということを話してしまった。きっと密告するにちがいない。こうしてはいられない。

幸造は布団をはねのけ、サイドボックスから下着や服を取り出して紙袋に詰める。ベッドから下り、サンダルを履いてそっと部屋を出る。エレベーターホールに向かおうとして、ナースセンターの前を通ったとき、「あ、ちょっと」と声がかかった。

看護師が出てきて、幸造の前に立ちはだかる。

「五十川さん。どちらへ行かれるんですか」

「どいてくれ」

押しのけて進もうとすると、看護師が何かの合図をした。中から男の看護師が二人出てきて、幸造を押しもどす。

「何をするんだ。暴力はやめろ。家に帰るんだ。邪魔をするな」

「はいはい。お家に帰るんですね。今、車を用意しますから、ちょっと待っていただけますか」

男の看護師が笑顔で言う。

「車を用意するとか言って、俺が忘れるのを待つつもりだろう。その手に乗るか」

「やりにくい患者だな。仕方がない」

一人が言うと、もう一人が素早く車椅子を持ってくる。

「はい、ここに座って。お部屋にもどりましょうね」

言葉は優しいが、足払いをするように車椅子に座らせ、勢いよく百八十度回転させる。

「放せ。俺はもどらんぞ。やめろ。だれか助けてくれ」

男の看護師は幸造の叫びを無視して病室に入り、二人がかりであっという間にベッドに寝かしつけた。女の看護師が手まわしよく「転落防止帯」と呼ばれる幅広の拘束ベルトと、手首ベルト、足首ベルトをベッド枠の金具に固定する。見事な連係プレーで幸造は全身を拘束される。

「ごめんね、五十川さん。落ち着いたらすぐ取りますからね。おとなしくしてくださいね」

女の看護師が言うが、幸造の耳には入らない。

「放せー、これを取れ。ううっ、やめろ。ここから出してくれ。だれか来てくれ。殺されるー」

力のかぎりわめき、身体を板バネのように跳ね上げる。

「大きな声を出さないで。静かにしないと注射してもらいますよ」

「やめろ。帰らせてくれ。家に帰りたい。帰りたい。植木に水をやらないと枯れる。家が火事になったら困る」

白衣を着た男が入ってくる。おかしなネクタイをしている。ニセ医者だ。

「やめろ。実験台になりたくない。許してくれ。俺はどこもおかしくない」

看護師が患者着の襟首を開いて幸造の肩を露出させる。

「はい、ちょっとチクッとしますよ」

「やめろやめろやめろ。あーっ」

肩に針を刺され、幸造は全身の力が入らなくなる。呼吸が乱れ、瞳孔が針の先ほどに縮まる。なぜこんな目に遭わなければならないのか。燃料切れの機械が徐々に止まるように、幸造の興奮が鎮まっていく。頭がぼんやりする。自分は何をしたのか。なぜ、ベッドに縛りつけられているのか。

医者と看護師がこちらを見ている。情けない。自分はもう治らない病気だ。意識が消える直前、ほぼまともになった頭で幸造は思った。

このまま死んでいくのかなぁ……。

## 23

『認知症ケア　いきいき社会参加／「仕事」楽しみ、報酬も』(23)
『安心／認知症　地域の目で見守る／住民連携し「行方不明」防止』(24)
『認知症　共生の時代／当事者重視　政策参加を提起』(25)
『認知症薬アリセプト　レビー小体型治療に効果／認知機能が一時改善』(26)
『認知症社会　支える／祖母に笑顔「それで十分」／その人らしさ探して』(27)

年が明けて二週間余りがすぎた火曜日、知之は副院長から連絡を受けて、午後六時半に病院に行った。「相談室」とプレートのかかった部屋に通され、テーブルをはさんで副院長と看護師長に向き合って座った。

「わざわざお出でいただき申し訳ありません」

低姿勢な副院長の挨拶に、よくない話を聞かされるのだなと身構えた。入院後の大まかな経過説明のあと、副院長は重苦しい調子で知之に告げた。

「お父様が入院されて間もなく三カ月になります。誠に申し上げにくいのですが、そろそろ退院を考えていただかなければならない時期に差しかかっております」

半ば予測はしていたが、半面、長期に診てもらえるのではという期待もあった。知之はまずは質問で相手の反応を見た。

「父は退院できるほどに回復したということでしょうか」

「一応、状態は安定しているようですので」

「でも、クリスマスには錯乱して、強い鎮静剤を注射されたようですし、年が明けてからも何度か興奮しているのでしょう」

「それについては、経口の鎮静剤でコントロールが可能だと考えます」

奥歯にものがはさまったような言い方だった。知之は一呼吸置いてから、率直に聞いた。

「退院は病院の都合ですか」

副院長は看護師長と顔を見合わせ、苦々しい表情で右頰を掻いた。

「五十川さんは製薬会社にお勤めとうかがっておりますので、医療界のこともある程度はご存じでしょう。正直に申し上げますと、精神科の入院基本料は極めて低く、加算料で収益を確保しているのが実態です。加算料は入院が二週間、一カ月、三カ月と延びるに従い半減し、三カ月を過ぎると、一挙に十分の一以下に減額されます。これではとても満足なケアはできません。それで退院が可能な患者さまについては、三カ月を目途にいったん退院していただくことにしているのです」

「いったん？」

「そうです。退院後三カ月たてば、新規と見なされますからまた入院していただけます」

「それまでに症状が悪化した場合はどうなるんです」

「もちろん、再入院、していただきますよ」

歯切れが悪い。表立って拒めないから受け入れを表明しているが、できれば来てほしくないという顔だ。患者軽視も甚だしいが、副院長の言う通り、ある程度は医療界の実情に通じている知之は、一方的に病院を責める気にはなれなかった。病院が悪いのではなく、制度が悪いのだ。だからと言って、安易に政治家や国を責めることもできない。制度をよくするには、どこかに皺(しわ)寄せがいかざるを得ず、それを受け入れてくれる相手をさがすのは至難の業(わざ)であることもわかっているからだ。

「しかし、父は退院して大丈夫でしょうか。とても独り暮らしはできないと思うのですが」

「もちろんご自宅に帰るのは無理でしょう。息子さんが同居されるのはいかがです」

「それはむずかしいです」

「でしたら、やはり施設に入っていただくことになりますね。特養や老健はすぐには入れませんから、有料老人ホームになるでしょう。お心当たりはありますか。なければこちらでご紹介することもできますが」

今日のタイミングで話があったのは、あと二週間で行き先を決めろということのようだった。知之が理解したと見るや、看護師長がファイルから数種のパンフレットを取り出した。前に幸造に見せたのと似たような施設案内だ。気になるのは費用だが、それを気取られないように、居室やサービス内容を見るふりをする。ほとんど頭に入らなかったが、知之は体裁を繕い、「なかなか快適そうな施設ですね」とお世辞を言った。

副院長が疲れたようすで後頭部に手をやった。

「あとのケンカは先にと言いますから申し上げますが、施設にはあまり期待されないほうがいいと思います。パンフレットはきれいですが、安い施設はサービスの質が低いですし、快適な施設はそれなりの値段になっています。安くて快適などというところはありませんので」

「でも、家族としては少しでもよい施設をと思うのは当然でしょう」

「もちろんです。しかし、今はあまりに嘘の情報が多いので、あとで失望しないように申し上げているのです」

「と言うと?」

「たとえば新聞には、認知症の人でもいきいき暮らせる社会にしようとか、徘徊する人を地域で見守ろうなどという記事がよく出るでしょう。そんな無責任な発言はないですよ。認知症の人が抱える問題や困難を、だれがどうカバーしてくれるんです。みんなで支えようなんて言っても、だれもしませんよ。すべては当事者に降りかかってくるんです。おまけに認知症が治るかのような錯覚を抱かせる記事や、〝自分らしさ〟みたいな単に聞こえがいいだけのスローガンで、厳しい現実をボカす記事も氾濫(はんらん)している。そんな情報を信じいう人が、実際の困難に直面して失望するんです。まったく罪が深いですよ。私はそういう人を山ほど見ているので、こうしてわざわざイヤな話をしているのです」

副院長は暗い情熱を込めて言った。たしかに一理はあるが、認知症の患者を抱えた家族は、少しでも明るい話を望むのではないか。ただでさえ現実に怯え、大きな不安を抱えているのだから。

知之は阪天中央病院の主治医が治療に熱心だったことを思い出して訊ねてみた。

「脳の刺激療法とか、運動療法で認知症が改善する可能性はないですか」

「無理でしょうね。エビデンス（根拠）がありませんから」

即座に首を横に振る。副院長は誠実かもしれないが、ペシミストだ。逆に阪天中央病院の主治医は、根拠もなく治療に積極的なオプティミストだ。ちょうどいい医者はいないのか。

副院長が続ける。

「製薬関係の方ならおわかりでしょうが、我々精神科でやっている治療も、とても自慢できるようなものではありません。おとなしい患者さんには害がないだけの薬を処方し、興奮する患者さんには、段階的に強い鎮静剤を与えます。つまりは眠らせるわけです。それを繰り返せば、当然、人間性は失われます。活気を失わずに興奮だけ抑える薬なんてありません。しかも、強い鎮静剤は本来は統合失調症に使う薬ですから、認知症の患者さんに使うのは筋ちがいです。そういう薬を使うと、心疾患、感染症、脳血管障害によって、死亡率が二倍になるというデータがあります。命を縮めるとわかっていて、治療するのは我々もつらい。しかし、使わざるを得ないのです。こういう実態は、まずマスコミには出ません。〝不都合な真実〟だからです。医師自身も大っぴらには話しません。信頼を損ねるからです。ほんとうは信頼などには、とても応えられないのですがね」

それが精神科病院の実態なのか。知之は徐々に、父をこのまま入院させておくことが不安になってきた。副院長は重ねて言う。

「身体の拘束だってそうです。拘束は虐待だとか、尊厳を損なうだとか、マスコミは正義を振りかざしますが、だれが好き好んで縛ったりするもんですか。そうする以外に方法がないからやっているんです。拘束しなければ、患者さん自身が怪我をする、あるいは必要な治療ができない、命の危険さえある、だから縛るんです。拘束なしにする方法があるなら教えてほしい」

父も何度か拘束されたのだろうか。知之の不安は強まる。副院長はさらに力を込めて説得する。

「五十川さんは今回がはじめての入院ですから、十分、退院は可能です。ご心配なさらなくても、万一の場合はいつでも我々がお引き受けいたします。精神科病院は、認知症の患者さまを受け入れる最後の砦です。自宅で世話をしきれなくなり、施設でも職員が対応に苦慮するようになり、どこも引き取り手がなくなったとき、受け皿となるのです。その役目を十分に果たすためにも、患者さまには可能な範囲でご協力いただいているのです」

「わかりました。それでは父は今月中に退院するようにいたします」

「ありがとうございます。五十川さんのようにご理解のある方だと、我々も助かります。不用意に退院の話をすると、患者を見捨てるのか、追い出すのかと、感情的になられるご家族も多いのですよ。我々は決してそのようなつもりはないのですがね」

副院長は自虐的とも思える表情で笑った。これまで患者や家族への対応に苦慮し、疲れ果てているのだろう。

しかし、当の父は退院を納得するだろうか。自宅に帰るのではなく、施設に入るのだから、説得は容易ではあるまい。施設も決めなければならないし、まとまった金額も用意しなければならない。知之は目の前の問題に押しつぶされそうになりながら、とりあえず父の病室に向かった。

## 二十三

病院の夜は長い。午後五時半に夕食が出て、食べ終わると九時の消灯まで何もすることがない。無為の時間が流れるばかりだ。

そう思っていると、思いがけず知之が見舞いに来た。幸造は見まちがいではないかと、目を瞬く（しばたたく）。認知症の症状で、幻覚が見えたり見慣れているものが異質なものに見えることがあると、医者から教えられていたので心配になったのだ。

「見舞いに来たよ。具合はどう」

まちがいなく知之の声だ。

「大丈夫だ。けど、今日は火曜だろう。どうしたんだ」

「どうもしないよ。曜日はわかるんだね。すごいじゃないか」

感心しながら心ここにあらずというようすだ。

「なんだか元気がないな。仕事がたいへんなのか」

「別に」

否定はするものの、明らかに意気消沈している。何か悩み事があるのだろう。しかし、詳しく聞いても仕方がない。どうせ自分は何もできないのだからと、幸造は己の無力にため息をつく。

「父さん、今日は調子よさそうだね。受け答えもしっかりしてるし」

「いつもこうだといいんだがな」

知之が短く笑う。笑顔を見ればこちらも元気が出る。

「雅美さんは変わりないか」

嫁の名前も久しぶりにすんなり出た。幸造にしてはちょっとした快挙だ。

「変わりないよ。子どもたちもみんな元気にしてるし」

「幸太郎と麻美（あさみ）ちゃんだな。ちゃんとわかるよ。当たり前だな。孫なんだから。ははは」

今日はいつにもまして頭がすっきりしているようだ。知之が黙っているので、幸造は半ば冗談めかして言った。

「ここの生活にも飽きてきたよ。そろそろ家に帰りたいよ」

とんでもないと言われるかと思ったら、知之の反応はまるでちがった。

「ほんとう？　ほんとに退院してもいいって思うの」

「そりゃそうさ。病院に長くいたいと思う者なんかいないだろう」

なぜか知之が喜んでいる。入院させておいたほうが安心なはずなのに、どういうわけか。

それから知之は取り留めもない話をして、三十分ほどで帰っていった。来たときより表情が明るかった。父親の頭がはっきりしているのを見て、ほっとしたのだろうか。

たしかに最近は症状も落ち着いている。回診に来る医者も、「これなら大丈夫そうですね」などとほめてくれる。なんだかお世辞を言われているようで、居心地が悪い。しかし、自分は無力だから、言いなりになるほかないのだ。それにときどき自分がおかしくなることもわかっている。悔しいがどうしようもない。それが老いるということで、忍従するより仕方がない。

そんなふうに思いながら一日一日をやり過ごしていると、一月最後の土曜日の午後、知之と雅美が見舞いに来てくれた。いつもとようすがちがう。何があるのかと思っていると、副院長が部屋にやって来て言った。

「五十川さん。長い間、よくがんばりましたね。息子さんご夫婦とも相談したのですが、そろそろ退院を考えたらどうでしょうか」

幸造はとっさに返事ができなかった。知之と雅美を見ると、二人とも笑顔でうなずいている。副院長に視線をもどして聞いた。

「退院といっても、いつですか」

「週明けの月曜日でもいいですよ。このところ、ずっと落ち着いているから大丈夫でしょう」

「そんなに早く。ほんとにいいのか」

知之に聞くと、ぎこちなく首を縦に振る。思いがけない展開に喜びが湧き上がる。夢にまで見た退院が、突然、現実のものとなったのだ。

「ありがとうございます」

幸造はベッドに座ったまま頭を下げ、両手で副院長の手を取った。

「何とお礼を申し上げたらいいのか。こんな嬉しいことはありません。もうすぐ家に帰れると思えば、どんなに感謝してもしたりませんです」

副院長は待ったをかけるように手のひらを前に向け、やんわりと告げた。

「退院はしていただきますが、すぐお家に帰っていただくのはどうかと思いますよ」

「はあ?」

「病院からいきなりご自宅というのは不安でしょうから、まずは介護サービスのあるところに移っていただくのがいいと思います」

どういうことか。知之が補足するように言う。

「今まで病院で世話をしてもらってたから、急に全部自分でするのはむずかしいだろう。だから、介護の行き届いた施設に移るんだよ」

「施設？」

眉をひそめると、副院長がすかさず言い添えた。

「とりあえず移ってもらうんですよ。生活に慣れてもらうためです。いわばリハビリです」

「なるほど。リハビリですか。そうですな。私もいきなり独り暮らしは不安ですよ。ものには順序というものがありますからな。ははは」

「よかったですね。お義父さん」

嫁が晴れやかに笑う。知之も口元を緩めている。医者も満面の笑みを浮かべている。しかし、どこかおかしい。三人とも妙な芝居をしているようだ。そう思って、幸造は身震いした。また認知症が出かかっているのかもしれない。見慣れたものが異質に見えると医者が言っていた。これは気のせいだ。素直に感謝しなければならない。幸造はそう自分を戒めて言った。

「ありがとう。みんなのおかげだ。これからリハビリをがんばるよ。だから、よろしく頼みます」

知之と嫁の表情が微妙にずれているようだったが、それも気のせいだと思うことにした。

## 24

『「終の棲み処」広がる不安／有料老人ホーム経営難

……閉鎖や事業主体の交代が珍しくないことが明らかになった有料老人ホーム。「終の棲み処」として入居した高齢者が退去を迫られるなどの問題が生じている』(28)

一月三十日、幸造は神凌会病院を退院して、「フリーデンス淀川」という施設に入った。フリーデンスは全国にチェーン展開している有料老人ホームで、場所は雅美たちが住む西三国からも近い淀川区十三だった。決め手となったのは、入居一時金がゼロということである。

はじめは信じられなかったが、この施設にはケアプランセンターやホームヘルパーの派遣、デイサービス、リハビリセンターも併設され、入居者はすべてそのサービスを利用することになっている。すなわち、家賃と介護保険の両方から収入を得る仕組みになっているのだ。幸造の場合、家賃、食費、管理費に介護保険利用料を合わせて、月額経費は約十六万円だった。

「高齢者にかかる経費を一括して取り込むってわけね」

雅美がパンフレットを熟読して、施設の戦略を見透かしたように言った。

幸造の入居先にはもうひとつ候補があった。「ケアハウス燦」という施設で、立地やサービス内容はフリーデンスとほぼ同じだったが、入居一時金が三百八十万円だった。その代わりに月額経費は割安で約十二万円。どちらを選ぶべきか。

「そりゃ入居一時金ゼロのフリーデンスだろう」

知之は安易に即断しかけたが、雅美は慎重だった。どちらが得か、それは幸造が何年入居するかによって変わる。彼女は電卓を前に式を書いて計算した。

「フリーデンスは毎月十六万、ケアハウス燦は最初に三百八十万でそのあと毎月十二万。両者の支払い額が同じになるのをXカ月後とすると、……X＝九十五。ということは、七年と十一カ月ね」

「つまり、親父が七年十一カ月以上入居するようだと、ケアハウス燦のほうが月々四万円安くなるということか」

微妙なところだ。雅美がさらに電卓を叩く。

「仮にお義父さんの入居が五年だったら、フリーデンスのほうが、百四十万の得になるわ。三年だったら、えーと、二百三十六万の得よ」

「これぱっかりはわからんよな。フリーデンスに決めれば、七年十一カ月以上生きてほしくないみたいになるし、ケアハウス燦だと、早く死なれて大損するんじゃないかとビクビクしなきゃならない」

「亡くならなくても、精神科病院に入院しっぱなしになったら、入居一時金は無駄になるのよ」

七年十一カ月後なら、二月生まれの幸造は八十六歳と十カ月だ。今はそれくらい生きる人も多いだろうが、認知症の人はそう長生きしないという話も聞いている。

「やっぱりフリーデンスに決めましょう。お義父さんの長生きを望まないわけじゃないけれど、今、三百八十万円を出すのはつらいもの」

最終的に判断したのは雅美だった。幸造の入居費用はとりあえず知之の貯金から支出することになっていたが、その額は定期預金を合わせておよそ六百四十万円だった。幸造の貯えは頼子の治療などで大半が費やされていたし、登喜子も資金を出すと言っているが、大きな金額は期待できない。

「うちはこれからがお金のいる時期だからね。幸太郎は来年、受験でしょう。国公立に入ってくれればいいけど、私立だったら学費がバカ高いし、浪人する可能性だってなきにしもあらずだし、麻美も私立の大学に行くかもしれないんだから、まとまったお金がいるわ。それを考えたら、入居一時金がゼロというのは捨てがたい魅力だわ」

「そうだな」

知之も賛成して、急遽、入居の手続きをしたのだった。

幸造が「フリーデンス淀川」に入った翌々週の日曜日、登喜子が仙台から父親の誕生日祝いを兼ねてようすを見に来た。雅美と知之も時間を合わせてフリーデンスに行き、幸造の部屋でにぎやかな集まりとなった。

「七十九歳のお誕生日おめでとう」

用意したケーキにロウソクを立ててみんなで祝う。居室は六畳くらいのスペースにベッドと椅子、サイドテーブルがあり、トイレと洗面台、それに簡単なクローゼットがついている。

「ここはどう。少しは慣れた？」

登喜子が聞くと、幸造は思いのほか機嫌よく答えた。

「ああ、大丈夫だ。みんな親切にしてくれるし、いいところに来たと思ってるよ。ありがとう」

「デイサービスも行ってるんだろ」

「行ってるよ。車椅子の人とか、職員に手を引いてもらわないといけない人が多いな。俺なんかまだ元気なほうだよ。ははは」

知之に答えて明るく笑った。

見舞いを終えたあと、雅美は知之、登喜子といっしょに近くのファミレスに入った。

登喜子が雅美に礼を言う。

「いいところを見つけてくれてありがとう。よかったわ、お父さんも気に入ってるみたいだし」

「このままいてくれるといいんですけどね」

「大丈夫じゃないか。身のまわりの世話を全部してもらってるんだろ。一度楽を覚えたら、何もかも自分でしなきゃならない独り暮らしにもどりたいなんて言わないだろ」

知之がコーヒーを啜りながら、例によって楽観を披露する。雅美は改まった調子で義姉に話しかけた。

「それで今後のことなんですが、お義父さんの介護費用をどうしたらいいか、お義姉さんはどう思いますか」

「そうね。やっぱり雅美さんの言うように、中宮の土地と家を売るしかないんじゃないかな。ちょっと淋しい気もするけど」

「わかります。お義姉さんと知之さんの育った家ですものね。でも、フリーデンスの経費はお義父さんの年金ではとても賄えないし、うちも余裕があるとはとても言えないし。ねぇ」

知之の顔を立てるように、視線を向ける。知之は反射的に頭を掻き、目を泳がせる。雅美はふたたび登喜子に向き直る。

「一応、不動産屋には話を聞きに行きました。相場は九百万から一千百万だと言われました。家が古いのでほとんど土地だけの値段だそうです」

「そんなもんでしょうね」

登喜子が腹の据った答えを返す。

「売り急ぐと買い叩かれますから、余裕を持って動いたほうがいいと思うんです。当座は知之さんの貯金で立て替えて、売れたら精算させていただくということでいいですか」

「そうね。で、どれくらいで売りに出すつもり」

「相場に少し上乗せして、一千二百万くらいでどうでしょう。急ぐ買い手がいれば売れると思います。売れなければ、徐々に下げていけばいいでしょう」

女二人で話が決まっていくことに不満を感じたのか、知之が口をはさむ。

「家も土地も親父の名義だろう。俺たちで勝手に売れるのか」

「それは不動産屋さんに聞いてある。委任状を書いてもらえばいいらしいわ。こちらで書類を作って、お義父さんにサインしてもらえば、あとは実印を押して印鑑証明をつければ大丈夫」

「でも、親父が素直にサインするか」

「それが問題なのよね」

そう言って、雅美は登喜子に説明する。

「委任状には、家と土地の売買契約に関わるすべての権限を委任する旨を明記しないといけないから、売ろうとしていることがわかると思うんです。お義父さんには、中宮の家に帰る前のリハビリということでフリーデンスに入ってもらいましたから、家を売る話はまずいでしょう」

「じゃあ、委任状はほかの書類に紛れさせてサインしてもらったら」

「それはだめだろう。親父をだますことになるじゃないか。そんなこと、僕は賛成できない」

珍しく知之が姉に逆らう。言い分としては知之に理がある。しかし、登喜子も好きで父親をだますわけじゃない。ここは自分が汚れ役を引き受けなければと、雅美が知之に言った。

「だれもお義父さんをだましたい人なんかいないわ。でも、今後、お義父さんが中宮の家で前みたいに独り暮らしができる可能性はあるの？」

「それは……、むずかしいだろうな」

「じゃあ、あなたが中宮の家でお義父さんと同居してあげられる？」

「……いや、それも無理だろう」

「じゃあ、このままフリーデンスに入居する可能性が高いでしょう。その経費はどうするの。お義父さんの財産を処分するしかないでしょう。あなたはお義父さんにそのことを納得させられる？　お義父さんを怒らしたり、悲しませたりせずに了解してもらえる？　お義父さんに黙って家を売るのは、わたしだって罪悪感があるわよ。でも、背に腹は代えられないでしょう」

知之は反論できない。登喜子がわずかに歩みよりつつダメを押す。

「知之が考えてるように、先にお父さんの許可を得るのが筋だけど、それはまた後日、考えればいいじゃない。とにかくやるべきことをやっていかないと、現実は待ってくれないんだから」

「それに実際に契約するときには、司法書士がお義父さんの意思を再確認するらしいから、最後まで隠し通すことはできないのよ。でも、委任状がないと買い手をさがすこともできないから、申し訳ないけれど先にサインをもらうしかしようがないの」

知之はそれでも不満そうにしていたが、それは単に体面を保つポーズのようだった。

「じゃあ、雅美さん、お願いね」

「わかりました。経過は逐一、報告するようにしますから」

結局、女二人で話をまとめ、雅美は少し夫に悪い気はしたが、かまっている余裕はなかった。義姉の言った通り、現実は待ってはくれないのだから。

## 二十四

幸造は便器の前に立ち、排尿を終えたままの姿勢で動かずにいた。下腹に力を込め、括約筋を緩めて静かに待つ。

もう出ないか。……よし。

そう思ってパンツを引き上げようとしたとき、スプーン一杯ほどの尿がこぼれた。しまったぁ、またやってしまった。

幸造はトイレットペーパーを取り、苦労して這いつくばってこぼれた尿を拭く。ひざまずいて立ち上がるのが一苦労だ。

がんばれ。これくらい何だ。いいリハビリじゃないか。家に帰ったら、だれも助けてくれないんだぞ。そう自分を叱咤し、便器に手をかけて身体を持ち上げる。

夜は紙おしめをつけているが、昼間は紙パンツをはいている。夜もパンツにしたいのだが、この施設に来て早々、夜中にベッドで放尿してしまい、大洪水になった。それで職員に申し訳ないので、仕方なしに紙おしめにしている。しかし、あれはこの部屋に慣れていなかったがゆえの失敗で、勝手がわかれば繰り返さないだろう。いつかパンツにもどしてやるつもりだ。

トイレから出ると、幸造は雅美に教えられた認知症予防の体操をする。横にステップを踏みながら、手を叩く運動だ。何かルールがあったようだが、忘れてしまったので、適当に叩くとリズムに乗って、気持よくステップが踏める。三十回ほどやると、身体が温まり、息が弾む。次は両手のジャンケンだ。これもルールを忘れたので、両手で同じものを出す。これだと苦手なチョキも出せる。しかし、油断するとグーとパーばかりになるので、意識してチョキを入れなければならない。

体操が終わると、幸造は洗面台の前に立って鏡を見た。上気した顔は活き活きとして、肌の艶もいい。白髪は増えたが、顔色はピンクで、まぶたの上下に皺が増えた分、目の鋭さが増したように感じられる。年を取ってもまだまだ捨てたもんじゃない。人間、目標を持ってがんばれば、必ず成果が表れる。

ああ、充実していると、鏡の自分に笑顔を向ける。

続いて幸造は自室を出て、廊下の手すり沿いに歩く練習をはじめた。入院している間に足が弱って、ヨチヨチ歩きになったからだ。デイサービスでそんな歩き方の老人を見て、気の毒にと思ったが、リハビリ室の鏡に映った姿を見ると、自分も同じだった。危なっかしいから室内でも杖を使ったらと勧められたが、断固、拒否した。

歩けるようになったらいいんだろう。それなら訓練すればいいんだ。

そう思い決めて、毎日、フロアを三往復する。転ぶと危ないので、片手で手すりを持って歩く。膝を持ち上げ、空いたほうの手を大きく振って、「イチ、ニ、イチ、ニ」と号令をかけて歩く。

「五十川さん。がんばってますね」

職員が声をかけてくれる。

「ありがとう。歩けなくなったら終わりだからね」

みんなが応援してくれているのを感じる。早く元気になって、自分の生活を取りもどさなければならない。

幸造はデイサービスでも人気者だ。デイサービスには週に二回、火曜と金曜に参加している。幸造の部屋は三階で、デイサービスの部屋は二階だ。階段は危ないから、一階降りるだけなのに、エレベーターを使わなければならない。

部屋に着いたらまず大きな声で挨拶をする。

「おはようございます」

「五十川さん。今日も元気いいですね」

中年の看護師が血圧と脈、体温を測ってくれる。

「美人に測ってもらうと、血圧が上がるんだよ」

「じゃあ、あたしなら大丈夫ですね」

「そんなことないさ。心臓が破裂しそうだよ。わははは」

毎回お決まりのジョークだが、看護師は愛想よく付き合ってくれる。

幸造はレクリエーションやクイズにも積極的に参加する。ときには冗談を言って、職員を笑わせる。ときどき自分が何を言っているのかわからなくなるが、それでもみんな楽しそうにしているから、問題はないのだろう。

金曜日の午後はカラオケで、幸造は歌うのは苦手だが、曲に合わせて踊るのは得意だ。適当に振りをつけてステップを踏むと、利用者も喝采してくれる。

「五十川さんて、ほんとに明るいですね。若いときからそうだったんですか」

「いや、むかしはネクラだったんだ。いつも裏庭で泥まんじゅうを作ってた」

「また冗談ばっかり」

少し慣れたころ、幸造は職員に頼んで大学ノートを買ってきてもらった。久しぶりに日記の再開だ。一日のスケジュールは決まっているので、書くのはもっぱらそのときの気持だ。

『二月二十日（月）

五時十分起床。体操。ストレッチ。朝食。

今日も体調が良い。有り難い。ここのしょく員は皆、親切でよく気がつく。仕事の話を聞きたいと言うから、ガス管保全の説明をすると感心していた。安全にガスがつかえるのは、保全会社のおかげなんですねと言う。その通りだ。

頼子のことを思い出す。早く家に帰って、仏だんの写真を見たい。ここの施設には夫婦で入ている者もいる。頼子といしょならここで暮らすのも悪くないかもしれない。しかし、やぱり早く帰りたい。長年住みなれた家がおちつく。ここは新しくて清けつだが、うすぺらな気がして、くつろぐことができない。けれど、知之たちがリハビリのためにさがしてくれたところだから、感しゃしなければいけない。リハビリをがんばて早く帰れるようにがんばらなければならない』

日記のあとは漢字の練習に挑戦してみた。久しぶりなので、簡単なにんべんを書いてみた。

『伊、佃、個……』

出ない。やっぱり衰えているのか。幸造は無理は禁物とばかり、ノートを閉じる。焦ることはない。じっくりやればいいのだ。そう思って、ベッドに横になった。頭の芯が痺れたようになり、そのまま深い眠りに落ちる。

# 25

『認知症　福祉の国で①／心地よい時間　工夫／スウェーデンの福祉

……「ここに来たら、『何でも好きなことをしていいのよ』と言われた。……自分が役に立っているという気持ちになれ、うれしい」』(29)

居室のスライドドアを開くと、幸造はベッドで熟睡していた。

雅美は持ってきた十本ほどのチューリップを花瓶に活け、サイドテーブルに飾った。幸造がこの施設に入ったのが一月の終わり、三月もそろそろ終わりだから、二カ月がすぎたことになる。今のところ、なんとか順調に経過してくれている。土地と家を売るための委任状は、施設の契約書や介護保険サービス契約の書類に紛れ込ませてサインしてもらった。後ろめたい気はするが、致し方ない。知之がしてくれればいいが、夫に任せるといつになるかわからないので雅美がいやな役を引き受けたのだ。

待っていても目を覚ましそうにないので、雅美は施設長にようすを聞きに行くことにした。施設長は五十代の太った女性で、ケアマネから昇格したベテランらしかった。最初のころ、菓子折りを持って行ったら受け取ってもらえなかった。次はロビーにでも飾ってもらえればと花束を持って行ったら、それも断られた。規則で利用者側からはいっさいの物品は受け取らないことになっているらしい。仕方なく幸造の居室に飾ると、狭い部屋が一気に華やかになって、幸造は大いに喜んだ。それ以来、見舞いに来るときは花を持ってくることにしている。

「五十川さんは職員の人気者ですよ。明るいおじいちゃんだって」

施設長に言われて、雅美はほっとする。職員に嫌われたら居心地が悪くなって、施設を出たいと言いだしたら困るからだ。

「デイサービスも休まず参加されていますし、ご自分で体操もされているようですから」

「認知症のほうはいかがですか。ご迷惑をおかけしていないでしょうか」

「大丈夫です。ときどき夜中にヘルパーを呼んだりされるようですが、朝にはふつうにもどっておられますから」

雅美は言い出しにくいけれど気になっていることを、思い切って聞いた。

「あの、女性の職員の方に、困ったことをするようなことは」

「大丈夫ですよ。許容範囲ですから」

やっぱりあるのだ。唇を噛むと、施設長はベテランらしい笑顔で補足した。

「ある程度はだれにでもあることです。職員は慣れてますし、かわし方も知っています。性衝動があるのは活力がある証拠ですよ。ある時期を越えたらなくなりますから」

そういうものなのか。いずれにせよ、施設のほうでも持て余されているわけではないと知り、雅美は安心して施設長室をあとにした。

居室にもどる途中で、レクリエーションホールを通った。壁際に大型の液晶テレビが置かれ、二十人ほどの車椅子の老人が並んでいる。映し出されているのは録画の時代劇だ。画面を見ている人はほとんどいない。だれもがうつむき、首を垂れ、身動きもしない。付き添っている職員もいない。

――老人牧場。

そんな言葉が雅美の脳裏をかすめた。

廊下にも車椅子の老人が放置されている。よく見ると、衣服の下にベルトが巻かれ、立ち上がれないようにしてある。通り過ぎる雅美を、灰色に濁った目で見つめる老婆がいる。車椅子の前に取りつけたテーブルを、小刻みに叩き続ける老人がいる。別の老人は仮面のような無表情で、周囲への関心を完全に失っている。こんな状態で放っておけば、認知症が悪化して廃人になってしまう。話しかけたり、刺激を与えたりしてくれる職員はいないのか。

暇そうな職員がいたら注意してやろうと、あたりを見まわすと、もう午後二時を過ぎているのに、食堂のテーブルで、数人の老人に一人ひとり職員がつききりで食事を食べさせていた。エレベーターの前では、うろうろ歩きまわる老婆を必死に部屋に連れもどそうとしている職員がいる。老人といっしょに小声で歌を歌いながら、同じところを行ったり来たりしている職員もいる。居室の廊下には、糞尿で汚れた衣類を持って出てくる者、紙おしめを運び込む者、歩行器で歩く老婆に付き添う者、吐瀉物を新聞紙に包んで捨てに行く者などが、忙しく動き回っている。

いつもは幸造の居室に直行して、あまりほかを見なかったが、これが施設の実態なのか。手のかかる老人には職員がつききりで、それでも余裕のある介護などほど遠く、おとなしい老人はほったらかしにされる。いつか新聞の記事でスウェーデンの施設のすばらしさを読んだが、日本ではとても無理なようだ。車椅子に縛りつけられ、無言無動で生ける屍のような老人たちが脳裏を離れない。幸造もいずれそうなるのか。恐ろしい。自分の母親だけは、ぜったいにこんなところには入れたくない。それが雅美の率直な気持だった。

目を背けるようにして居室に行くと、幸造はまだ昼寝から目覚めていなかった。さきほど飾ったチューリップが、輝くような原色で窓からの光を受けている。雅美は花の角度を少し手直しして、ベッドの横の椅子に座った。

幸造は仰向けで、わずかに口を開けたまま深い寝息を立てている。無邪気なものだ。その横顔を見ながら、雅美は思う。こんな老人牧場みたいな施設に入れて、申し訳ありません。でも、わたしたちも入れたくて入れているのじゃない。もっといい介護ができたらどんなにいいか。

施設長の言葉がよみがえる。

——ある時期を越えたらなくなりますから。

それはいつのことなのか。去年の夏、最初に来たケアマネの本村さんに、あんなセクハラをしたのはどうしてだろう。淋しかったのか。それとも認知症で自分のしていることがわからなかったのか。それだと怖い。年老いているとはいえ、幸造は男だし身体も大きい。理性を失って襲いかかってこられたら、身を護(まも)ることができるだろうか。思わず身震いする。

若いときの幸造は、知之が言うように浮気などしたこともなく、嫁を見る目にも好色な感じはなかった。幸造は家庭的で優しい人だった。家族を大事にし、雅美と知之の結婚も祝福してくれた。

幸造が義母の化粧品を顔に塗りたくったのも、淋しさと錯乱の結果だろうか。あの塗り方は女装しようとしたのではなく、明らかに意味不明だった。

そう言えば、幸太郎と麻美がまだ小さかったころ、こんなことがあった。幸造の家に遊びに行ったとき、幸太郎と麻美が雅美のハンドバッグから口紅を持ち出して盛大に顔に塗りつけたのだ。高価な口紅だったので、雅美は頭に来て思わず手を上げた。そのとき幸造がとっさに二人をかばった。

――まあまあ、口紅はまた買えばいいから。

そう言って、幸造はあとで雅美に口紅代にと小遣いをくれた。

あの優しかった義父はどこへ行ったのか。目の前の幸造は頬に深い皺を刻み、目は落ちくぼみ、だらしない口元に白髪の無精ひげを生やしている。施設長の話では、職員にもなんとか好かれているようだが、ここの暮らしで大丈夫なのか。

申し訳ない気持を抱きつつも、現状を受け入れるしかないと思う。幸造が悪いわけではないし、知之や自分が悪いわけでもない。老いと病気のなせる業だ。

幸造が唸るような声を発した。

「何ですか、お義父さん」

返事はない。どうやら寝言のようだ。

しばらくすると、また同じような声を上げた。耳を近づけると、かすれた声でこう言っていた。

「がんばれ、……がんばれぇ……」

雅美はいたたまれなくなって椅子から立ち上がった。

「お義父さん。今日は帰ります。ごめんなさい」

花瓶のチューリップを見れば、自分が来たことはわかるだろう。

複雑な思いで施設を出たとき、スマホに着信があった。三国駅前の不動産屋からだ。中宮の物件を、雅美の言い値で買うという客が現れたという連絡だった。

## 二十五

「今日は知之が花を持ってきてくれたのか。ありがとう。でも、おまえにうまく活けられるのか」

「こんなの適当に入れればいいんだろ」

知之は花屋であつらえてもらったガーベラとカーネーションを、そのままの形で花瓶に挿し込んだ。幸造はベッドに腰かけてそれを見ている。

「この前、雅美さんがチューリップを持ってきてくれたんだが、俺は昼寝をしていて気がつかなくてな。よろしく言っといてくれ」

雅美が花を持ってきたのは十日ほど前だった。

「何か変わったことはない?」

「大丈夫だ。みんな親切だし、風呂もきれいで気持いいよ。デイサービスも楽しいしな」

ほんとうは食事がイマイチだが、幸造はできるだけ不平を言わないようにしていた。息子夫婦が見つけてきてくれた施設なのだから、文句を言うとバチが当たる。サイドテーブルの卓上カレンダーを手に取って、日付を確かめた。

「今日は四月の九日だな。おまえが来てくれるのは日曜だからわかるよ。ここへ来て三カ月目だな。前から気になってるんだが、ここの費用は大丈夫なのか」

「気にしなくていいよ。ちゃんとこっちで面倒見てるから」

「だけど、きれいな施設だから高いんだろ。早く元気になって家に帰らないとな」

「え、……ああ」

妙な受け答えだった。そういうことはわかる。

知之は一時間ほどいて、帰って行った。

しばらくして、ヘルパーが巡回でようすを見に来た。知之が活けた花束を見て歓声を上げる。

「わあ、きれい。五十川さんのお部屋はいつも華やかでいいですね。でも、お花ってけっこう高いんですよ」

「そうなのか」

幸造が表情を曇らせると、ヘルパーは慌てて取り繕うように言った。

「でも、お嫁さんがうまくやってるようですよ。花屋さんに交渉して、定期的に買うから割引の値段にしてもらってるって。お嫁さん、やり手ですよね」

あの嫁のやりそうなことだと、幸造は苦笑する。ヘルパーはベッドの掛け布団を整えながら明るく続けた。

「息子さんも感心してました。中宮のご実家も、お嫁さんに任せていたら不動産屋の相場よりも高く売れそうだって。よかったですね」

「そうなのか、へえ。……えっ」

幸造は混乱して聞き返した。

「今、何て言った」

「だから、中宮のご実家が相場より高く売れそうだって。それでここの経費も心配なくなるって、喜んでらっしゃいましたよ」

中宮の家を売るというのか。そんな馬鹿な。ここにいるのは家に帰るためのリハビリのはずじゃないか。だれに聞いたかは忘れたが、自分はそのつもりだ。それとも、勘ちがいなのか。いや、そんなはずはない。家に帰って独り暮らしができるように、いろいろ練習してきたはずだ。着替えも、食事も、トイレで小便をこぼしたときも、人の手を借りないで暮らしていくために、自分でやろうと努力してきた。ぜんぶ家に帰るためのリハビリだったはずだ。

「どうかされました？」

ヘルパーが心配そうに訊ねる。幸造は手ぶりで出て行ってくれと合図をし、ゆっくりとベッドに横になった。とても座ってなどいられない。

夕食の時間になっても、幸造は食堂に行かなかった。ヘルパーがようすを見にきたので、食べたくないと言うと、あとで部屋に持ってくると言われた。トレイに載せて運ばれてきた食事を見た途端、気分が悪くなり、吐きそうになった。

「持って帰ってくれ」

「でも、少しは食べないと、あとでお腹がすきますよ」

「いらんと言ったらいらん！」

怒鳴り声が出た。ヘルパーは驚いたようにトレイを持って出て行った。

しばらくすると、施設長が「大丈夫ですか」とようすを見に来た。幸造は明かりを消して、ベッドでガラス玉のように目を光らせていた。

「ご気分はいかがですか」

「……」

「お医者さんをお呼びしましょうか」

「……」

施設長は壁のスイッチを手探りして、明かりをつけた。幸造は反射的に壁際に寝返りを打つ。さらに掛け布団を頭からかぶる。状況を察したらしい施設長が声を低めて言う。

「具合が悪いんじゃないんですね。もし、体調が悪ければコールボタンを押してください」

静かにスライドドアを閉めて出て行く。

その夜、幸造は悶々と寝返りを繰り返した。家を売られる。帰るところがなくなる……。全身に怒りと恐怖が込み上げた。断片的な想念が鬼火のように浮かび上がっては消える。……ぜったいに許さん。……あの家は俺が苦労して手に入れたのだ。頼子がいた家。家族と暮らした家。……あの家は俺の人生そのものだ。柱にも壁にも天井にも、かけがえのない時間が詰まっている……。

悩むことに疲れ果て、どうしようもない思いに押しつぶされそうになったとき、さっきのヘルパーの言葉が思い浮かんだ。

――それでここの経費も心配なくなるって。

そうか。自分の介護のために金がいるのか。家を売るのは、俺の人生の後始末をするためなのか。

幸造は放心して、脱力する。次の瞬間、意識がもどり、怒りと嘆きの世界に引きもどされる。悔しい。悲しい。いったいどうしてこんなことに……。

子どもが泣き寝入りするように意識がぼやける。そしてまた地獄の覚醒。

幸造は憔悴し、一晩でげっそりとやつれてしまう。

三日後、幸造は相談室に呼ばれた。

この間、食事はろくに摂れず、夜もほとんど眠れなかった。洗顔と髭剃りはヘルパーがしてくれるが、身体に生気はなく、顔に表情はなかった。歩くこともままならず、車椅子で相談室に連れて行かれると、施設長がいて、奥に知之と雅美が座っていた。

「五十川さん。この度はわたしどもの不注意で、よけいなことをお話ししてしまい、ほんとうに申し訳ございませんでした。ご家族の方にも謝罪させていただきます」

施設長が頭を下げると、知之が「いや……」と手で制した。雅美が横で苦々しいため息をつく。それを横目で見て知之が言う。

「父さん。中宮の家のこと、黙っていて悪かったよ。勝手に売ろうとしたことは謝ります。この通り。ごめんなさい」

幸造はげっそりやせ、目も虚ろなままだ。知之が目を伏せ、顔をしかめたりしながら訥々(とつとつ)と説明した。

「あの家が父さんにとって大事なことはわかってる。僕にしたって自分の育った家だし、結婚するまでずっと暮らしていた家だから、思い出も愛着もある。でも、そうするしかなかったんだよ。姉さんとも、雅美とも相談して、あの家を処分するしか方法がないってことになって」

申し訳なさそうに上目遣いで父親を見る。幸造はじっと一点を見つめ、知之の声だけを聞いている。どうも弁解しているらしい。内容はわからない。

「……病院の先生も言ってたんだ。もう実家での独り暮らしは無理だって。僕か雅美が中宮の家に行くのは無理だし、うちのマンションも父さんに来てもらう部屋がないから、施設のほうがいいだろうって。……ここなら介護サービスもついてるし、デイサービスもあるし、食事も栄養のバランスを考えてくれるから、安心だし。だから、その……」

言葉に詰まる。幸造は思いついたことを口にする。

「居間のソファは、阪急のデパートで買ったんだ。頼子といっしょに見に行って」

「ソファが大事なら残しておくよ」

「あなた、どこに置くのよ。うちは無理だし、ここの部屋にも入らないわよ」

嫁がきつい声でささやく。

「……金か」

低くつぶやく。つい出た言葉だが、目の前の二人が緊張するのがわかった。

「金なんだな。俺の面倒を見るのに金がかかるから」

幸造は自分が何を言おうとしているのかわからなくなる。何か困ったことが起こったはずだが、思い出せない。ただ、二人をにらみつけると、怯むのがわかった。この男と女はれる。

だれなのか。知っているような気もするがわからない。おかしくなって、つい笑みがこぼ

「まじめに……てください」

突然、女が声を高めた。何を言い出すのか。早口でよく聞き取れない。

「わたしたちは……で、……して、みんなでお義父さんのことを……だって、……ても……でしょう。……してくれましたか。……知之さんも……、そりゃ……ますよ。……なのに……だから……いるんですよ。でなきゃ……なって……ったら困るから、……するしかないでしょ」

何を言っているのかわからない。だが、ものすごい剣幕だ。自分が激しく責められているのがわかる。幸造はとっさに身を護らなければと思って叫んだ。

「堪忍してくださぁい。すみません。もうしません」

机に額を擦りつけ、両手で頭を覆う。

「怖い、怖い。怒らないでくれ。言う通りにします。堪忍して」

「お義父さん。そんな……。大丈夫ですよ。でも、……していいんですか。それなら司法書士が……、頼みますよ。いいんですか」

「わかりました、わかりました。それでいいです。その通りにします。わあっ」

目をきつく閉じ、拝むように顔の前で両手を合わせた。施設長が何か言い、目の前の二人に説明している。

「五十川さん。大丈夫ですよ。だれも怒りませんから、そんなに怖がらないで。心配いりません。さあ、お部屋に帰りましょう」

施設長が車椅子を押してくれる。早く横になりたい。ベッドの中にもぐりこみたい。幸造は目を閉じたまま背中を丸め、ひたすら身体を縮こまらせた。

それから間もなく、中宮の家と土地の売買契約が最終段階を迎え、司法書士が知之とともにフリーデンスにやって来た。幸造は言われるままに書類にサインをし、知之が実印を押した。幸造は自分が何をしているのか、ほとんど理解できなかった。ただ、言われる通りにしなければ怖いという恐れがあるだけだった。

やがて幸造はデイサービスを休みがちになり、参加しても茫然として、以前のように積極的にしゃべったりしなくなった。食事も半分以上残す。食べても味がせず、ご飯もおかずも壁土を食べているようにしか感じられないからだ。

雅美は定期的に花を持ってきたが、色が薄れ、どの花を見てもきれいだと思えなくなった。花の芯にある黒い部分ばかりが目立ち、そのうち花びらまで灰色に見えるようになった。花ばかりではない。ヘルパーの服も、壁も、カーテンも、すべてモノトーンになり、幸造はまるでモノクロの世界に住んでいるようになった。

それでも、彼は思い出したように日記をつけた。それだけが、彼の生きている証だった。

『四月二十七日（木）
頭がボーとして、ゆーつな気分。ひるに何をたべたか思い出せない。
ものより気持が大事。優しい気持。
だれも助けてくれない。しかりしろ』

『五月十二日（金）
歩くのがコワイ。足が前に出ない。
紙おしめがヌレていてもわからない。こんなになるとは思てなかた。
じぶんはダメ人間。めいわくで厄介なそんざいだ。せわばかりかけてもしわけない』

『五月三十日（火よう）

雨。

じぶんの字がよめない。手がふるえて書けない。ナサケナイ。

毎日がつらい。

何も悪いことをしたわけではないのに、なぜこんなふうになたのか。

いきるイミがわからない。どうしていいのかわからない。あちこちイタイ。からだがおもうように動かない。

くつしたが見つからない。ゴムがキツくてアトがつく』

『六がつ十八日（にち）
ともゆき来てくれる。有り難い。父の日だという。まごはいそがしくて来ない。
かみおしめをはずしてショウベンをしてズボンをよごしてしまう。ナサケナイ。
ダメなとしよりになてしまた。
なんとかがんばて、元気にくらしたい。がんばれ　元気に　屹度良くなれ
はやくここから出たい……』

## 26

『薬に頼らない認知症治療を提唱する精神科医
認知症の人の悩みは、物忘れより、周囲から問題視されたり叱責（しっせき）されたりすること。／……治そうとしなくていい。治らなくていい。病を持ちつつ生き生きと生活できることこそ大事……』(30)

中宮の家と土地は無事に売却され、介護費用の問題はとりあえず解決した。しかし、幸造の認知症は急激に悪化して、食欲も減って健康面での不安が増大した。デイサービスもやめてしまい、一日中、部屋でぼんやりとしている。歩行も極端なヨチヨチ歩きになり、

転倒の危険が増したので移動は車椅子になることが多くなった。このままでは廃人同然になってしまうのではないか。雅美はレクリエーションホールに放置されていた老人たちを思い出し、焦りを感じた。

やはり実家を売り払ったことが悪かったのか。雅美も知之も後悔したが、土地はすでに更地にされ、買いもどすこともできない。環境を変えるために別の施設に移してみるか。それでは解決にならない。自宅に引き取るにしても、幸造の居場所がない。

雅美はこれまで以上にフリーデンスに通い、子どもたちのことを話したり、好物のケーキや果物など差し入れたりして幸造を元気づけようとした。さらには種々のサプリメントや青汁、疲労回復のドリンク剤なども試したが、いずれも効果はなかった。

なんとか活気を取りもどしてほしいと願う雅美は、施設長に相談して、幸造に訪問診療を頼むことにした。フリーデンスと関係の深いクリニックがあるらしく、医師が月二回、定期的に診察に来てくれるという。

「お義父さんの身体のことが心配だから、お医者さんに来てもらうことにしましたよ。診察のときにはわたしが付き添いますから」

雅美は幸造が診察をいやがらないかと心配したが、何の抵抗もなかった。拒否する力も残っていない感じだった。

訪問診療に来た医師は、簡単な診察をして、血液検査とポータブルの器械で心電図の検査をしてくれた。結果は次の診察のときに知らせるという。

二週間後、医師は検査結果の用紙を雅美に手渡しながら言った。

「やや低栄養ですが、血液検査はほぼ年齢相応です。心電図も特に問題ないですね」

「こんなに元気がないのに、問題ないんですか」

「元気は検査では測れませんからね。活力が落ちているのは、認知症のせいだと思いますよ」

「どうすればいいんですか。少しでも元気になってほしいんですが」

「むずかしいですね。このままようすを見るしかないですね」

医師は首を振るばかりだった。いったい何のための訪問診療か。雅美は苛立ったが、フリーデンスのケアマネージャーに相談するとこう諭された。

「訪問診療は、病気を早く見つけるために来てもらうんです。高齢者は症状が出にくいので、肺炎とか狭心症でも手遅れになることがありますから」

つまりは病気をよくしてもらうためや元気を恢復させるためではないということだ。一割負担とはいえ、月二回の診察で毎月六千五百円余りもかかるのに、その値打ちがあるのだろうか。雅美は首を捻ったが、二十四時間対応をしてくれるらしいから、万一のときには安心なのかもしれない。しかし、臨時の往診を頼めばそれは別会計で、検査や投薬の費用も別に加算されるという。医療と介護はほんとうに物入りだ。そう思うと、やはり中宮の家と土地を処分するしかなかったということになる。だが、そのせいで幸造は深く落ち込み、生きる気力さえなくしてしまった。いくら手厚い介護のためでも、これでは本末転倒ではないか。見舞いに行っても、いつもぼんやりと座っているだけの義父を見て、雅美は矛盾を感じざるを得なかった。

そんなとき、学童保育のパート仲間から、医師会の主催で認知症の専門医の講演会があると知らされた。教えてくれたのは郵便局員夫人で、彼女も父親のことがあるからいっしょに行こうと誘ってくれた。

講演のタイトルは「みんなの知らない認知症介護」。講師は豊中市で認知症の専門クリニックを開いている和気光一という医師だった。

七月第三週の土曜日。雅美は郵便局員夫人と誘い合わせて、自転車で会場の淀川区民センターに行った。開始の三十分近く前に着いたのに、席はもう七割方埋まっていた。

「やっぱりみんな関心あるみたいやね」

郵便局員夫人に言われて見ると、大半が七十代以上の高齢者だった。配偶者が認知症になって、老老介護の人が多いのだろう。

定刻になり、和気医師が演壇に登場した。眼鏡をかけた小柄な中年男性で、驚いたことにピンク色のポロシャツを着ていた。

「この服装、みなさん、えっと思われたかもしれませんが、私は白衣の代わりに、いつもこのピンクのポロシャツで診察してるんです。そのほうが患者さんがリラックスしてくれますから」

女性っぽいほど柔らかな口調で、和気医師は照れて見せる。

「みなさん、認知症というのは病名ではなくて、状態をさす言葉なんです。原因となる病気は七十ほどもあります。だから、認知症といってもいろいろなケースがあるんです」

さっそく驚きが広がる。

「それに認知症はゆっくり進行するので、いつ発症したかはっきり決めることができません。症状が出るまでに十年から十五年かかります。ですからここにいらっしゃる人も、もしかしたら密かにはじまっているかもしれません。もちろん、私も含めてですけど」

緊張のあとに笑いが起こる。

「認知症の本体は、記憶障害、見当識（けんとうしき）障害、判断障害などの『中核症状』と呼ばれるもので、これは残念ながら治すことができません。しかし、徘徊とか、妄想、暴言、介護への抵抗など、『周辺症状』と呼ばれるものは、うまくやればコントロールできます。みなさん、今、私が言った症状を『問題行動』と言ってませんか。それはあまり好ましくない言い方ですね。介護側の視点でしか見ていませんから。当人は悪気があってしているのではない認知症の症状を、問題と決めつけるのは酷でしょう」

なるほど。たしかに問題だと思うのは介護側だけだと、雅美は納得する。

「認知症の人と健康な人では、世の中の見え方がずいぶんちがっているようです。たとえば横断歩道でも、認知症の人には黒い部分が、深い穴のように見えたりするそうです。だから、怖くてなかなか足が出ない。階段を降りるときでも、段が滑り台のように平らに見えたりする。それじゃ簡単に降りられませんよね。なのに介護者が『速く行け』と急かしたりする。よけいに足がすくむ。介護者は焦れてイライラする。患者さんはどうしていいかわからなくなって、混乱するんです」

たしかにと、多くの聴衆がうなずいている。

「食事でも、食べたくないのに食べさせられる。栄養をつけなきゃいけないとか、これ以上やせたら困るとかうるさく言われる。認知症の人は気持を言葉にしにくいから、食べたくないと言えず、つい皿をひっくり返したり、食べ物を吐き出したりしてしまう。家族はせっかく食べさせてるのにと腹を立てる。お互いがギスギスするわけです」

ふんふんと周囲の人が同意する。

「ほかにも関係を悪化させる原因はいろいろあります。たとえば、みなさん、高齢者に曜日とか日付を聞いたりしていませんか。前の晩のおかずを訊ねたり、孫の名前を言わせたり。してるでしょう。認知症を心配する家族は、たいていこれをやるんです。高齢になったら、わかっているけど言葉が出ないということがあるんです。それを答えられないと思われるのは屈辱です。そもそも日付とか晩のおかずとか、幼稚園の子どもに聞くような質問をされること自体、プライドが傷つきます。もうろく扱いされてると、悔しい思いをするんです。それは決して精神衛生上よくありません」

耳が痛かった。たしかに幸造にそんな質問を何度もした。そのときの幸造の不機嫌な顔はそういう意味だったのか。申し訳ないと思いつつも、それでも認知症が心配なら仕方ないのではとも思う。和気医師は雅美の気持を汲み取ったように続ける。

「わかります。だれだって認知症はいやですもんね。もしはじまっているのなら、早く治療しなきゃって思いますよね。でも、多くのご家庭で認知症の介護に失敗するのは、それが原因なんです」

えっと思う。じゃあ、どうすればいいのか。

「認知症の人はすべてがわからなくなるわけではありません。くだらない質問をされたり、叱責されたりすれば、自分が厄介者扱いされていると感じるんです。それはつらく悲しいことです。もちろん家族だって、悪気があってのことではありませんよね。認知症を治したい一心でやっていることでしょう」

和気医師はそこで言葉を切って会場を見渡した。これからいちばん大事なことを話しますという間の取り方だ。

「さあ、ここなんです、認知症介護のいちばんの問題は。いいですか。介護がうまくいかない最大の原因は、ご家族が認知症を治したいと思うことなんです」

会場に戸惑いが広がる。認知症を治したいと思うのは、当然のことではないのか。和気医師はまずその思いを肯定する。

「それは当然の思いでしょう。治るならそれでいいんです。残念ながら、認知症は治りません。治ってほしいと思うことは、認知症を拒絶することです。ご家族は病気だけを拒絶しているつもりでも、当人にすれば、自分そのものを否定されているように感じるんです。急かされ、試され、責められる。できないのが今の自分なのに、それを拒まれ、うまくやれと求められる。こんな苦しいことはありません。医学的なデータがあるわけではありませんが、周囲を困らせる周辺症状、みなさんがつい問題行動と言いたくなる症状は、認知症患者の無意識の復讐ではないかと、私は思っています。年老いて弱った認知症患者が、つらい思いをさせられることに反発して、無意識に介護者を困らせることをしてしまう。それが周辺症状だという考え方です」

思い当たる節がある。雅美が幸造に認知症予防の体操やジャンケンをさせたあとにかぎって、排泄を失敗したり、財布がないと大騒ぎしたりした。

「周辺症状を減らすためには、何より当人の心が落ち着くことが必要です。自分が邪魔者ではなく、家族の一員として受け入れられている。尊厳のある一個人として認められている。そういう感覚があれば、無意識に周囲を困らせるようなことはしないでおこうとします。認知症の人にも感情はあります。優しくしてもらうと、喜びます。大事にされたら嬉しいし、病気を理解してもらえたら楽になるんです。ポイントは一つ。認知症を治そうと思わず、受け入れることです。むずかしいことかもしれませんが、認知症を拒絶しているかぎり、苦しみは増え、悩みは深まります。己を殺してこそ浮かぶ瀬もあれと言うでしょう。受け入れて肩の力を抜けば、きっと新しい世界が広がります。その境地に達すれば、認知症の介護も大きく変わります。ご清聴ありがとうございました」

和気医師が一礼すると、会場は温かい拍手に包まれた。しかし、雅美にはどうも納得がいかなかった。会場を出たところで郵便局員夫人に聞いてみた。

「今の講演、どうだった」

「さすがは専門家、目のつけどころがちがうって感じやね。けど、認知症を受け入れるのはむずかしいかもね」

「そうでしょう。なんとか少しでもよくなってほしいと思うよね、ふつう」

「五十川さんとこは切実やもんね。けど、認知症の人も邪険にされたら腹が立つやろし、大事にされたら嬉しいというのは、当たってるのとちがうかな」

自分たちは義父を大事にしてこなかったのか。夫も自分も少しでもよくなるように考え、できるだけのことをしてきたつもりだ。なのに今、幸造は少しも幸せそうではない。

帰りにスーパーに寄るという郵便局員夫人と別れ、雅美は真夏の光を掻きわけるように自転車で自宅に向かった。

いったい何がまちがっていたのか。これからどうすればいいのか。

雅美は出口のない迷路に入り込んだような気持で、重いペダルを漕いだ。

二十六

幸造の気持は沈んでいた。

施設長は雅美に頼まれたらしく、あれこれ興味を惹きそうな企画をしてくれたり、半日だけのデイサービス参加を勧めてくれたりしたが、応じる気にはなれなかった。

食欲は落ちたままで、以前は六十八キロあった体重が、五十二キロまで落ちた。それでも、訪問診療でしてもらった血液検査では、年齢相応の結果が出たので、医師は心配ないと判断したようだ。食事も無理に食べなくていいと言う。やせてはいるが、血糖値も肝機能なども正常で、血圧も上が百二十前後、下が八十前後と良好な値だった。

そのうち、幸造は手のかからない入居者と見なされるようになり、施設の中で目立たない存在になっていった。施設長も気にはかけてくれているが、ほかの入居者の対応に忙しくて、幸造にはあまり時間を割いてくれなくなった。

一日のほとんどの時間、幸造は居室でぼうっとしている。精神活動がまったくなくなったわけではなく、心の中では曖昧模糊(もこ)とした想念が渦巻いていた。土地と家が売られたことは、具体的な事実としてではなく、理由のわからない重苦しい気分として幸造を支配した。知之たちに迷惑をかけてはいけないという思いも、漠然とながら脳の奥底にわだかまっている。ほかにもいろいろな思いはあったが、すべては混沌とし、具体的な意味は薄れて、陰鬱なスモッグのように幸造を圧迫した。

そんな中で、日記だけが幸造の心に執着を呼び起こしていた。もともと老化予防のためにはじめたせいかもしれない。これができなくなったら終わりだという思い込みで、わずかに残ったエネルギーを日記を書くことに費やした。

七月十九日の日記にはこんな記述がある。

『次にイケバ帰ってこれる　貴重品ぼくすのカギ。
同じ気持がワルイ
平日にたずねるのはよそう　トイレ。
これから　のこと　心配』

認知症の進行を思わせる書き込みも見られる。

『八がつ四か（きん）
よめにバケたオンナがかんしにきてみそしるにドクいれた
ジブンがへやのすみにうかんでこちらをみている
スリパほどのゴキブリがいる　しかもふたご』

激しい怒りと自嘲が書き連ねられることもあった。

『八がつはつか
腹がたてしかたがない。だれがゆるしてやるものか。もう来るな。
おまえなか死んでしまえ
なさけない。ボケジジイになてしまた。
もう帰れない　なにもできない　~~家もわからない~~
ミジメなトシヨリ　死ぬ　しかない。

もとやさしくしてほしい　おこられるのはイヤだ　トシヨリなのだから大目にみてほしい。バカだと思わないでほしい』

まだらボケのせいか、まともな記述が書かれることもある。

『九月十日（日曜）
五時十分起床。よく眠れた。有り難い。
午後に知之が来てくれる。せかくの休みなのに申し訳ない。有り難う。
自分にはもう帰るところがない。ここで最期をむかえることになるだろう。
思うよに手が動かない。
これが自分の字だとおもうとナサケナイ。
毎日がくるしい。ひとりでさびしい。
弱ネを吐くな。ガンバレ。だれもたすけてくれない。
努力、しんぼう、忍耐。
はやく、頼子のところに行きたい』

## 27

**『今は母を受け入れた／ジャズシンガー　綾戸智恵さん（55）**

……無理に母に戻そうとせず、認知症の人として扱うようになった。そしたら、ちょっとずつ人間に戻ってきましてん。たとえば「今日何食べたん?」「忘れた」。これじゃ会話になれへん。「おいしかった?」ってきけばええんです。そしたら「おいしかった」「また食べよな」「うん」ってなる。名詞と数字はきかんかったらよろしいねん』(31)

和気医師の講演を聞いてから、雅美は悩み続けていた。自分たちの介護はまちがっていたのか。幸造を大事に思い、少しでもよかれと思ってしたことが、逆に症状を悪化させた可能性があるのか。

しかし、認知症を受け入れろと言われてもむずかしい。治ってほしいと思うのは家族としては当たり前のことだ。治らないまでも、せめて今以上悪くならないでいてほしい。だが思いと裏腹に、幸造の容態は一向に改善せず、見舞いに行ってもいつもしょんぼりして元気がない。たまに調子のいいときもあるが、肩を揉んでも「ありがとう」の声に張りがなく、用事を聞いても「何もない」と首を振るだけだ。なんとか元気になってほしいと願うが、幸造はいつもどよんとして蠟(ろう)人形のように生気がない。

もしかしたら、うつ病になったのではないか。訪問診療の医師に相談してみたが、医師が言うには、夜はきちんと眠れているし、気分の日内変動もないから、うつ病は考えにくいとのことだった。それでもひょっとしたら抗うつ剤が効くかもしれない。雅美は藁にもすがる思いで医師に処方を頼んだが、出された薬は一カ月続けても何の効果ももたらさなかった。

　孫の顔を見れば喜ぶかと思い、麻美を連れて行ったこともあるが、幸造はぎこちなく笑うばかりで、以前のように相好を崩すようなことはない。前に麻美の名前が言えなくて、「ボケちゃったんじゃない」と言われたことがトラウマになっているのか。幸太郎は受験勉強の真っ最中で、夏休みも毎日予備校に通っていたが、一度だけおじいちゃん孝行にと見舞いに行かせた。しかし、このときも思うような反応は引き出せなかった。

　雅美は知之にも相談してみた。

「お義父さん、中宮の土地と家を売ってから、ずっと調子が悪いでしょう。なんとかならないかと思ってるんだけど」

「この前、僕が行ったときもふさぎ込んでたな。見舞いは喜んでたみたいだけど、ほとんど何もしゃべらなかった」

「前に話した和気先生の講演、覚えてるでしょ。わたしたちが認知症を受け入れないから、本人もつらいんだっていう話。理屈ではわかるけど、やっぱり認知症を治したいって気持は捨てられないわよ。あなただってそうでしょ」

　すぐ同意するかと思ったら、知之は雅美の気勢を逸らすように顔を背けた。

「気持の上ではそうだけど、認知症は治らないからな」

「あなたはあきらめてるの。自分の父親なのに」

「これ以上悪くならないでほしいとは思ってるよ。僕のことが息子だとわからなくなったら悲しいし、やりきれないよ」

「このままだと施設でほったらかしにされて、どんどんダメになっていきそうなのよ。せめてデイサービスだけでも再開してくれたらありがたいんだけど」

「その和気っていう先生に相談してみるか。アドバイスがもらえるかもしれないだろう。僕も話を聞きたいし」

知之がそう言ったので、雅美は和気医師のクリニックに電話をかけてみた。個人的な相談には応じてもらえないのではと危惧したが、カルテを作れば診察として受け付けるとのことだった。

九月最後の水曜日、雅美は有休を取った知之とともに、豊中の和気クリニックを訪ねた。

「お待ちしていました」

和気医師は講演で話していた通り、ピンクのポロシャツ姿で二人を迎えた。診察室はゆったりしたソファと肘掛け椅子が置かれたサロン風の部屋で、診察台も検査機器もない。知之が名刺を差し出すと、「製薬会社にお勤めですか」と確認しながら、自分も名刺ケースから取って渡してくれた。

雅美は七月の講演の感想を目いっぱい好意的に述べたあと、幸造の経過と現在のようすを説明した。事故を心配して運転をやめさせようとしたこと、嘘の家出があったこと、ケアマネへのセクハラ、錯乱して精神科病院に緊急入院したこと、リハビリだと称して施設に入居させ、本人に内緒で実家の売却を決めたこと——

「先生からご覧になれば、まちがった介護ばかりだったと思うのですが、とにかく目の前のことで必死で、気がついたらこんな状況になっていたんです」

「たいへんでしたね。でも、まちがった介護などとは思いませんよ。どれが正しくて、どれがまちがっているなんて決めることはできません。どんな介護にも、いい面と悪い面がありますから。何よりお義父さまのことを考えて、懸命に介護されてきたことは立派なことです」

和気医師は講演のときより力強い調子で雅美を励ましてくれた。知之のほうにも顔を向けて言う。

「製薬会社の方でしたら、ある程度おわかりでしょうが、認知症を薬で治すのは今のところむずかしい状況です。脳の活性化とか刺激療法なども行われつつありますが、いずれも有効とは言い難(がた)いのが実情です。とりあえずは認知症と上手に付き合っていくことが、介護のポイントということになります」

「それがつまり、認知症を受け入れるということですか」

「言うは易し、行うは難しですね。頭でわかっていても、心の底からわかっていなければうまくいきません。無理に思い込もうとするより、具体的なテクニックを覚えてもらったほうがいいかもしれませんね」

「と言うと」

「たとえば質問の仕方ですが、認知症の人の集まりで、『今日はどうやって来ましたか』

と聞くと、答えられない人が多いんです。『車で来ましたか。電車で来ましたか』と聞くと『電車です』と答えられる。クローズドの質問と言うのですが、答えの言葉をさがさなくてもいいように聞くのです。喫茶店に行っても、認知症の人は『何を飲みますか』と聞かれると迷います。『コーヒーを飲みますか』と聞いてあげると、『はい』『いいえ』で答えられる。お孫さんが久しぶりに会ったとき、『僕の名前わかる?』と聞くのはよくありません。お孫さんのほうから『太郎だよ』と名乗って会うと、『おー、太郎か。よく来たな』となって、雰囲気が壊れません」

そうなのかと、雅美は思わずほぞをかんだ。

「その失敗、わたしたちもやりました。娘が名前を聞いたとき、義父が答えられなかったんです。それで娘が『ジイジ、ボケちゃったんじゃない』と言ってしまって、今もそれが尾を引いているのか、娘が見舞いに行ってもあまり喜びません」

「言われたことは忘れていらっしゃるんじゃないでしょうか。認知症の人は具体的な内容は忘れやすいけれど、そのときの感情、つまり悔しい思いだけは残ってるんです。何か失敗をして怒られると、何を失敗したかは忘れますが、きつく怒られたことだけは覚えてる。そういう記憶が溜まってくると、理由もわからず不愉快になって、機嫌が悪くなったり、元気がなくなったりするんです」

幸造も中宮の家を売ったことは何も言わないが、悲しみや絶望は胸の内に溜め込んでいるのだろう。

和気医師は声の調子を変えて言う。

「でも逆に、ほめられたり感謝されたりすると、中身は忘れてもいい気分は残ります。この前の講演でも言いましたが、認知症の人は自分が周囲からどう受け止められているかを敏感に感じ取っています。自分が受け入れられているのか、厄介者扱いされているのかを察知しています。認知症を治したいと思うのは、現状のご本人を拒絶していることになるでしょう」

「この前の講演でもおっしゃってましたね。それはわかるんですが、どうしても少しでもよくなってほしいという気持が消せないんです」

雅美は懺悔（ざんげ）するような気持で言った。

「わかります。ご家族としては当然のお気持ですよね」

和気医師はいったん受け入れてから、諭すように続ける。「でも、それは介護する側の感情です。認知症の当人の気持を考えてあげてください。なりたくてなっているわけじゃない。厄介者にはなりたくない。そう思って精いっぱい努力してるんです。だから、いいところを見てあげるようにしてください。姿勢がいいとか、笑顔がいいとか、何でもいいんです。足りないところ、できないことにばかり目を光らせていると、介護される側もする側もつらいでしょう」

知之が告白するように言葉をはさむ。

「見舞いに行ってもあまり喜ばなかったり、もう死にたいというようなことを言われたりすると、こちらの気持も萎えるんですよね」

「息子さんの場合は、せっかくの休みに見舞いに行かれてるわけですからね。でも、がっかりするのは、お父さまの反応が思ったほどでなかったからでしょう。つまり、見舞いに行ったら喜ぶだろう、元気を出してくれるだろうと、無意識のうちに期待しているのではありませんか。期待が少なければ、失望も少ないんじゃないでしょうか」

「なるほど……」

知之は納得したようなしないような顔で、後頭部を掻く。

「少しきつい言い方になりますが、相手に求めたり批判的な気持になるのは、自分の都合に執着しているせいです。それでは優しい介護はなかなかできません。相手の都合を受け入れることが大事です。自分を抑えて、相手の状況に従う。そうすれば軋轢が少なくなって、穏やかな介護になるでしょう」

理屈ではそうだろうが実際にはむずかしいと、雅美は内心で首を捻る。和気医師はさらに続ける。

「ヘルパーさんが上手に介護するのは、利用者の都合に合わせる訓練ができているからです。トラブルも事前に想定しています。徘徊、排泄の失敗、暴言や妄想などに対して、心の準備をしています。だから、それが起こっても冷静でいられる。いやだとか、起こらないでほしいとか思っていると、起こったときに怒りや嘆きが生じます。むずかしいとは思いますが、トラブルも拒絶せず、受け入れるようにすることが肝心です」

「排泄の失敗くらいならいいですけど、運転して事故を起こすとか、火の不始末で火事を出すとかのトラブルも受け入れるようにするんですか」

わざと極端な聞き方をすると、和気医師は困惑気味の笑いを浮かべながら、自分に言い聞かせるように言った。

「そのほうがいいでしょうね。無理に止めたり自由を奪うと、悪い方向に行ってしまいますから。それより肚を決めて、何かあったらこちらがすべて責任を負うから自由にしていいと言ってあげるのがいいんじゃないでしょうか。そうすれば、ご本人も申し訳ないという気になって、自分から無理はしなくなると思います」

そううまくいくだろうか。和気医師の言っていることはきれい事ではないか。雅美はとても納得はできなかった。代わりに知之がやんわりと反論する。

「でも肚を決めたとしても、やっぱりトラブルはないほうがいいですよね。家族は少しでも状況をよくしたいわけですから」

「でも、よくしようと思うなら、そう思わないほうがいいということも、世の中にはたくさんありますよ」

和気医師は己の無力さを嘆くような調子で応えた。そのあとも精神論みたいな話が続き、結局、幸造の状況を改善させるような具体的な方策は聞くことができなかった。

帰りの電車で、雅美は知之に感想を聞いた。知之は窓の外に目を向けながら、話を反芻するように答えた。

「ちょっと理想主義的な感じがするけど」

「そうよね。事故を起こしても火事を出してもこちらが責任を持つなんて、簡単に言えないわよ。それこそ無責任な発言よ」

雅美は自分の言葉に煽(あお)られるように、不平を口にした。「お義父さんが少しでも元気になるためのアドバイスがほしかったのに、結局、元気になってほしいというのもわたしたちの都合ってことになるんでしょう。そんなふうに言われたくないわよね」

「たしかにな。でも、こっちの思い通りにしたいと思っても、そうならないのが認知症かもしれないからな」

知之は半ば投げやりな口調でため息をつく。そのあとで思い出したようにつぶやいた。

「だけど、よくしようと思うなら、そう思わないほうがいいというのは、当たっているかもしれない」

## 二十七

居室のあるフロアに、四人掛けのテーブルを三つ並べた談話スペースがある。

幸造は右端のテーブルに座り、正面の部屋を見ていた。スライド式の扉が開いたままになっている。自分の部屋ではないが、見覚えがある。入って左側に貴重品用のロッカーがあって、そこに大事な封筒を入れたのだ。

しばらく見ていると、紫色の薄衣のようなものを羽織った老女が、覚束ない足取りでその部屋に入っていった。顔を白塗りにして、真っ赤な口紅を唇からはみ出させている。ヨボヨボのくせに、自分は金持ちだと見せびらかしたくて仕方のない女だ。

「こんにちは、五十川さん。今日は部屋から出てきたんですね」

通りがかったヘルパーが声をかける。幸造は答えない。

「気分はどうです。あら」

ヘルパーは幸造のズボンの前が濡れているのに気づいたようだ。すっと目を逸らして言う。

「ごめんね。わたし今、安宅華子(あたかはなこ)さんに呼ばれてるから」

ヘルパーは小走りにさっきの老女の部屋に入っていった。あの安宅という女は、一日に何度もヘルパーを呼びつけるのだ。そして、すぐ来ないと声を震わせて怒る。杖で叩こうとしたこともあるそうだ。

頭が比較的はっきりしているとき、幸造はいたたまれない思いに苛(さいな)まれる。自分はなぜこんなふうになってしまったのか。弱って、衰えて、醜くなって、何の楽しみもなく、だれの役にも立たないのに、生きていなければならない。認知症の症状が出たときのことも断片的に覚えていて、自分で自分がいやになる。わけのわからないことを言ったり、粗相をしたりして、職員に迷惑をかけたことを思い出すと、死んでしまいたくなる。今もズボンの前が濡れているが、それを放置しているのは自分への罰だ。気持の悪いまま我慢していろと、自分に罰を科しているのだ。

だれかを見舞いに来たらしい三人の女が、ひとつ向こうのテーブルでしゃべっている。

髪を赤く染めた太った女が言う。

「うちの舅(しゅうと)は徘徊はするわ、夜中に大声は出すわで、たいへんやったわ。それが脳梗塞で倒れてから、めちゃ楽になったんよ。脳梗塞さまさまって感じやわ」

化粧気のないやせた女が続く。

「うちもそうやわ。実の父やから悪くは言いとないけど、認知症でトイレの場所がわからんようになって、廊下とか畳の上でジャアってするんよ。もうそら地獄やったわ。それが脳溢血(のういっけつ)で寝たきりなって、オシッコも管を入れてもろたから楽になったわ」

「うちは逆やわ」と、もう一人の眼鏡女が顔をしかめる。

「寝たきりのおばあちゃんに、ケアマネが訪問リハビリを入れたんよ。もう九十三やから、どうせあかんと思てほってたんやけど、三カ月ほどして理学療法士があたしを呼ぶわけ。どうです、部屋に行ってみると、おばあちゃんが立ってんのよ。それでヨタヨタ歩きだして、どうです、こんなに回復しましたって見せるの。あたし、頭に来て言うてやった。何いらんことしてくれてんのよ。おばあちゃんが動けたとき、どんだけ困らされたかわかってんの。ものは壊すし、トイレは失敗するし、寝たきりになって、やっと楽に介護できるようになったのに、アホか言うて即刻クビにしたったわ」

赤毛の女が大きくうなずく。

「新聞でときどき見るけど、『寝たきりゼロ運動』とかやってる人がおるやろ。あんなん自己満足やんな。人間の尊厳がどうちゃら、偉そうなこと言うてるけど、実際の介護はもっと過酷やよね」

「そやそや」と化粧気なしの女も賛同する。

「新聞とかテレビはええかっこ言うてるだけよ。寝たきりやったらこける心配もないし、こっちのペースで介護できるから、ええことずくめよ。介護の世界には、『寝たきり天国』ていう言葉もあるんよ。地獄を見た者にしか天国は見えへんよね」

女たちはやがてそそくさと談話スペースから出て行った。

幸造はテーブルに手をついて立ち上がる。調子のいいときは杖で歩ける。居室にもどってベッドに横になるが、じっとしていられなくて起き上がって、大学ノートに歪んだ文字を書いていく。

『十月二十六日（木よう）
人にめいわくをかけないよう、できるだけがんばて、とおもてきたが、まちがていたらしい。
トシヨリは動かないほうが、いいらしい。
寝たきりになたほうが、みんなヨロコブ。

動けなくなれば、みな心配なくなる。
知之たちもきとヨロコブ。幸太郎もアサミちゃんも　きとヨロコブ』
書きながら、幸造の干からびた頬に冷えた涙が流れる。

## 28

『**認知症の父殴り死なす、息子逮捕**
認知症の父親（89）を殴って殺害しようとしたとして、大阪府警羽曳野署は6日、息子の無職、……容疑者（59）……を殺人未遂容疑で緊急逮捕した。／……父親は意識不明の重体だったが、7日未明に死亡した』(32)

フリーデンスの施設長から電話があったのは十一月二十七日、雅美が幸造に食べさせようと、肉じゃがをタッパーウェアに詰めているときだった。

「ちょっとご相談したいことが」

何があったのか。膨れ上がる不安を抑え込みながら、雅美はフリーデンスに向かった。

施設長室に行くと、施設長が困惑顔で言った。

「実は昨日、五十川さんが同じフロアの安宅華子さんという方のお部屋に、無断で入られまして」

幸造が女性の部屋に入った、またセクハラ問題かと、雅美は全身がざわつく。

「安宅さんが部屋にもどられたら、五十川さんがいたので驚かれたみたいで、ちょっと騒ぎになったんです。安宅さんが大声を出して、五十川さんを泥棒呼ばわりしたので、五十川さんが逆ギレして、相手につかみかかったようで」

「先方に怪我をさせたんですか」

「いえ、五十川さんが杖で叩かれて、頭にコブができました」

それならまだいいと、胸をなでおろす。

「職員が駆けつけると、お二人ともそうとう興奮していたので、とにかく五十川さんをご自分の居室にお連れしました。事情を聞くと、部屋をまちがえただけだとおっしゃるので、それならよくあることですから、これから気をつけてくださいですむんですが、そのあとで、安宅さんが現金がなくなっていると言ってこられまして」

「義父が盗ったということですか」

「断定はできないんですが、現金だけでなく、下着もなくなっていると」

まさか。いくら幸造にセクハラ疑惑があったとしても、高齢女性の下着を盗んだりするだろうか。まして現金を盗るなどとは考えられない。しかし、認知症の症状でそういうこともあり得るのか。

「現金はどれくらいなくなったんですか」

「三万円とおっしゃっています。サイドテーブルに置いてあったのがないそうなんですが、安宅さんはもともと被害妄想的なところもあるので、わたしどももなんとも」

「失礼ですが、その方はおいくつでいらっしゃるんですか」

「九十二歳です」

それなら先方の勘ちがいではないのか。雅美は少し気が軽くなった。証拠がないので決めつけられないが、この件は単に部屋をまちがえたというだけですみそうだ。そう思った矢先、施設長は困惑の度合いを強めて言った。

「職員が駆けつけたとき、安宅さんの衣装ダンスの引き出しが開いていて、そこにはたしかに下着が入っていたというのです。安宅さんは引き出しを開けっぱなしにすることはないので、五十川さんが開けた可能性も否定できない状況でして」

急に目の前が暗くなる気がした。幸造は女性の下着を漁っていたのか。しかも九十二歳という高齢女性の。安宅華子という女性は、幸造を見舞ったときに見かけたことがある。紫色の薄衣を羽織り、顔を白塗りにして真っ赤な口紅をさした奇妙な老女だ。いかにも金持ちそうで、下着も上等なものを身につけていそうだった。幸造はそれを狙ったのか。なんていやらしい。雅美の頭の中で、一気に嫌悪感が膨れ上がった。

「義父の部屋からその方の下着が出てきたのでしょうか」

「部屋をすべて調べさせてもらったわけではありませんが、今のところ見つかっていません」

「でも、義父は下着を物色していたかもしれないんですね。申し訳ございません。ほんとうに何と言ってお詫びをすればいいのか」

頭を下げると、施設長はそれを制して言った。

「まだそうと決まったわけではないので、謝罪していただく必要はありません。ですが安宅さんがずいぶんご立腹で、このままではすませられない、五十川さんを施設から退去させないと、警察に訴えるとおっしゃってるんです」

「退去って、出て行けということですか」

「いえいえ、今の段階でそれはないです。けれど、わたしどもも警察沙汰にはしたくありませんので、ご相談なんですが、安宅さんには五十川さんが退去されたということにして、五十川さんにフロアを替わっていただけないかと思いまして」

「部屋を替わるということですか」

「六階にひとつ空室があるのです。安宅さんも五十川さんも脚がご不自由ですから、ご自分で別のフロアに移動されることはめったにありません。顔さえ合わせなければ、穏便にすませられると思うのですが、いかがでしょうか」

「もちろんそうしていただければ。そもそもは他人さまのお部屋に入った義父に落ち度があるのですから」

雅美が了承すると、施設長はほっとしたようすで話を終えた。

幸造の居室に向かう途中、雅美は冷静に冷静にと、自分に言い聞かせた。すべては認知症のなせる業、義父が悪いわけではない。そう思い込もうとしたが、女性の下着を漁るという行為は、生理的に許せなかった。恥ずかしい、情けない。もういい加減にしてほしい。三階の居室の前に来て、雅美はひとつ深呼吸をした。トラブルのことは話すまい。本人は忘れているかもしれないし、覚えていたらよけいに触れられたくないだろう。

ノックをしてスライドドアに手をかける。できるだけ明るい声を出す。

「お義父さん。雅美です」

幸造はベッドの前の椅子にこちらを向いて座っていた。雅美はとっさに目を伏せた。幸造の頭頂部に大きな絆創膏が貼られていたからだ。おまけに白いネットまでかぶせられている。これを無視するのはいかにもわざとらしい。しかし、絆創膏に触れれば、自ずと怪我のことになり、昨日の事件へと話は進むだろう。どうすべきか。

迷っていると、幸造が先に言った。

「見舞いに来てくれたのか。ありがとう。いつもすまないね」

「いえ……」

幸造はいつになくニコニコしている。雅美は覚悟を決めて言った。

「頭の絆創膏、どうなさったんですか」

「さあ。何かおかしいか」

片手で自分の頭を撫でる。とぼけているのか、忘れているのか。

幸造は昨日のことをどう思っているのか、表情からはうかがえない。

「痛くないんですか」

「痛くはない」

「お変わりないですか」

聞きながら、雅美は考えを巡らせる。もし、本気でセクハラをするつもりなら、ヘルパーに抱きつくとか、お尻を触るとかするのではないか。施設長だって、雅美から見ればただの太った中年女性だが、幸造にすれば肉感的に見えるかもしれない。そういう相手を選ばず、九十二歳の女性の部屋に入ったのは、やはり認知機能が障害されているからか。いや、ヘルパーや施設長を相手にすると、抵抗されたり問題にされたりするのがわかっているから、敢えて力の弱い高齢女性を選んだのか。それなら狡猾なほど認知機能は働いていることになる。それに、安宅華子は九十二歳ながら厚化粧で、衣服も華美で、気持悪いほど女を演出している。幸造はそれに惹かれたのか。

「別に変わったことなど、ありゃせんよ」

力なく首を振り、か細い声を震わせる。雅美は嫌味のひとつも言いたくなる。そんなに弱々しいふりをして、女性の部屋に忍び込む元気はあるんですね、と。

幸造は自分のやったことがどれくらいわかっているのか。聞いてみたいが、やはり聞けない。

「部屋を替わることになったようですよ」

「どうして」

「施設の都合らしいです」

「どんな都合だ」

「わたしもよく知りません」

「こっちの意見も聞かずに、勝手に替えるのは一方的すぎないか」

妙なときだけ理屈の通ったことを言う。これがまだらボケの困るところだ。

「施設にお世話になっているのだから、我が儘を言わないでください。それとも、何か思い当たることでもあるんですか」

思わず聞いてしまう。

「思い当たることとは何だ」

「わたしは知りませんよ」

幸造はほんとうに覚えていないのか、ごまかしているのかわからない表情で雅美を見ている。何度も頭の絆創膏に手をやるところを見ると、怪我の話を聞いてほしいのか。認知症の人が考えていることはわからない。

「今日は肉じゃがを作って持ってきたんです。お義父さん、お好きでしょう」

「頼子がむかし、よく作ってくれた」

「ですよね。お義母（かあ）さんほどうまく作れませんけど、どうぞ召し上がってください」

明るい声で言って、バッグからタッパーウェアの包みを取り出す。幸造はそれを無視して宣言するように言う。

「俺はこの部屋が気に入ってるから、ここにいる」

雅美が手を止め、舌打ちをしかける。しかし、すぐに表情を緩める。

「そんなこと言わないで、ね。施設にもいろいろ事情があるようですから」

「俺は何も聞いてない。俺はこの部屋がいいんだ」

「今度の部屋はもっといいみたいですよ。六階だから見晴らしもいいし」

「高いところは嫌いだ」

顔が引きつる。微笑(ほほえ)まなければと思うがとてもできない。

「もう、困らせないでくださいよ。だいたい、部屋を移らなければならないのは、お義父さんに原因があるんですからね」

しまったと口をつぐんだが遅かった。

「俺に原因って何のことだ」

「だから、いろいろあったでしょう。わかりました。施設長さんにお話ししときます。お義父さんはこの部屋を替わりたくないって。それでいいでしょう。聞いてもらえるかどうかわかりませんけど、とにかく言ってみますから」

とりあえずこの場を収めるために、抑え込むように言った。感情的になったときは話を変えたほうがいい。

「今日の肉じゃが、お義父さんの好みに合わせて、少し甘く煮たんですよ」

包みを開いて、タッパーウェアのふたを取る。幸造はじっと中身を見つめる。

「今、召し上がりますか。それとも夕食のときにしますか。今ならレンジでチンしてきますけど」

幸造はタッパーウェアを手に取り、においを嗅ぐ。食べ物のにおいを嗅ぐのは、雅美がもっとも嫌うマナー違反のひとつだ。思わず顔を背けると、幸造が不満げにつぶやいた。

「頼子の肉じゃがとにおいがちがう」

雅美は振り向いてキッとにらむ。

「そりゃちがうでしょう。お義母さんは料理なんか教えてくれませんでしたから。でも、味はいいはずですよ。どうするんですか。今食べるんですか。食べないんなら冷蔵庫に入れときますよ」

幸造はふたたびタッパーウェアに顔を近づけて鼻を鳴らす。雅美が顔をしかめると、幸造は「うっ」と鼻を押さえて言った。

「犬の餌みたいなにおいがしてる」

「何ですって」

ばね仕掛けのように腕が動き、幸造からタッパーウェアを取り上げた。

「どこが犬の餌なのよ。それならもう食べなくてけっこう。せっかく作ってきてあげたのに、もう金輪際、おかずなんか持ってきませんからね。ここの食事が口に合わないって言うから、わざわざ作ってきてあげたのに、もうぜったいに料理なんかしない。この肉じゃがも捨ててしまいます。そんなことを言われて、だれが食べてもらうもんですか」

雅美はタッパーウェアを逆さに持ち、ゴミ箱の内側にバシバシッと当てて捨てた。怒りが身体中を駆け巡り、自分を止めることができない。

「今日のお肉はお義父さんが食べやすいように、柔らかい上等のお肉を買ってきたんですよ。少しでも栄養をつけてもらおうと思って、カロリーを増やすために砂糖も多い目に入れて、ちょっとは喜んでもらえるかと思ったのに、犬の餌みたいってあんまりよ。下品ににおいを嗅いで、そっちのほうこそ犬みたいじゃない。いつもわたしがどれだけ苦労してるかわかってるの。毎日、一生懸命やってるのに、どうして少しもよくならないの。なぜ少しも楽にならないの。わたしのやってることは全部、無駄だって言うの。わたしは介護で一生を終わりたくない。介護の犠牲になりたくない」

涙がほとばしる。声がかすれる。頭が混乱して、自分で自分を制御できない。

一方、幸造は雅美の突然の激昂に、なすすべもなく茫然と目を瞬いていた。雅美のけたたましい連発銃のようなわめき声は、おそらく単なる音としてしか聞こえず、意味はほとんど汲み取れなかっただろう。

「もう限界よ。情けない。耐えられない。毎日、イライラして、精いっぱいやってるのに、どうして問題ばかり起こすの。少しも何もよくならない。やり甲斐もない。喜びもない。我慢に我慢を重ねても、ただ苦しいだけ。この前、新聞に介護殺人の記事が出てたけど、気持わかるわ。殺したくもなるわ」

雅美が両手で顔を覆うと、突然、幸造が大声を出した。

「わかった。俺が邪魔なんだな。俺がいなくなればいいんだな。よし、消えてやる。行方不明になってやる。俺なんか、しし死んだほうがいいんだ。寝たきりになったほうがいいんだろ。わかってるぞ。と、と、年寄りはみんな厄介者で、迷惑ばかりかけて、負担になるだけなんだろう。はっきり言え。か、か、顔に書いてあるぞ」

「だれもそんなこと言ってないでしょ。わたしがどれだけ恥ずかしい思いをしてるかわかってるの。女の部屋に忍び込むなんて破廉恥な。わたしが頭を下げてきたのよ。警察沙汰になるところだったのよ」

「あ、あ、警察でも何でも呼べ。けけけ刑務所にだって入ってやる。みんなで俺を陥れて、悪者にしようってんだな。よし、俺はもうしし死んでやる。生きている意味がない。今すぐ死んでやる」

さっきまでの弱々しさが嘘のように立ち上がり、大股で壁際まで突き進む。そして、身体をのけぞらせると、反動をつけて壁に頭を打ちつけた。

「あうっ」

悲鳴を上げ、弾き返されたようにその場に崩れる。壁を伝って立ち上がり、またぞろ頭を打ちつけようとする。

「やめて。お義父さん。だれか止めて、助けて」

雅美が幸造にすがりつく。職員が二人駆け込んできて、幸造を後ろから取り押さえた。

「はっはっ放せ。俺は死ぬんだ。頭をたた叩き割って、ししし死ぬ」

幸造の身体が一気に脱力する。職員の一人が部屋の外に向かって叫ぶ。

「すぐ救急車を。早く」

「お義父さん、しっかりしてください」

雅美が駆け寄って幸造の手を握る。その手は乾いて冷たく、まったく力が感じられなかった。

## 二十八

幸造は救急車で最寄りの病院に運ばれた。

意識は救急車の中でもどり、自分で起き上がることもできたが、念のためストレッチャーに寝かされたまま、ＭＲＩの検査を受けた。結果、脳にも骨にも異常はなく、皮膚の裂傷などもなく、単に前頭部にひとつコブが増えただけだった。

幸造はあのとき本気で死のうと思ったのだが、もともと力が弱かったのか、いざというときに怯んだのか、大した衝撃にはならなかったようだ。万一に備えてその日は入院となったが、治療らしいことは何もされなかった。

嫁は病院まではついてきたが、そのあと、いつの間にかいなくなった。何か怒っていたようだが、理由は思い当たらない。自分が何をしたのか、なぜ病院に連れてこられたのかもわからない。ただ、恐ろしいほど深い絶望が、幸造の頭を支配していた。

自分はダメになってしまった。そのことが幸造の意識を占領し、それ以外何も考えられない。食欲もなく、動く気力もない。ただベッドに横になり、まるで死体のように仰臥している。このまま死ねたらどんなにいいか。

翌朝、医師が診察に来て、すぐに退院の許可が出た。午後に嫁が迎えにきて、車でフリーデンスにもどると、部屋は六階に移されていた。幸造にはもうどうでもよかった。嫁も何も言わずに帰っていった。

その日から、幸造はほとんど無言無動になった。食事も食べられず、訪問診療の医師が処方してくれたミルクセーキのような栄養補給剤を吸い飲みで摂るのがやっとだった。おしめをつけられ、昼間もパジャマで過ごすようになった。

それでもときどき気力を振り絞って、オーバーテーブルに大学ノートを広げて日記を書く。それは心の呻きか、悲嘆の叫びだったかもしれない。苦労して文字を連ねるのは、半ば強迫観念からであり、半ば幸造が唯一、生きていることの証だった。

ペンを持つ力はすでになく、鉛筆で力のない読みにくい文字が書き殴られている。字は歪み、句読点はばらばらで、行は乱れ、ぐちゃぐちゃに消されたり、荒々しく斜線が引かれたりしている。

『まいにち　イヤなことばかり　つらい

いきるイミない　アカサタナ　ハマヤラワ　ヘノヘノモヘジ
消えてしまいたい　しにたい
メイワクばかりで　もしわけない
ガマンして　生きていくしかない　わからないことだらけ
ハサミがない　トケイもなくした　耳かきも　どこかへいた
急にワカラナクなる。ジブンがわからない　ボケ老人になてしまた。つらい
現金がない　カネないとこまる　スミマセン
起きても　あさか　ばんか　わからない』

## 29

『**老老介護の日々／家族は疲れ、先見えない**

……新聞を開けば介護に絡む記事もある。……例えば「介護する人は怒ってはいけない」という記述。「そりゃ、そうだろうと思うよ。でもねえ……。こっちの気持ちはどうなる？」』(33)

幸造が壁に頭を打ちつけたのは、明らかに自殺を望む行為だった。幸い大きな怪我にはならなかったが、雅美は深いショックを受けていた。

知之に事情を話すと、意外にも彼は雅美を責めなかった。幸造を自殺行為にまで追いや

ったのは、自分が金切声を上げたせいだと思っていたので、てっきり怒られると覚悟していたが、知之はむしろ雅美の味方をしてくれた。

「君がせっかく作った肉じゃがを、『犬の餌みたいなにおい』って言ったんだろ。そんなの怒って当然だよ」

「でも、それは認知症の症状が言わせたことでしょう。ふつうならお義父さんはぜったいにそんなこと言わないもの。なのにわたしが感情的になって」

幸造は老いて身体が弱り、施設に入れられ、家も売られ、不愉快なことばかりなのかもしれない。そのつらさは、本人にしかわからないだろう。しかし、女性の部屋に忍び込んで、下着の引き出しを開けたなどと言われると、雅美には耐えられなかった。その行為がエスカレートしたらと思うと、居ても立ってもいられなくなる。

「で、その安宅さんという人のほうは、なんとか収まりそうなのか」

「お義父さんがフロアを替われば大丈夫だと思う。お金のことも、どうやら勘ちがいらしいって、あとで施設長さんが電話をくれた」

「なら、下着泥棒もそうなんじゃないのか」

「そっちはわからない。職員が引き出しが開いているのを見たと言ってるから、お義父さんが開けた可能性が高いらしいわ」

「だとしても、たまたまだろう。どの引き出しに下着が入ってるか、親父が知るわけないから」

「たしかにね。でも、わたし心配なの。ケアマネの本村さんの件があったでしょう。フリーデンスにお見舞いに行くときも、わたしいつも緊張してるのよ。部屋だとお義父さんと二人きりだし、個室だし、万一、何かされたらもうお見舞いにも行けなくなると思う」

考えただけで呼吸が乱れた。知之は反論せず、じっと耳を傾けてくれた。夫は自分の気持を理解してくれている。雅美はそう感じた。彼は父親が妻に迷惑をかけていることをすまなく思っているのだろう。同時に父親のことも心配している。妻も大事、親も大事。親の認知症は困るけれど、それは親が悪いわけではない。だからと言って、妻につらい介護を押しつけるのも申し訳ない。しかし、自分が仕事をやめて介護をするわけにもいかない。知之は身動きの取れない状況で、どうしようもなく悩んでいるのだ。

その後も知之はずっと考えていたようだが、一週間ほどしてようやくこの件について口を開いた。

「もう一度、和気先生に相談してみないか」

二人が豊中市の和気クリニックを再訪したのは、前回から二カ月半ほどたった十二月の中旬だった。和気は例によってピンクのポロシャツに、白いセーターという出で立ちで二人を迎えた。

「その後、お父さまはいかがですか」

サロン風の診察室で、雅美はフリーデンスでの一件を報告した。感情的になってしまい、自分の不満や嘆きをぶつけたことも正直に話した。

「この前、先生からトラブルがあっても受け入れることが肝心と言われていたのに、わたし、感情的になってしまって、言ってはいけないことまで口走ってしまったんです。先生からご覧になれば最悪な対応だったと思います」

「そんなことはないですよ。今までよくがんばってこられましたね」

ダメ出しをされると思っていたのに、逆にねぎらわれて、雅美は胸に熱いものが込み上げた。

「この前は、私も五十川さんご夫婦にうまくお話しできなかったと思います。きれい事というか、机上の空論みたいになってしまって、あまりお役に立たなかったでしょう」

「そんなこと、ありません」

否定したが、たしかにそのきらいはあった。

「今日はもっと具体的にお話ししようと思います。その前にひとつ聞かせてください。雅美さんはお義父さまの介護で、何か恐れているというか、不安に思っていることがあるのではないですか」

「セクハラ行為です。それだけはどうしても受け入れられなくて」

「なるほど。ケアマネージャーさんとの一件もお話しされてましたね。具体的に危機感を持ったことはあるのですか」

「それはありませんが」

「なんとなく不安というわけですね。前に認知症の人が起こすトラブルは拒絶せずに受け入れることが肝心と申しましたが、何でも受け入れろということではないんですよ。いやなことは拒絶していいんです。ただ拒絶の仕方をね、上手にしてあげる必要はあるかもしれません」

「どうするんです」

「たとえば、触られそうになったら、笑顔で『冗談はやめてくださいよ』と言いながら身をかわすとか、亡くなった奥さまの写真を部屋に置いておいて、『奥さんが怒ってらっしゃいますよ』と言うとか」

なるほど。姑の写真は効くかもしれない。さっそく用意しようと雅美は心づもりをする。

「セクハラ行為に対する不安は、みなさんけっこう多いんです。特にお嫁さんがお舅さんを介護している場合ですね」

「そうなんですか」

「多いのが、自分で不安をどんどん膨らませてしまうパターンですね。そうなるとちょっと目が合っただけで防御姿勢を取ったり、下の世話でも異様に緊張したりして、かえって相手を刺激してしまうんです」

「わたしが過剰に反応しているということでしょうか」

「それはわかりません。ひとつ言えるのは、あまり考えすぎないほうがいいということです。セクハラ行為を恐れる女性は、まじめで潔癖な人が多いんです。でも相手は認知症ですから、まともに受け止める必要はないんですよ」

「いくら認知症でも、抱きつかれたりしたら、わたし、我慢できるかどうか」

「抱きつかれたことがあるのですか」

「いえ……」

「起こってもいないことを考えだすと、不安はどんどん膨らみます。起こったらどうしようと考えるより、起こらないようにする方法を考えましょう」

それこそ雅美の聞きたいことだ。和気は穏やかに続ける。

「まずはふだんから身構えないことですね。こちらが意識すると、相手にも伝わりますから。それと心の準備です。多少のことは大目に見てあげるつもりになっていれば、落ち着いて対処できます。平気な顔をしていると、相手もつまらないのです。驚いたり騒いだりすると、よけいに行為を誘発します。小学生が好きな女の子に意地悪をするように」

認知症のセクハラは小学生レベルということか。相手を小学生だと思えば、嫌悪感も少しはましになるかもしれない。

「それから、セクハラ行為も介護者に対する一種の復讐の可能性があります。前にも申しましたね。認知症患者がつらい思いをさせられることへの反発として、無意識に介護者が困ることをしてしまう。お義父さまが施設で問題を起こしたのも、それかもしれません。逆に、認知症の患者さんがいい気持でいるときは、復讐しようという気になりません。自分が大事にされているとか、家族の一員として尊重されているときですが」

「お義父さんのことは大事にしてるつもりですが」

「そうですね。肉じゃがを持っていってあげたのもそうですもんね。でも、精神的なものも必要なんです。具体的なお話をしますね」

和気は教会の神父のように慈愛を込めて語った。

「私が訪問診療で診ているある患者さんですが、同居している息子さんの名前もわからないほどの認知症なのに、実に穏やかに暮らしています。介護しているのはお嫁さんです。彼女はお舅さんの身体の病気は心配しますが、認知症は治そうとしていません。粗相をしたり、夜中に歩きまわったりすることもありますが、常に甲斐甲斐しく世話をしています。頭が下がるほど健気なので、どうしてそんなに優しくできるのですかと聞いたんです。そしたらお嫁さんはこんなふうに答えました。自分たちが若いころ、おじいちゃんにはずいぶん親切にしてもらったんです。いろんな面で助けられたし、支えにもなってもらいました。だから、今はその恩返しなんですと」

雅美の胸に複雑な思いが湧き上がる。重苦しいような、つらいような、切ない気持。

「そういう気持で介護をしていると、少々のことは苦にならないそうです。むしろ、介護でお返しができてありがたいともおっしゃってました。お舅さんからすれば、いくら重い認知症でも、自分が感謝されていることはわかるでしょうし、敬意を払われていることも感じる。それは決していやな気分じゃないでしょう。であれば、今の状態を壊さないようにしたいという本能が働く。お嫁さんを困らせる行動も自ずと減るというわけです。認知症ですから、ゼロにはなりませんが、無意識にブレーキがかかる。だから、良好な関係になるのです」

自分も知之も、幸造を大事にはしてきたが、そこまでは思っていなかった。事故やトラブルの心配ばかりして、幸造自身に向き合ってこなかった。横を見ると、知之も同じことを感じているのか、神妙な顔で膝頭を握りしめている。

「わかりました。わたしたち、お義父さんのことを大事にしているつもりで、結局は自分たちのことしか考えてなかったんですね。もう一度、二人でよく話し合ってみます。ねえ」

同意を求めると、知之も深くうなずいた。

## 二十九

「ずっと寝たままでいると、ほんとうに寝たきりになりますよ。ちょっと起きてみましょう」

立ち襟の丈の短い白衣を着た男が、幸造の背に手を差し入れる。施設専属の理学療法士だと名乗った。年齢はまだ二十代後半くらいだろう。

幸造は男に支えられてベッドから下りる。床に足が着いた途端によろめく。

「おっと。どうしました。立てませんか」

そのままベッドに座り込む。

「立てないことはないでしょう。ほら、もう一度。大丈夫。怖がらなくていいです」

だれも怖がってなどいない。息が乱れ、やせた首の皮膚が震える。

「立ち上がって、歩いてみてください。右足、左足。どうしたんです。できないんですか」

そんなに早く言われてもできない。思いは乱れるが、言葉にならない。

「自分でがんばらないと、元気になれませんよ。せっかくお嫁さんがリハビリの手配をしてくれたのに、本人がやる気がないとどうにもならない。自分のことでしょう」

幸造の表情は動かない。男の言葉はただの音になり、口が無意味に動いているだけに見える。

男は幸造をベッドに座らせ、あとは黙って関節の曲げ伸ばしや筋肉のマッサージを続けた。機械の整備をするような単調な動きだ。頭ではほかのことを考えているのだろう。

「そろそろ時間です。今日はこれくらいにしましょう」

男がクリップボードに何やら記入し、「印鑑、お借りします」と言って、引き出しから認め印を取り出した。幸造はそちらに目を向けもせず、彫像のように座っている。

ヘルパーが入ってきて、「ちょうどよかった」と明るく言った。

「今日はシーツの交換日なの。手伝ってくれない。五十川さんはひとりで立てないから」

「この前は立てたでしょ」

「急にダメになったのよ」

四十代らしい太り肉のヘルパーは、男を急かして幸造を立たせる。

「顔もぜんぜん表情がないわね」

「仮面様顔貌って言うんですよ。パーキンソン病とかでよくなる症状。重力で顔が下がるんだ」

「治らないの」

「まあね」

二人はまるで幸造がそこにいないかのように話す。ヘルパーは手慣れた動作でシーツを剝ぎ、新しいシーツに敷き替える。

「終わりましたよ。どうぞ、横になってください」

男が倒れ込むようにして幸造を寝かせる。

「これでよしと。一日中寝てるのね。絶対安静だから、長生きするでしょうね」

そう言い残して、ヘルパーは男と出ていく。幸造はじっと天井を見ている。

…………

どれくらいたっただろう。幸造はゆっくりと顔を窓に向ける。空が赤い。毛布を下に押し下げ、ベッドの上に起き上がる。手すりを持って、慎重に足を下ろす。呼吸を整えて、一歩踏み出す。歩ける。杖がなくてもよろけない。窓辺に近寄る。猛烈な夕焼けだ。血のように赤い空に、金色の雲が折り重なっている。思わず目を奪われる。

赤と金色の渦巻きが、幸造の脳裏にある情景を浮かばせる。街を焼き尽くす業火。巻き起こる炎。阪神・淡路大震災の火事の映像だ。それを見たときの衝撃、畏怖。音声の消えたフィルムのように幸造の頭をよぎる。これはたいへんなことになる。ガスの供給はすぐ止まるだろうが、復旧工事には膨大な時間と人手が必要だ。不眠不休の作業。全国から何千人もの応援部隊が駆けつけた。倒壊したビル、裂けたアスファルト、瓦礫の山の横で、ガス管を掘り出し、点検し、修理する幻影が浮かんでは消える。水没、泥沼、道路封鎖、焼け焦げたトタン、住民からおにぎりの差し入れ、嬉しかった、チリメンジャコの醤油漬けのおにぎり。

ガスは調理だけでなく、風呂にも暖房にも使われる。だから復旧は急を要す。だが、拙速は爆発の危険を伴う。幸造の脳にしみ込んだ想念。被災地のガス復旧宣言が出たときの喜び。人々の歓声、お礼の言葉、すべてが渾然となり、走馬灯のように脳裏を巡る。遠いむかしのように、つい昨日のことのように。

夕焼けはとっくに消え、真っ暗な冬の夜空には星も月も出ていない。

……俺の人生。

暗闇を見つめながら、幸造は微笑んでいる。

30

『悩みのるつぼ／認知症になっても笑顔でいたい
回答者　社会学者　上野千鶴子
過去と未来がなくなって現在だけに生きる認知症高齢者は、現在だけがある子どもと同じ。……死を思わずに毎日を暮らせるのは、人生の最期の日々に神が与えた恵み、とすら呼ぶ人もいます』(34)

幸造が壁に頭を打ちつけてから、しばらく雅美はフリーデンスに行かなかった。代わりに知之が休みごとに訪ねたが、幸造は眠っているか、起きていてもほとんど無反応かのどちらかだった。

雅美が久しぶりにフリーデンスに行ったのは、クリスマスも終わった十二月二十八日の午後だった。知之といっしょに行ったのだが、居室のドアを開けると幸造はやはり眠っていた。

「前に来たときもこうだった。日中でも寝てることが多いらしい」

知之は軽く肩をそびやかした。パイプ椅子を出して、二人で並んで座る。幸造はわずかに顎を突き出し、口を開いて寝息を立てている。まばらな無精髭が伸び、頬は乾いてこけている。眉間には歪んだような深い皺。それを見て知之がつぶやく。

「親父はこのまま目を覚まさないほうがいいのかもしれないな」

「どうして」

「そのほうが楽だろう、本人も僕たちも」

たしかに幸造が元気を失ってからは、トラブルや怪我の心配もほぼなくなっている。しかし、このままではかわいそうだと雅美は思う。義父にはもっと言いたいこともあったろうし、伝えたいこともあったろう。幸太郎や麻美の行く末だって気になっていたはずだ。それを何もわからないまま終わらせるのは不憫な気がする。

二十分ほど待ってみたが、幸造は起きる気配がなかった。知之が何度か呼びかけたが、わずかに寝息が乱れる程度で、目を開けるまでには至らない。

「今日は帰ろうか」

「そうね」

二人は差し入れに持ってきたウエハースをサイドテーブルに置き、メモを書いて部屋を出た。

帰りの車の中で、雅美が言った。

「お義父さん、どんな気持でいるのかしら」

「さあな。認知症の人の気持は、認知症の当人にしかわからないんじゃないか」

「お義父さんにはどうしてあげるのがいちばんいいのかしらね」

ため息をつきながら自問する。知之が半ば冗談めかして答えた。

「そりゃ若返らせて、もとの元気な親父にもどしてやるのがいちばんだろう」

年末の太陽が低く差し込む。

夕暮れまでにはまだ間があった。雅美はかつての幸造を思い出した。温厚で親切だった幸造。だから、義父に会うのは苦ではなかった。電動自転車をプレゼントしたときの喜びよう。散歩が好きで、喫茶店巡りが趣味だった。いつも知之たちや孫のことを気にかけ、家族を大事にしていた。頼子に先立たれたときの悲しみようは、傍で見るのもつらいほどだったが、なんとか立ち直り、独り暮らしを続けてくれた。こちらに迷惑をかけないようにと気を配り、我が儘も言わず、慎ましやかに暮らしてくれた。

それが散歩で迷子になり、駅の線路内に入り込んだり、土鍋を焦がしたりするようになって性格が変わった。頑固になり、意固地になった。しかし、それは自分たちのせいではないのか。車の運転をやめさせようとしたり、認知症の診察を受けさせようとしたりして、プライドを傷つけた。嘘の家出は、幸造なりの反逆だったのかもしれない。

今から思えば、自分たちは認知症の影に怯えて、先まわりの心配ばかりしていた。ケアマネにセクハラ行為をしたり、錯乱して化粧品を顔に塗りたくったり、自力で車を動かそうとしたりしたのも、自分たちがよけいなストレスをかけた結果かもしれない。まともな義父なら、そんなことをするはずがない。

そう思ったとき、ふとずいぶん前の幸造の言葉が甦った。

——そんなふうに言ったら、雅美さんがかわいそうだろ。

頼子に向けた言葉だった。姑の頼子は、もともと雅美と知之の結婚にあまり賛成ではなかった。理由は雅美の両親が離婚していたからだ。親が離婚していたら、娘も離婚に走りやすいのではないか。その危惧がつい口に出た。

――雅美さんは、お母さんみたいにならないでよ。

そのとき、幸造がいつになく強い口調で頼子をたしなめたのだ。両親の離婚はわたしのせいではないし、わたしにもつらい出来事だった。それをそんなふうに言われて、動揺しかけたとき、間髪を入れずに味方になってくれたのだ。嬉しかった。涙がこぼれた。義父が何も言わなかったら、きっと頼子を嫌いになっていただろう。姑とうまく過ごせたのも、幸造のひとことがあったからだと、今さらながら思う。

どうして忘れていたのだろう。泣くほどありがたかったのに、目の前のことにばかり心を奪われて、大切なことを見失っていた。先々の心配ばかりにかまけて、かけがえのないものを忘れていた。わたしはなんて浅はかだったのか。

ほかにもいろいろなことが思い出された。結婚して間もないころ、雅美たちには贅沢なレストランの食事に連れていってくれたり、雅美がしつこい風邪で寝込んだときには、体質改善のための漢方薬を手に入れてくれたりもした。幸造は愛情の深い人だった。人の嫌がることは言わず、料理でもアクセサリーでも髪型でもいつもほめてくれた。

正面から照りつける西日が、雅美の視界を眩ませた。知之も左手をかざしながら運転している。

「わたしたちは若いころ、お義父さんにずいぶん世話になったわね。これからなんとか恩返しをしないとね」

独り言のように言うと、知之は一瞬、助手席に視線を向け、すぐ前方にもどした。

「ありがとう。でも、どうやったらできるかな。今のままじゃむずかしいと思うけど」

「そうね、たしかに」

どこかで覚悟を決めなければならない。でも、いったいどんな覚悟をすればいいのか。

## 三十

正月三が日にはフリーデンスにも見舞いに来る家族が多い。晴れ着で来るので、施設は華やいだ雰囲気に包まれる。しかし、三が日を過ぎると、またもとの閑散とした日常がもどってくる。

幸造はここ二カ月ほどで急に老け込んでしまった。髪は減り、眉も白髪になって、頬は血色を失い薄く垂れた。髭は週に一度、ヘルパーが電気カミソリで剃ってくれるが、あちこちに剃り残しがある。弱々しく、表情に乏しいほとんど寝たきりの老人、それが今の幸造だ。

知之と雅美は以前より頻繁に見舞いに来て、居室に花を飾ったり、アップルマンゴーを買ってきたりしたが、幸造はほとんど反応しなかった。

「お義父さん、何かしてほしいことはありませんか」

雅美が訊ねても、首を振るばかりだ。雅美がだれかもはっきりとわかっていない。

「僕らは若いころ、父さんにずいぶん世話になったから感謝してるよ。今さらみたいだけど」

知之の顔はわかる。たぶん息子だ。いつどこで生まれたかはわからないけれど。

「わたし、お義母さんにきついことを言われたとき、お義父さんがかばってくれて、ほんとうに嬉しかったんです。そのときのことを思い出すと、今でもありがたくて」

わからない。ただ、いやなことを言われているのではないのはわかる。幸造はウンウンとうなずく。

自分が自分でないような気がする。今日が何日で、今がいつで、ここがどこかもわからない。しかし、わかっていないこともわからないので、情けない気分になることはない。喜びもない代わりに不快もない。ときどきされる痛いこと——リハビリや着替えで関節を曲げられること——のときに、顔をしかめるくらいだ。食事は刻み食になったが、味もわからなければ、何を食べているのかもわからない。出されたものをただ咀嚼(そしゃく)し、口に溜め、茶やみそ汁で流し込む。摂取量は二割から三割。

そんな幸造に、二月一日の朝、激痛が襲った。尿が出なくなってしまったのだ。尿閉(にょうへい)と言われる状況で、いくらがんばっても排尿できず、おしめは乾いたままで、膀胱はソフトボールのように膨れていた。仰向けのまま脂汗を流している幸造を見て、職員はすぐに訪問診療のクリニックに連絡した。駆けつけた医師は、尿道にカテーテルを挿入し、膀胱に溜まった尿を出した。排泄された尿は六百ミリリットル。

「つらかったでしょうね。カテーテルを入れるとき、膀胱の手前に抵抗があったから、たぶん前立腺肥大でしょう」

医師は施設長にそう説明した。今回はカテーテルは抜くが、尿閉が再発するようなら、留置カテーテルを入れたほうがいいだろうということだった。

その日は順調におしめに排尿できたが、翌朝、ふたたび尿閉になった。医師は先端に小さな風船のついたバルーンカテーテルを入れ、挿入後に風船を膨らませて抜けないようにした。これで尿はすべてベッドサイドに吊るした尿バッグに出る。

見舞いに来た雅美がいたわるように聞いた。

「オシッコの管は気持悪くないですか」

「大丈夫」

そう答えたが、幸造には何のことだかわからない。

「わたしたち、できるだけお義父さんの意に添うようにしたいと思ってるんです。何かしてほしいことはありませんか」

聞かれても、質問の意味がわからない。このよく来る女の人は、何を言いたいのかわからない。ときどき、イヤな気分がよみがえる。そんなときは壁のほうに寝返りを打つ。

「今日はこれで帰ります」

淋しげな声が聞こえて、女の人は出ていく。少しかわいそうな気もするが、その気持も風に吹かれる砂絵のように消えてしまう。

二月十二日、幸造の八十歳の誕生日は振替休日の月曜だったので、知之と雅美がケーキを持って祝いに来た。

「誕生日おめでとう。おめでとうございます。大台に乗りましたね」

「お義父さん、おめでとう。傘寿(さんじゅ)だね」

二人は笑顔で祝ってくれたが、幸造には意味がよく理解できなかった。ただ、よいことがあって、みんなが喜んでいることだけはわかった。

その後、しばらく雅美はフリーデンスに来なかった。幸造は職員に聞いてみた。

「ここによく来ていた、あの女の人は、どうしたんです」

「お嫁さんですか。息子さんの入試だっておっしゃってましたよ」

幸造は考える。あの女の人はよく知っているが、だれだか思い出せない。入試云々もわからない。それでも落ち込むことはない。わからないことがふつうになっているからだ。

二月二十五日の日曜日、知之夫婦と孫の幸太郎が訪ねて来た。幸造は孫の顔をじっと見つめ、力なく笑う。孫が弾んだ声を出す。

「ジイジ、ずっと見舞いに来れなくてごめんね」

幸造は孫から目を逸らす。

「幸太郎は昨日、受験が終わったんです。よくがんばったんですよ。ほめてやってください」

女の人が何か言っている。優しい声だから怒っているのではなさそうだ。幸造は孫を見てしゃがれた声で言う。

「そうか。ヨカッタ、ヨカッタ」

「幸太郎は僕と同じ薬剤師になってくれるみたいなんだ。薬学部を受けたから。まあ、合格すればの話だけど」

知之が嬉しそうに言う。

「そうか。ヨカッタ、ヨカッタ」

「お義父さん。今日は薄手のダウンベストを持ってきたんですよ。まだ寒いでしょう。ちょっと起きて着てみますか」

女の人が一歩近づいたので、幸造は身を強ばらせる。電動でベッドの背もたれがゆっくり上がる。オレンジ色のふわふわしたちゃんちゃんこのようなものをあてがわれる。

「腕を通してください。背中を浮かして、そうです。どうですか」

どうということもない。しかし、返事を待たれているようなので答えた。

「そうか。ヨカッタ、ヨカッタ」

みんなが笑い、幸造も弱々しく笑う。孫が知之に聞いた。

「ジイジ、わかってるのかな」

「わかってるさ。喜んでるだろう」

「でも、なんかおかしい」

苦笑いしている孫に、知之が言った。

「おまえも俺も長生きしたらこうなるのさ。『年寄り笑うな行く道じゃ』って言うだろ」

女の人が上体を近づけて微笑む。

「今、お義父さんに喜んでもらえることを考えてるんです。楽しみにしていてくださいね」

「雅美、まだ早いだろ。どうなるかわからないのに」

「大丈夫よ。ねえ、幸太郎」

「たぶん。でも、わからないけど」

三人が何か話している。……雅美。そうだ、嫁の雅美だと思い出す。何かあったような気がするが、はっきりと思い出せない。

「じゃあ、これで帰るね。また来るから」

知之が言って、三人は居室を出ていった。幸造は仰向けに横たわり、天井を見つめる。何かあっても思い出せない。考えると疲れる。だから、忘れる。そうすれば自然と眠くなる。眠れば心を煩わせることもない。

それからしばらくたった三月七日、夜になってから知之と雅美がやって来た。いきなり扉が開いたので、幸造はベッドの上でブルッと身体を震わせた。

「お父さん。幸太郎が岡山大学に合格しました」

「今日、発表があったんです。それでお義父さんに大事なお知らせを言いに来たんです。

早く来ようと思ったんですけど、知之さんといっしょのほうがいいと思って、夜まで待ってたんです」

女の人が早口で言う。まだだれか思い出せない。言うことも聞き取れない。それでも怒ってはいないようすだ。

知之がゆっくりと話してくれる。

「幸太郎は、四月から、岡山に下宿するんだ。それでお父さんに、うちに来てもらおうと思って」

「ああ……」

よくわからない。女の人が知之と同じように話すスピードを緩める。

「幸太郎が下宿するんで、部屋が空くんです。幸太郎に頼んだら、お義父さんに使ってもらって、いいと言ってくれたので」

「……そうか」

「父さんを、うちに引き取るのは、雅美が、考えてくれたんだ」

知之がひときわ大きな声で言う。ああ、雅美だった。雅美、雅美、忘れないようにしよう。

「父さん、わかってる？」

「わかってる。雅美さんだろ」

「四月から、どこに行くの」

「……さあ」

「あなた、そういう聞き方をしたらいけないって、和気先生が言ってたでしょ」

雅美が知之に言い、幸造に顔を向ける。

「四月から、うちへ来てくださいね」

「ウン、ウン」

「わたし、一生懸命、お世話しますからね」

「ウン、ウン」

幸造はうなずいてから、困惑して笑う。いったい何が起こっているのか。わからないが、とにかくだれも怒っていない。だから、たぶん大丈夫なのだろう。なんとなく嬉しい気分になって、幸造は「ははは」と笑った。

## 31

『大介護時代／家で暮らす／ともに生きる　悩みながらも

「ますますお年寄りが増える時代になる。介護って、みんなに関係してくるからね」』(35)

四月八日、日曜日。

雅美と知之は、幸造を自宅のマンションに連れて帰った。居室は幸太郎が使っていた奥の洋室。部屋には介護用ベッドを入れ、紙おしめ、使い捨てのゴム手袋、タオルと消毒用アルコール、洗面器とバケツ、防水シートなど、介護に必要なものを取りそろえた。

幸造はフリーデンスにいる間に要介護の再認定を受け、要介護4になっていたので、月曜から土曜まで毎朝ヘルパーに来てもらうことにした。身体介護で、便の処置と洗顔と身体の清拭をしてもらう。週に二回訪問入浴を頼み、組み立て式の湯船で幸造を風呂に入れてもらう。介護費用はヘルパー代が月に約一万円、訪問入浴が月八回で一万円。それに在宅訪問診療が、月二回の診察と緊急時の対応を含めて一カ月六千五百円余り。合計二万七千円前後が幸造の介護に必要な経費だった。別に食費や光熱費がかかるとしても、フリーデンスにいたときの月十六万円よりはかなり割安だ。

尿道に入れた留置カテーテルの管理は、訪問診療の医師がしてくれる。雅美がしなければならないのは、毎朝、尿バッグのコックを開いて溜まった尿を捨てることだけだ。

日曜日はヘルパーが来ないので、知之が便の処置をした。やり方はネットの記事やYouTubeの動画で覚えたようだ。はじめは時間がかかっていたが、一カ月半ほどすると慣れて、手際よくできるようになった。

「においとか、大丈夫?」

雅美が聞くと、知之は余裕の表情で答えた。

「鼻で息さえしなければ、ぜんぜんオッケー」

「でも、見た目は変わらないでしょ。吐きそうにならない?」

「それも慣れるさ。はじめはウッとなったけど、今はまったく平気。考えたら、自分だって同じものを出してるんだからな」

そう簡単に割り切れるものだろうか。雅美の疑問に構わず、知之はしみじみと続けた。

「それにこのごろ思うんだ。自分の父親の世話ができるというのは、ありがたいことじゃないかってね。和気先生も言ってただろ。舅の介護を上手にしてるお嫁さんの話。僕も育ててもらった恩返しができてるんだから、幸せなことだよ」

ものは考えようなんだなと雅美は感心する。

「じゃあ、わたしも便の処置の仕方、覚えるわ」

知之はいいと言ったが、夫が不在でヘルパーもいないときに便が出ることもあるのだからと、雅美はネットで勉強したあと、何度か知之が処置をするのを手伝った。

それ以外にも、日常の介護はほとんど雅美が担うことになった。食事の世話、水分補給、着替え、居室の掃除やベッドまわりの整頓、洗濯にゴミ出し。ほかにも部分入れ歯の掃除、髭に電気カミソリを当て、靴下のゴムを調整したりもした。パジャマはマジックテープで留める介護用のものを買い、尿の管が出せるように、雅美がアレンジして切れ目を入れた。袖もマジックテープで開くようにして、関節の硬い幸造が腕を曲げ伸ばししなくても着替えられるようにした。

幸造は完全に寝たきりではなく、尿バッグを腰にぶら下げて立つこともできた。介助すればゆっくり歩くこともできる。それでときどきベランダまで連れて出た。天気がいいと、外に置いた椅子に座って景色を眺める。何を見ているのかはわからないが、放っておいたらいつまでもそこにいそうなくらいじっとしている。ここは住み慣れた家ではないけれど、いつも雅美がそばにいて、夜には知之が帰って来る。幸造のことをよく知っている人間が身近にいるので、安心しているようだった。

麻美は高校二年になり、はじめは祖父との同居に戸惑っていたが、すぐに慣れた。登校時と帰宅時には、幸造の部屋に顔を出して挨拶をする。「行ってきまーす」「ただいまー」と言うだけだが、幸造は嬉しそうな顔をする。

幸造の介護は、はじめに予測していたよりずっと順調だった。これならもっと早く引き取ってもよかったと思うくらいだったが、もちろん、トラブルもなかったわけではない。

七月のはじめに幸造が下痢をしたときには、一日に三度も四度も排便があり、ベッドの防水シートを越えてまで汚れが広がった。知之がいないときだったので、雅美は処置の練習をしておいてよかったと思った。麻美が帰ってきたので助けを求めると、彼女は思いのほか冷静で、顔色ひとつ変えずに雅美の指示をてきぱきとこなした。

「麻美、ママよりしっかりしてるね」

処置を終えたあと、雅美は額の汗を拭いながらつぶやいた。いつの間にか子は成長し、自分は徐々に老いがはじまっている。

幸造が風邪をひいて三十九度の熱を出したときには、錯乱して診察に来た医師に激しく抵抗した。

「何をする。やめろ！　いらんことをするな」

目を血走らせて聴診器をはねのける。雅美が制しようとすると、「うるさい。おまえは黙っとれ」と怒鳴った。

「はいはい。大丈夫ですよ。これで熱が下がりますからね」

医師は慣れたもので、平然と受け流して肩に解熱剤の注射をした。汗をかいて熱が下がると、幸造は何も覚えておらず、催眠術から目覚めたかのように茫然としていた。

認知症の幻覚もあるようで、ときどきおかしなことを言った。

「昨夜、頼子が来て、いっしょに炬燵でミカンを食べたよ」

「そうですか。よかったですね」

幻覚は否定してはいけないと、和気医師に言われていたので話を合わせる。

「天井の隅に小さな女の子が浮かんでるんだが、下りて来いと言ってやってくれんか」

「わかりました。あとで言っときます」

否定せずに聞いていると、幸造は機嫌のいい顔になる。

ガス管の修理をしているつもりになっていることもあった。ティッシュペーパーを丁寧に畳んで、オーバーテーブルにパズルのように並べて言う。

「こうしておくとな、ガスもれのときに検知器のブザーが鳴るだろう」

「そうなんですか」

「俺が考えたんだ。ガスメーターの復帰ボタンはキャップをはずして、ぐいと奥まで押して三分ほど待つんだ」

仕事で得た知識は認知症が進んでも忘れないようだった。

あるときは食事の途中で笑いだし、ご飯を噴きこぼしてしまった。

「どうしたんですか」と聞くと、「おかしいんだよ。笑いのツボがあるのかな。あははは。自分でも、何がおかしいのか、わからない。だけど、笑えてきて。わははは」と声をあげて笑う。その屈託のない表情に、雅美もつられて笑う。

「お義父さん。ご飯粒、こぼしてますよ」

笑いながら、幸造の口元に布巾を当てる。口から飛び出たご飯粒を汚いと思うのに、なぜか笑えてしまう。雅美は自分が変わったなと思った。以前なら、眉間に皺を寄せて、掃除のことばかり考えていた。今はご飯粒くらいどうということもない。ちょこちょこと片づけたら終わりだ。

## 三十一

今、自分がどこにいるのか。幸造はわからないし、わかろうとも思わない。身体が弱り、自由がきかず、何か困ったことが起こっているようだが、それもどうということはない。ただ静かに時間が流れているだけだ。

「お義父さん、今日は暖かいですよ。ベランダに出てみます？」

親切な女の人が声をかけてくれる。杖と女の人の支えでベランダに出て椅子に座る。真っ青な空に眩しい太陽が輝いている。

「気持いいですね。十一月とは思えないくらい。インディアンサマーって言うんですね」

女の人が空に向かって両手を広げる。目の前にはおびただしい家やマンションが広がっている。幸造はただ眺めているだけで、意味も差異も感じていない。

今はいやなことをされることもなく、焦ったり、がんばったり、慌てたりする必要もない。叱られたり、怒鳴られたり、ため息をつかれることもない。ただ言われるがままになっていればいい。それでいいのかどうかもわからないが、みんな笑っているから、きっといいのだろう。

今はつらいことも心配も何もない。

## 32

『折々のことば　**鷲田清一**

人生を模糊たる霞の中にぼかし去るには耄碌状態が一番よい。／森於菟

……死は「夢のつづき」であるばかりか「望みうる唯一の生」かもしれないと、森鷗外の長男の医学者は言う』(36)

ある日曜日の午後、知之がフリーデンスから持ち帰った段ボールの中に、幸造の日記らしいノートがあるのを見つけた。読みにくい字で細々と書いてある。二重線で消したり、バツをつけたり、破ったりしたようなページもある。

「親父はこんなものを書いてたんだ」

知之は興味深そうにページを繰った。途中で思いついたように、中宮の家から持ってきた仏壇を調べ、引き出しの奥から別の大学ノートを見つけ出した。知之はダイニングテーブルに片肘をつき、眉間に皺を寄せて読みはじめる。

「わたし、買い物に行ってくるわ。お義父さんは寝てるみたいだから」

雅美は車で近くの家電量販店に行き、ついでに介護用品店にも寄った。久しぶりに街に出たので、ウィンドーショッピングをしているうちに時間がたってしまった。帰ったのはもう夕方近い時間だったが、知之はまだダイニングで父親の日記を読んでいた。

「遅くなってごめんね。すぐ夕飯の用意するから」

「ああ」

なんだか深刻そうな返事だった。

夕飯はいつも幸造の分を先にすませてから、家族の食事になる。麻美が早々に食べ終えて自分の部屋に行ったあと、知之も食事をすますと、またぞろ幸造の日記を開いた。

「どんなことが書いてあるの」

「まあ、いろいろと」

　雅美が食器を片づけ、ほうじ茶をいれて知之の前に座った。ページを繰っていた知之が、顔をあげて深いため息をついた。

「俺たちは親父の認知症を心配して、あれこれ気を揉んできたけど、親父は親父でつらかったみたいだな」

「そう書いてあるの」

「若かったときのことを懐かしんだり、健康維持のために努力したり、俺たちに迷惑をかけないようにいろいろ我慢してたみたいだ。身体が衰えていくことの情けなさとか、認知症の不安とか、落胆とか淋しい思いとかも書いてある」

　知之はページをめくって、目についたところを何カ所か読み上げた。

「自分が一日一日ダメになっていく。……だれも助けてくれない。がんばるしかない。……どうしていいのかわからない。……ボケジジイになてしまた。……寝たきりになたほうが、みんなヨロコブ……」

「なんだかかわいそうね」

「でも、後ろのほうでもわりとまともなことを書いてるんだ。まだらボケで、ときどき頭がはっきりするんだろうな。それがかえって残酷な気がするけど」

「じゃあ、今みたいに認知症が進んだほうが幸せなの。だったら、わたしたちが一生懸命、悪化しないようにと努力してきたのは何だったの」

「僕たちは親父のことを大事にしているつもりで、結局は自分たちの都合しか考えてなかったのかもしれないな」

知之が疲れた顔で頬杖をついた。雅美は唇を噛み、首を縦にも横にも振らなかった。

幸造のまだらボケは、その後もときどき現れた。完全にまともになるわけではないが、ふつうに近い会話ができることもある。

雅美は昼間は幸造と二人きりになることが多かった。セクハラの心配も、自分が意識しなければ幸造もその気配を見せなかった。以前、フリーデンスの施設長が言ったように、老化が進んでエネルギーが枯渇したのかもしれない。

十二月の声を聞くようになると、幸造は口数も減り、ベランダに出るのも億劫がるようになった。食事の量も減って、水分もあまりほしがらない。雅美が心配して訪問診療の医師に相談すると、四十代半ばで在宅看取りの経験豊富な医師はこう言った。

「無理に食べさせたり飲ませたりすると、かえって内臓に負担をかけます。身体がほしがるだけ与えて、いらないときは控えるのが、当人にとってはいちばん楽です」

点滴や栄養補給剤も不要とのことだった。雅美も知之もその指示に従い、穏やかに幸造を見守っていた。

ある日、雅美が昼食を下げに行くと、幸造がいつになく晴れ晴れとした顔をしていた。京風の薄味に仕立てた卵雑炊も完食している。

「お義父さん、今日は調子いいですね」

笑顔で声をかけると、幸造はベッドの背もたれから身体を起こし、聞き取りにくいほどかすれた声で言った。

「いつも親切にしてくれて、ありがとう。世話ばかりかけて、申し訳ない」

最近はほとんど無言だったので、雅美はちょっと驚いた。

「何言ってるんですか。お義父さんのお世話ができて、わたしも嬉しいんですよ」

幸造はウンウンとうなずき、雅美に向かって両手を合わせた。

「ありがとう。すまないね。雅美さん、ほんとうにありがとう」

「お義父さん。今、わたしの名前……」

幸造は仏さまを拝むように目を閉じている。その姿が見る見る歪み、あふれた涙で部屋全体が水に沈んだようにぼやけた。

## 三十一

「お義父さん。中之島(なかのしま)のイルミネーション、きれいですよ」

女の人の声が、壁に掛けた四角い画面に広がった光の模様を指さす。

「今年もまたクリスマスが近づいてきましたね。去年は施設、一昨年は病院でしたけど、今年はここで家族といっしょに迎えられますよ」

「ウン、ウン」

幸造は意味もわからずうなずく。ドアが開いてだれかが入ってくる。

「ただいま。ジイジ、今日は元気だった？」

若い娘が元気な声で言う。

「学力テストが近いから、あたし勉強するね。ジイジもがんばって」

娘はつむじ風のように部屋を出ていく。またたれか入ってくる。

「父さん、ただいま。今日はどうだった？　僕のほうは仕事も順調だから」

「ウン、ウン」

何かわからないが、きっといいことなのだろう。

「お義父さん。夕食、お持ちしました。量は少しにしてますよ」

女の人が皿と茶碗を載せた盆を運んでくる。横の男に言う。

「ここのところ、ほとんど食べてないの」

「そうか」

男がこちらを見てうなずいている。幸造はなぜか嬉しい気分になって微笑む。男も笑顔を見せる。ベッドの背中が半分ほど上がる。

「今日は早く帰ってきたから、僕が食べさせるよ」

男がベッドの横に座り、スプーンを幸造の口元に運ぶ。甘辛い香りが嗅覚を刺激する。一口食べる。うまい。久しぶりにおいしいものを口にした。そう思うが、うまく飲み込めない。吸い飲みの茶で流し込もうとしてむせた。

「お義父さん、大丈夫ですか」

女の人が心配そうに言い、男が背中を叩いてくれる。咳き込むだけでものすごく疲れる。

「もう寝るよ」

かすれるような声でささやくと、男がベッドの背中を倒してくれた。

二人が部屋を出ていき、明かりが消された。

時間が消える。空間も感覚もわからない。浮かんでいるのか、沈んでいるのかもわからない。

…………

みんな寝静まったようだ。何も動く気配はない。

ふと意識がもどってくる。ばらばらになっていた自分が、遠くからもどってくる。

幸せな一生だったよ……。

後頭部が熱くなり、どこかに吸い込まれそうになる。眠りに落ちる直前のまま、脱力している。すべてを委ね、いっさいの抵抗を捨てて、なすがままになる。恐れも不安もない。

苦痛も嘆きも、喜びも満足さえもない。曖昧模糊の壮大な無に近づく。

すべてははじめからなかったも同然。そんな茫漠たる思いがかすかによぎる。

自分の人生はこれでよかった。だから、今、こんなに穏やかでいられる。

幸造は無表情のまま、心で微笑む。

顎が突き上がり、わずかの時間、呼吸が止まる。ふたたび吸い込み、下顎を突き出す動きが繰り返される。幸造はもう何も感じていない。自然な臨終を迎える者は、死戦期も短い。

十分後、呼吸が止まり、心臓も徐々に拍動を弱める。最後は無意味な心筋のけいれんになって、循環が停止する。

十二月二十日、午前三時五分。

ベッドサイドにはだれもいない。

夜明け前のしんとした闇が、幸造を包んでいる。

## ▼引用文献

見出しおよび一部を引用した新聞記事は左記のとおりです。

ただし、小説の時系列とは異なります。

小説の内容はすべてフィクションであり、登場する人物・団体・名称等は架空のものであり、引用した記事の内容および実在の人物・団体・名称等とは一切関係ありません。

(1) 読売新聞2014年5月1日付
(2) 読売新聞2008年9月2日付
(3) 読売新聞2013年11月26日付
(4) 朝日新聞2014年9月5日付
(5) 朝日新聞2014年10月29日付
(6) 朝日新聞2014年1月9日付
(7) 定年時代2014年1月上旬号
(8) 読売新聞2015年2月1日付
(9) 読売新聞2014年6月5日付
(10) 朝日新聞2015年4月9日付
(11) 朝日新聞2014年5月14日付
(12) 毎日新聞2014年4月23日付
(13) 読売新聞2015年6月11日付
(14) 朝日新聞2007年10月21日付
(15) 朝日新聞2015年8月23日付
(16) 都合により割愛
(17) 読売新聞2015年7月1日付
(18) 読売新聞2016年2月6日付
(19) 朝日新聞2015年7月25日付
(20) 読売新聞2016年3月2日付
(21) 読売新聞2014年4月17日付
(22) 朝日新聞2016年1月16日付

㉓ 読売新聞２０１３年12月3日付
㉔ 読売新聞２０１５年8月11日付
㉕ 朝日新聞２０１５年1月28日付
㉖ 朝日新聞２０１５年1月27日付
㉗ 朝日新聞２０１５年7月5日付
㉘ 読売新聞２００９年12月18日付
㉙ 朝日新聞２００７年10月30日付
㉚ 朝日新聞２０１４年6月18日付
㉛ 朝日新聞２０１３年6月27日付
㉜ 読売新聞２０１４年12月7日付
㉝ 朝日新聞２０１４年4月8日付
㉞ 朝日新聞２０１４年4月26日付
㉟ 朝日新聞２０１４年10月9日付
㊱ 朝日新聞２０１６年2月26日付

### ▼参考


・『父の日記』 太田順一著 ブレーンセンター ２０１０年
・「認知症の精神科入院治療、遺る瀬ない『現状』とは」
https://yomidr.yomiuri.co.jp/article/20140603-OYTEW62484/

# 解説

最相葉月

　お年寄りの介護に携わるケアマネージャーの女性から、利用者が寝たきりになると介護が楽になると聞かされたのは介護保険制度が始まった二〇〇〇年頃だったか。五十代で脳血管性の若年性認知症となり、たびたび粗相があった母親の介護に疲れ果てていた私をねぎらう意味で発せられた言葉のようだった。体を動かして寝たきりにならないほうがいいと考えるのが一般的なので、ずいぶん残酷なことをいうものだと思われるかもしれないが、家族に認知症の人がいる読者ならこのケアマネージャーを責める気にはなれないだろう。忘れ物をする程度ならまだなんとか家族の手に負えるが、徘徊(はいかい)したり暴力をふるったりすると警察の世話になる可能性がある。火を出したり、車を運転して第三者を傷つけたりしたらと想像するだけでぞっとする。

　だから久坂部羊さんの第一作『廃用身』(二〇〇三)を読んだときは大きな衝撃を受け、ついにこの国の老人医療の矛盾と介護の本音に切り込む小説が登場したと思った。廃用身とは、脳梗塞や麻痺(まひ)のためにリハビリをがんばっても良くならず、悪くない体にまで悪影響を及ぼす手足のこと。入浴や排泄(はいせつ)の介護負担も大きく、ストレスの溜まった介護者に拘束されたり虐待されるリスクが高い。ならばいっそ切断したほうが体重は軽くなり、介護も楽になるのではないか。そう考え、この「療法」に老人医療の未来を確信した医師と老人たちをめぐるミステリーだ。患者と介護者の双方の気持ちを慮った「最良の」療法をめぐる物語は、しかし、思いがけない展開で悲劇の結末を迎える。

戦争で両手両足を失った傷痍軍人を描く江戸川乱歩の『芋虫』を彷彿とさせるグロテスクな描写もあって、読んで気分のいいものではない。とくに介護の渦中にある人間には鬱々たる胸の内を抉られる内容で、好き嫌いがはっきり分かれる作品かもしれない。終末医療や老人の在宅医療の現場に携わってきた著者にすればきれいごとは書けないということだろうが、本作のイメージが強すぎて、かくいう私もしばらく久坂部作品から遠ざかっていたと告白しなければならないだろう。

あれから十数年が過ぎ、日本は本格的な超高齢社会となった。総人口における六十五歳以上の人口（高齢化率）は二八・四パーセントと、世界最高比率の高齢者を抱える（総務省人口推計二〇一九年）。『廃用身』が発表された二〇〇三年が一九パーセントだったから、その勢いに驚くばかりだ。葬儀や墓、財産などを整理する「終活」が流行語となり、エンディングノートがベストセラーとなる。映像化困難といわれていた『破裂』（二〇〇四）が二〇一五年にＮＨＫでドラマ化されたのも、老いをめぐる問題が誰の身にも起こる時代になったためだろう。大学病院を舞台に医療ミスと安楽死を描いた現代版『白い巨塔』といわれる作品で、制作担当者によれば、発表後すぐ企画を提出したものの、「老人にピンピン生きてポックリ死んでもらいましょう」という準主役の官僚のセリフが放送できないと却下されたのだという（「ザテレビジョン」二〇一五年八月十二日配信記事より）。時代がとうとう久坂部さんの小説に追いついたということか。

二〇一六年に刊行された『老乱』はまさに、誰にとっても他人事ではなくなった老いと介護の日々に正対した作品だ。お年寄りによる自動車事故や免許返納の話題が報じられる中、時宜を得た文庫化といえるだろう。

主人公はガス管の保安サービス会社で定年まで勤め上げた五十川幸造、七十八歳。四年前に妻をがんで亡くし、大阪市の戸建て住宅で独り暮らしをしている。長女は仙台に嫁ぎ、長男夫婦と孫は車で行き来できる距離に住む。

物語は一本の新聞記事から始まる。妻がうたた寝している間に認知症の夫が自宅を出て徘徊し、線路に入り込んで列車にはねられて死亡した。JR東海は男性の妻ら遺族に列車の遅れなどの損害約七百二十万円の支払いを求めて提訴。名古屋地裁がこれを認め、全額の支払いを命じたという実際の事件だ。

もう一人の主人公、長男の妻の雅美には他人事と思えない。このところ幸造がだらしなくなったと感じていたからだ。たいていの夫婦がそうであるように、夫の知之にあまり緊迫感はなく、万が一を心配するのはたいてい妻である。少し前に事件があった。警察から、幸造を保護したから迎えに来てほしいと連絡が入ったのだ。乗っていた電動自転車のバッテリーが切れたため乗り捨てし、踏切のない線路を渡ろうとしていたという。いつもと違って甲高い声で怒鳴る幸造の様子に異変を感じた雅美は認知症を疑う。家中を見まわすと、土鍋を焦がした跡がある。脱臭剤が四個もあり、車の停め方がいつもと逆だ。親父を心配してるといいながら、本当は賠償額を心配してるんじゃないかと雅美を皮肉っていた知之もようやく危機感を覚え、父親をなだめすかして病院に連れていく。診断はレビー小体型(しょうたいがた)認知症。幻覚や幻聴、被害妄想が生じる認知症の中でも扱いがむずかしいタイプだ。ついに家族の認知症介護が始まる……。

物語は幸造の視点と、雅美や知之の視点が交互に描かれ進んでいく。親や伴侶を介護している読者なら、雅美の言動に幾度もうなずくだろう。だが不思議なことに、読み進めるうちに幸造の視点への共感が生まれる。いろんなことが少しずつ歪んでわからなくなっていく恐怖が、生々しく迫ってくるのだ。

幸造は毎日、日記をつけ、漢字の書き取りをしていた。思い出すことが脳のトレーニングになると思ってのことだ。はじめのうちは息子夫婦への感謝が綴られるが、ミスを怒られたりリハビリを強制されたりするうちに怒りが増していく。誤字脱字や平仮名が増え、自分も読めないほど乱れていく。ケアマネージャーへのセクハラやコンロで日記を焼く場面も、幸造なりの理由や手順があり、認知症の世界が決して理解不能ではないことがよくわかる。

介護を専門とする和気医師が講演で述べた「介護がうまくいかない最大の原因は、ご家族が認知症を治したいと思うことなんです」というセリフは、久坂部さんの本音であろう。

今のところ認知症を治す手立てはない。進行を食い止めようと必死になればなるほど本人も家族も追い詰められる。

終末医療や在宅医療で何百人ものお年寄りの死の現場に立ち会ってきた久坂部さんは、彼らの「死にたい願望」（『日本人の死に時』二〇〇七）に何度も直面し、「現代の医療はすでにやや進みすぎ」で「『中途半端に助かってしまう人』を創り出してきたのでは」（同前）と指摘している。十分な医療を受けられずに無念の死を迎えざるをえなかった時代には長生きすることは無前提に祝福される、まさしく「長寿」だった。現代はどうか。人工呼吸器や胃に管を通して栄養を運ぶ「胃ろう」は老人の死にゆくからだを酷使し、医療者や家族には大きな葛藤を与えている。

「長生きへの欲望を無批判に肯定したため、命を延ばす手だてだけが飛躍的に増えてしまったのです。命はただ延ばせばいいというものではありません。どんなふうに延ばすかが問題なのに、医学はその視点をあまり重視してこなかった」（同前）。

医学だけの責任ではない。アンチエイジングを持ち上げた美容業界とマスメディア、それらに躍らされ、老後に対して準備不足だった私たちも同罪だ。長寿といいながら本音では老いを恐れ、目をそらしてきた結果、老いはただ抗うべき対象になってしまった。立ちいかなくなる前になんとかしなければ。

物語の後半、施設に入所した幸造の脳裏にある光景がよみがえる。阪神・淡路大震災のとき、ガスの復旧工事に駆けつけた日々のことだ。どんな人にも、生きて働き、誰かの役に立った時間がある。人間の尊厳とは何か、誇りとは何かを問う重要な場面である。社会のお荷物のような扱いを受け、家族にないがしろにされ、時に悲惨な事件の被害者となり、加害者となるお年寄りたちが今、身をもって私たちに教えようとしているのは何なのか。彼らの発する警告にこれ以上、目をつぶっていてよいはずがない。感謝の気持ちがあればお返しのつもりで介護できる人もいると和気に教えられた知之と雅美は、幸造の介護に一つの決断を下す。それは確かに希望である。

『廃用身』以来、久坂部作品にあった毒は影を潜めた。この間、久坂部さんは麻酔科医だった父親を介護し、看取っている。治療を優先して患者を死なせたり、強い副作用の薬で患者を苦しめたりする現場を見てきたためか、父親は医師なのに医療嫌い、不摂生きわまりない生活を送ってきたという。前立腺がんになったときは、「これで長生きせんですむ！」と叫んで治療を拒否。認知症の症状が現れても、正気なのかボケているのかわからない絶妙な発言で周囲を笑わす、おもろいオヤジだったそうだ。

久坂部さんは、父親がとくに寝たきりになってからの一年数カ月で「医療や介護の常識を次々と覆された」（『人間の死に方』二〇一四）という。キーワードは「先手必敗」。症状もないのに早期発見に努める先手必勝とは真逆のあり方だ。異常もないのに検査を受けて余計な不安を抱えるのではなく、手遅れになったらあきらめる。危険は伴うが、ある年齢以上になれば「先手必敗」の戦法に切り替えて生きるほうが穏やかに過ごせるのではないか。それはすなわち、今このときを大切に生きるということだ。『老乱』は久坂部さんが当事者となったこの体験なくしては書き得なかったのではないか。認知症は視点を変えれば介護者に偉大な力を与える。本作はその一つの証左である。

（さいしょう　はづき／ノンフィクションライター）

老乱（ろうらん）

朝日文庫

2020年1月30日　第1刷発行

著　者　久坂部羊（くさかべよう）

発行者　三宮博信
発行所　朝日新聞出版
〒104-8011　東京都中央区築地5-3-2
電話　03-5541-8832（編集）
　　　03-5540-7793（販売）

印刷製本　大日本印刷株式会社


Published in Japan by Asahi Shimbun Publications Inc.
定価はカバーに表示してあります

ISBN978-4-02-264943-0
落丁・乱丁の場合は弊社業務部（電話 03-5540-7800）へご連絡ください。
送料弊社負担にてお取り替えいたします。